雨後空林生白烟山中處〻有
流泉曰尋陸羽幽栖兮獨聽
鐘聲悶悶然戊申三月五日
雲林生寫

句曲張雨題吳叡書

外青林生煙龍和一道落麗泉恰
巖石山中宿為說便迂倪米顯
客張與眉湘阿言米南宮有縈
雲林小景倪作小幅近代誰倪雲林
沈之宋頫名呼故呂迂
沈太觀道〻星故筆忘
汕易意華

登車悔雲生
悶驚待三共
逸雲挿！ 田
前

歴見龍山第哭峯一峯一畫水始弓
蒼林茅屋兲人到獪有前嶠發蹬跋

臨除生卹蕃雲作曉妍
朝如可覓草石楼邊
雲林小景名者甚少每
客寒全圖作二瀬集晴

倪瓚「雨後空林圖」。倪瓚（1301-1374），號雲林，江蘇無錫人。畫法古雅簡樸，氣韻甚高，世稱逸品，明初江南人家以有無倪畫而別雅俗。本圖上方有董其昌題識，稱倪雲林平生設色山水惟有兩幅，此為其一。原畫藏台北故宮博物院。

太極與八卦：倫敦「惠康醫藥史會」所藏之彩畫。

元朝千戶印：千戶相當於現代之團長。

元人之押字印。

北元「太尉之印」：製於宣光元年，其時朱元璋已破大都，元順帝北逃後不久逝世，昭帝即位，改號宣光。太尉是元朝最高的軍事長官，當時王保保掌軍政大權，此印或即為王保保所用。

大字版

倚天屠龍記

金庸

⑤羣雄歸心

大字版金庸作品集㉟
倚天屠龍記 (5)羣雄歸心 「公元2005年金庸新修版」
The Heavenly Sword and the Dragon Sabre, Vol. 5

作　　者／金　庸

封面設計／唐壽南　內頁插畫／姜雲行

發 行 人／王　榮　文
出版・發行／遠流出版事業股份有限公司
臺北市中山北路一段11號13樓
電話／2571-0297　**傳真**／2571-0197　**郵撥**／0189456-1

□2005年3月16日　初版一刷
□2022年3月16日　二版六刷

大字版　每冊 *380* 元（本作品全八冊，共3040元）
〔另有典藏版共36冊（不分售），平裝版共36冊，新修版共36冊，新修文庫版共72冊〕

ISBN　978-957-32-8103-0（**套：大字版**）
ISBN　978-957-32-8099-6（**第五冊：大字版**）
Printed in Taiwan

YLib 遠流博識網
http://www.ylib.com　E-mail:ylib@ylib.com

目錄

西華子猶似泥塑木彫般站在當地，張無忌在他身側鑽來躍去。每當何太沖等四人的刀劍從他身旁相距僅寸的掠過劈過，西華子便大聲叫嚷，偏又半點動彈不得。

二十一　排難解紛當六強

宗維俠見張無忌擒釋圓音，舉重若輕，不禁大爲驚異，但既已身在場中，豈能就此示弱退下？大聲道：「姓曾的，你來強行出頭，到底受了何人指使？」張無忌道：「我只盼望六大派和明教罷手言和，並沒誰人指使在下。」宗維俠道：「哼，要我們跟魔教罷手言和，門兒也沒有。這姓殷的老賊欠了我三記七傷拳，先讓我打了再說。」說著捋起了衣袖。

張無忌道：「宗前輩開口七傷拳，閉口七傷拳，依晚輩之見，宗前輩的七傷拳還沒練得到家。人身五行，心屬火、肺屬金、腎屬水、脾屬土、肝屬木，再加上陰陽二氣，一練七傷，七者皆傷。這七傷拳的拳功每深一層，自身內臟便多受一層損害，實則是先傷己，再傷敵。幸好宗前輩練這路拳法的時日還不算太久，尚有救藥。」

宗維俠聽他這幾句話，的的確確是《七傷拳譜》的總綱。拳譜中諄諄告誡，若非內功練到氣走諸穴、收發自如的境界，萬萬不可練此拳術。但這門拳術是崆峒派鎮山絕技，宗維俠一到內功有成，便即試練，一練之下，立覺拳中威力無窮，既經陷溺，便難以自休，早把拳譜總綱中的告誡拋諸腦後。何況崆峒高手人人皆練，自己身居五老之次，焉可後人？這時聽張無忌說起，才凜然一驚，問道：「你又怎麼知道？」

張無忌不答他問話，卻道：「宗前輩請試按肩頭雲門穴，是否有輕微隱痛？雲門穴屬肺，那是肺脈傷了。你上臂青靈穴是否時時痲癢難當？青靈穴屬心，那是心脈傷了。你腿上五里穴是否每逢陰雨，便即痠痛？五里穴屬肝，那是肝脈傷了。你越練下去，這些徵象便越厲害，再練得八九年，不免全身癱瘓。」

宗維俠凝神聽著他說話，額頭上汗珠一滴滴的滲了出來。原來張無忌經謝遜傳授，精通七傷拳的拳理，再加他深研醫術，明白經脈損傷後的徵狀，說來竟絲毫不錯。宗維俠這幾年身上確有這些毛病，只因病況非重，心底又暗自害怕，一味的諱疾忌醫，這時聽他一一指出，不由得臉上變色，過了良久，才問：「你……你怎知道？」

張無忌淡淡一笑，說道：「晚輩略明醫理，前輩倘若信得過，待此間事情一了，晚輩可設法給你驅除這些病痛。不過七傷拳有害無益，不能再練。」

宗維俠強道：「七傷拳是我崆峒絕技，怎能說有害無益？當年我師祖木靈子以七傷拳威震天下，名揚四海，壽至九十一歲，怎說會傷害自身？你這不是胡說八道麼？」張無忌道：「木靈子前輩想必內功深湛，自然能練，不但無害，反而強壯臟腑。依晚輩之見，宗前輩的內功如不到木靈子前輩的境界，若要強練，只怕終歸無用。」

宗維俠是崆峒名宿，知他所說的不無道理，亦自知內力修為遠不及師祖，但在各派高手之前，給這少年指摘本派的鎮山絕技無用，如何不惱？大聲喝道：「憑你也配說我崆峒絕技有用無用？你說無用，那就來試試。」張無忌淡淡一笑，說道：「七傷拳自是神妙精奧的絕技，拳力剛中有柔，柔中有剛，七般拳勁各不相同，吞吐閃爍，變幻百端，敵手難防難擋……」宗維俠聽他讚譽七傷拳，說來語語中肯，不禁臉露微笑，不住點頭，卻聽他繼續說道：「……晚輩只說內功修為倘若不到，那便練之無益。」

周芷若躲在衆師姊身後，側身瞧著張無忌，見他臉上尚帶少年人的稚氣，但勉強裝作見多識廣的老成模樣，侃侃而談，教訓崆峒五老中的二老宗維俠，不免顯得有些可笑，又怕他最後不免與人動手，不自禁為他發愁。

崆峒派中年輕性躁的弟子聽得張無忌說話漸漸無禮，忍不住便要開口呼叱，然見宗維俠容色嚴肅，對這少年的言語凝神傾聽，又都把衝到口邊的叱罵聲縮了回去。

宗維俠道：「依你說來，我的內功是還沒到家了？」張無忌道：「前輩的內功到家不到家，晚輩不敢妄言。不過前輩練這七傷拳時既傷了自身，那麼暫且不練也罷……」

他剛說到這裏，忽聽得身後一人暴喝：「二哥，跟這小子囉唆些甚麼？他瞧不起咱們的七傷拳，便讓他吃我一拳，嚐嚐滋味。」那人聲止拳到，出手既快且狠，呼呼風響，大拳對準了張無忌背上的靈台穴直擊而至。

張無忌明知身後有人來襲，卻不理會，對宗維俠道：「宗前輩……」猛聽得鐵鍊嗆啷聲響，搶出一人，嬌聲叱道：「你暗施偷襲！」伸鍊往那人頭上套去，正是小昭。那人左手翻轉，格開鐵鍊，砰的一拳，已結結實實打在張無忌背上。這拳正中靈台穴，張無忌卻似全無知覺，對小昭微笑道：「小昭，不用躭心，這樣的七傷拳不會有好大用處。」小昭吁了口氣，雪白的臉轉爲暈紅，低聲道：「我倒忘了你已練……」說到這裏，忙即住口，拖著鐵鍊退了開去。

張無忌轉過身來，見偷襲之人是個大頭瘦身的老者。這人是崆峒五老中位居第四的常敬之。他一拳命中對方要穴，見張無忌渾如不覺，大感詫異，衝口而出：「你……你已練成『金剛不壞體』神功，那麼是少林派的了？」張無忌道：「在下不是少林派弟子……」常敬之知道凡是護身神功，全仗一股眞氣凝聚，一開口說話，眞氣即散，不等他住口，又出拳打去，砰的一聲，這一次是打在胸口。

張無忌笑道：「我原說『七傷拳』若無內功根柢，並不管用。你若不信，不妨再打一拳試試。」常敬之拳出如風，砰砰接連兩拳。這前後四拳，明明都打在對方身上，但張無忌笑嘻嘻的受了下來，竟似不關痛癢，四招開碑裂石的重手，在他便如清風拂體，柔絲撫身。

常敬之外號叫作「一拳斷嶽」，雖然誇大，但拳力之強，老一輩武林人士向來知名。眾人見他連出四拳，全成了白費力氣，無不震驚。崑崙派和崆峒派素來不睦，這次雖聯手圍攻明教，但雙方互有心病，崑崙派中便有人冷冷的叫道：「好一個『一拳斷嶽』啊！」又有人道：「那麼四拳便斷甚麼？」幸好常敬之一張臉膛本來黑黝黝地，雖然脹得滿臉通紅，倒也不大刺眼。

宗維俠拱手道：「曾少俠神功，佩服，佩服！能讓老朽領教三招麼？」他知自己七傷拳的功力比常敬之深得多，老四不成，自己未必便損不了對方。

張無忌道：「崆峒派絕技七傷拳，倘若真練成了，委實無堅不摧。少林派空見神僧身具『金剛不壞體』神功，尚且命喪貴派『七傷拳』之下，在下武功萬萬不及空見神僧，又如何能擋？但眼下勉力接你三拳，想也無妨。」言下之意是說，七傷拳本是好的，不過你還差得遠呢。

宗維俠無暇去理會他的言外之意，暗運一口真氣，跨上一步，臂骨格格作響，砰然一聲，奮拳打在張無忌胸口。拳面和他胸口相碰，突覺他身上似有一股極強黏力，一時縮不回來，大驚之下，更覺有股柔和的熱力從拳面直傳入自己丹田，胸腹之間感到說不出的舒服。他一呆之下，縮回手臂，又發拳打去。這次打中對方小腹，只覺震回來的力道強極，他退了一步，這才站定，運氣數轉，重又上前，挺拳猛擊。

常敬之站在張無忌身側，見宗維俠臉上一陣紅一陣白，似已受了內傷，待他第三拳打出時，跟著也即出拳。宗維俠擊前胸，常敬之打後背，雙拳前後夾攻，勁力皆淩厲非凡。那知兩人拳中敵身，便如打在空虛之處，兩股強勁的拳力霎時之間都給化解得無影無蹤。

常敬之明知以自己身分位望，首次偷襲已大爲不妥，但勉強還可說因對方出言侮辱崆峒絕技，以致怒氣無法抑制，這第二次偷襲，卻明明是下流卑鄙的行逕了。他本想合兩人七傷拳的威力，自可一舉將這少年斃於拳下，只消將他打死，縱然旁人事後有甚閒言閒語，但自己總是爲六大派除去了一個礙手礙腳的傢伙，立下一場功勞。那知拳鋒甫著敵身，勁力立時消於無形，何以竟會這樣，當眞摸不著半點頭腦，只不過右手還是伸上頭去，搔了幾下。

張無忌對宗維俠微笑道：「前輩覺得怎樣？」宗維俠一愕，躬身拱手，恭恭敬敬的道：「多謝曾少俠以內力爲在下療傷，曾少俠神功驚人固不必說，而這番以德報怨的大仁大義，在下更感激不盡。」

他此言一出，衆人無不大爲驚訝。旁人自不知張無忌在宗維俠連擊他三拳之際，運出九陽眞氣，送入他體內，時刻雖短，一瞬即過，但那九陽眞氣渾厚強勁，宗維俠已受用不淺。他知若非常敬之在對手身後偷襲，那麼第三拳上所受的好處將遠不止此。

張無忌道：「大仁大義四字，如何敢當？宗前輩此刻奇經八脈都受劇震，最好立即運氣調息，那麼練七傷拳時所積下來的毒害，當可在兩三年內逐步除去。如尚有須在下效勞之處，自當遵命！」

宗維俠自己知道自身毛病，躬身道：「多謝，多謝！」感激之情，甚爲誠摯，當即退在一旁，坐下運功，明知此舉不雅，頗失觀瞻，但有關生死安危，別的也顧不得了。

張無忌俯下身來，接續唐文亮的斷骨，對常敬之道：「拿些回陽五龍膏給我。」常敬之從身邊取了出來給他。張無忌道：「請去向武當派討一服三黃寶臘丸，向華山派討一些玉眞散。」常敬之依言討到，遞了給他。張無忌道：「勞駕！貴派的回陽五龍膏中，所用草烏是極好的；武當派三黃寶臘丸中的麻黃、雄黃、藤黃三黃甚是有用，再加上玉眞散，唐前輩調養兩個月後，四肢當能完好如初。」說著續骨敷藥，片刻間整治完畢。

武林各派均有傷科秘藥，各有各的靈效，胡青牛醫書中寫得明明白白。張無忌料想六大派圍攻明教，自各攜帶在身。但旁觀衆人卻愈看愈奇，張無忌接骨手法之妙，非任何名醫可及，那不必說了，何以各派攜有何種藥物，他也一淸二楚？常敬之抱起唐文亮，神色尷尬的退下。唐文亮突然叫道：「姓曾的，你治好我斷骨，唐文亮十分感激，日後自當設法補報。可是崆峒派和魔教仇深似海，豈能憑你這一點小恩小惠，便此罷手？你要勸架，我們是不聽的。你若說我忘恩負義，儘可將我四肢再折斷了。」

眾人一聽，均想：「同是崆峒耆宿，這唐文亮卻比常敬之有骨氣得多了。」

張無忌道：「依唐前輩說來，如何才能聽在下的勸解？」唐文亮道：「你露一手武功，倘若崆峒派及你不上，那便無話可說。」

張無忌道：「崆峒派神功傳承悠久，高手如雲，晚輩如何及得上？不過晚輩不自量力，勉力想做這和事老，只好拚命一試。」四下一望，見廣場東首有株高達三丈有餘的大松樹，枝椏四出，亭亭如蓋，便緩步走過去，朗聲道：「晚輩學過貴派的幾招七傷拳法，如練得不對，請崆峒派各位前輩指教。」各派人眾聽了，盡皆詫異：「這小子原來連崆峒派的七傷拳也會，那是從何處學來啊？」只聽他朗聲唸道：「五行之氣調陰陽，損心傷肺摧肝腸，藏離精失意恍惚，三焦齊逆兮魂魄飛揚！」

別派各人聽到，那也罷了。崆峒五老聽到他高吟這四句似歌非歌、似詩非詩的拳訣，卻無不凜然心驚。這正是七傷拳的總訣，乃崆峒派的不傳之秘，這少年如何得知？他們一時之間，怎想得到謝遜將七傷拳譜搶去後，傳了給他。

張無忌高聲吟罷，走上前去，砰的一拳擊出，突然間眼前青翠晃動，大松樹的上半截平平飛出，轟隆一響，摔在兩丈之外，地下只留了四尺來長的半截樹幹，切斷處甚是平整。

常敬之喃喃的道：「這……這可不是七傷拳啊！」七傷拳講究剛中有柔，柔中有剛，這震斷大樹的拳法雖威力驚人，卻顯是純剛之力。他走近一看，不由得張大了口合不攏來，但見樹幹斷處脈絡盡皆震碎，正是七傷拳練到最深時的功夫，忍不住道：「這正是七傷拳了！」

原來張無忌存心威壓當場，倘若單以七傷拳震碎樹脈，須至十天半月之後，松樹枯萎，才顯功力，是以使出七傷拳勁力之後，跟著以陽剛猛勁斷樹。那正是仿效當年義父謝遜在冰火島上震裂樹脈、再以屠龍刀砍斷樹幹的手法。

只聽得喝采驚呼之聲，各派中此伏彼起，良久不絕。

常敬之道：「好！這果然是絕高明的七傷拳法，常某拜服。不過我要請教，曾少俠這路拳法從何處學來？」張無忌微笑不答。唐文亮厲聲道：「金毛獅王謝遜現在何處？還請曾少俠告知。」他心思較靈，已隱約猜到謝遜與眼前這少年之間當有干係。

張無忌一驚：「啊喲不好，我炫示七傷拳功，卻把義父帶了出來。倘若言明了跟義父之間的淵源，那是擺明和六大派爲敵，這和事老便作不成了。」當即說道：「你道貴派失落七傷拳拳譜，罪魁禍首是金毛獅王嗎？錯了！那晚崆峒山靑陽觀中奪譜激鬥，貴派有人受了混元功之傷，全身現出血紅斑點，下手之人，乃是混元霹靂手成崑！」

當年謝遜赴崆峒山刼奪拳譜，成崑存心爲明教多方樹敵，是以反而暗中相助，以混元功擊傷唐文亮、常敬之二老。當時謝遜不知，後來經空見點破，這才明白。這時張無忌心想成崑一生奸詐，嫁禍於人，我不妨以其人之道，還治其人之身，何況說的又不是假話。

唐文亮和常敬之疑心了二十餘年，這時經張無忌一提，均想原來如此，對望一眼，一時說不出話來。過了片刻，常敬之才問：「那麼請問曾少俠，這成崑現下是在那裏？」

張無忌道：「混元霹靂手成崑一心挑撥六大派和明教不和，後來投入少林門下，法名圓眞。昨晚他混入明教內堂，親口對明教首腦人物吐露此事。楊逍先生、韋蝠王、五散人等皆曾聽聞。此事千眞萬確，若有虛言，我是豬狗不如之輩，武林中人人唾棄。楊逍先生等幾位決非妄言之人，可請他們作證。」

他這幾句話朗朗說來，衆人盡皆動容。只少林派僧衆卻一齊大嘩。

只聽一人高宣佛號，緩步而出，身披灰色僧袍，貌相威嚴，左手握了一串念珠，正是少林三大神僧之一的空性。他步入廣場，說道：「曾施主，你如何胡言亂語，一再誣衊我少林門下？當此天下英雄之前，少林淸名豈能容你隨口汚辱？」

張無忌躬身道：「大師不必動怒，請圓眞僧出來跟晚輩對質，便知眞相。」

空性大師沉著臉道：「曾施主一再提及敝師姪圓眞之名，你年紀輕輕，何以存心如此險惡？」張無忌道：「在下是要請圓眞和尙出來，在天下英雄之前分辯是非黑白，怎地存心險惡了？」空性道：「圓眞師姪是我空見師兄的入室弟子，佛學深湛，除了這次隨衆遠征明教之外，多年來不出寺門一步，如何能是混元霹靂手成崑？更何況圓眞師姪爲我六大派苦戰妖孽，力盡圓寂，他死後淸名，豈容你……」

張無忌聽到「力盡圓寂」四字時，耳朵中嗡的一聲響，臉色登時慘白，空性以後說甚麼話，一句也沒聽見，喃喃的道：「他……他當眞死了麼？決……決計不會。」

空性指著西首一堆僧侶的屍首，大聲道：「你自己去瞧罷！」

張無忌走到這堆屍首之前，只見有一具屍體臉頰凹陷、雙目翻挺，果然便是投入少林後法名圓眞的混元霹靂手成崑，俯身探他鼻息，觸手處臉上肌肉冰涼，已死去多時。張無忌又悲又喜，想不到害了義父一世的大壞人，終於惡貫滿盈，喪生於此，胸中熱血上湧，忍不住仰天哈哈大笑，叫道：「奸賊啊奸賊！你一生作惡多端，原來也有今日。」

這幾下大笑聲震山谷，遠遠傳送出去，人人都是心頭一凜。

張無忌回過頭來，問道：「這圓眞是誰打死的？」空性側目斜睨，臉上猶似罩著一層寒霜，並不答話。殷天正本已退在一旁，這時說道：「他和小兒野王比掌，結果一死一傷。」張無忌躬身道：「是！」心道：「想是圓眞中了韋蝠王的寒冰綿掌後，受傷不輕，我舅舅的掌力也非同小可，這才當場將他擊斃。舅父為我義父報了這場深仇，那眞再好不過。」走到殷野王身旁，一搭他的脈息，知道性命無礙，便即寬心，說道：「多謝前輩！」

空性在一旁瞧著，愈來愈怒，縱聲喝道：「小子，過來納命罷！」這幾個字轟轟入耳，聲若雷震。張無忌愕然回頭，道：「怎麼？」空性大聲道：「你明知圓眞師姪已死，卻將一切罪過全推在他身上，如此惡毒，豈能饒你？老和尚今日要開殺戒。你是自裁呢，還是非要老和尚動手不可？」

張無忌心下躊躇：「圓眞伏誅，罪魁禍首遭了應得之報，原是極大喜事，可是從此無人對質，眞相反而不易大白，那便如何是好？」正自沉吟，空性踏上幾步，右手向他頭頂抓將下來，這一抓自腕至指，伸得筆直，勁道凌厲已極。

殷天正喝道：「是龍爪手，不可大意！」

張無忌側身閃避，輕飄飄的讓開。空性一抓不中，左手次抓隨至，這一招來勢更加迅捷剛猛。張無忌斜身又向左側閃避。空性雙手左右輪出，第三抓、第四抓、第五抓呼呼發出，瞬息之間，一個灰袍僧人便似變成了一條灰龍，龍影飛空，龍爪急舞，將張無忌壓制得無處躲閃。猛聽得嗤的一聲響，張無忌橫身飛出，右手衣袖已給空性抓在手中，右臂裸露，現出長長五條血痕，鮮血淋漓而下。少林僧衆喝采聲中，卻夾雜著一個少女的驚呼。

張無忌向驚呼聲來處瞧去，只見小昭神情驚恐，嚇得臉無血色，叫道：「公子，你……你小心了。」張無忌心中一動：「這小姑娘對我倒也真好。」

空性一招得手，縱身而起，又撲將過來，威勢非凡。這路抓法快極狠極，張無忌生平從未見過，一時無策抵禦，只得倒退躍開，這一抓便即落空。

空性龍爪手源源而出，張無忌又即縱身後退。兩人面對著面，一個撲擊，一個後躍。空性連抓九下，盡皆落空，兩人始終相距兩尺有餘。雖然空性連續急攻，張無忌未有還手餘地，但兩人輕功上的造詣，卻極明顯的分了高下。空性飛步上前，張無忌卻倒退後躍，其間難易相去實不可以道里計，空性始終趕他不上，腳下自早已輸得一敗塗地。張無忌只須轉過身來奔出數步，立時便將他遙遙拋落在後了。

其實張無忌不須轉身，縱然倒退，也能擺脫對方攻擊，他所以一直和空性不接不離，始終相距在二三尺間，乃在察看他龍爪手招數中的秘奧。看到第三十七招時，只見他右手疾撲而前，使的又是第八招「拏雲式」。他第三十八招雙手自上而下齊抓，方位雖變，姿式卻和第十二招「搶珠式」相同。這些招式的名稱，張無忌自然一無所知，但出手姿式，卻每一招都看得分明，記得清楚。

原來那龍爪手只有三十六招，要旨端在凌厲狠辣，不求變化繁多。空性中年之時曾數逢大敵，但只要使出這龍爪手來，無不立佔上風，總是在十二招以前便即取勝，自第十三招起，只自己平時練習，從未在臨敵時用過，這一次直使到第三十六招，仍未能制服敵人，那是生平從所未有之事。到第三十七招時，已迫得變化前招，尋思：「這小子不過輕功高明，身形靈便，一味東躲西閃而已，倘若當眞拆招，未必擋得了我十二招龍爪手。」

張無忌這時卻已看全了龍爪手三十六式抓法，其本身雖無破綻可尋，但乾坤大挪移心法卻能在對方任何拳招中造成破綻，只心下躊躇：「此刻我便要取他性命，亦已不難，但少林派威名赫赫，這位空性大師又是少林寺的三大耆宿之一，我若在天下英雄之前將他打敗，少林派顏面何存？可是要不動聲色的叫他知難而退，這人武功比崆峒諸老高明得太多，我可無法辦到。」正感爲難之際，忽聽空性喝道：「小子，你這是逃命，可不是比武！」

張無忌道：「要比武……」空性乘他開口說話而眞氣不純之際，呼呼兩招攻出。張無忌縱身飄開，口中說話繼續接了下去：「……也成，要是我贏得大師，那便如何？」這幾句話中間語氣沒半分停頓，倘若閉眼聽來，便跟心平氣和的坐著說話一般無異，決不信他在說這三句話之間，已連續閃避了空性的五招快速進攻。

空性道：「你輕功固是極佳，但要在拳腳上贏得我，卻也休想。」張無忌道：「過招比武，誰又能逆料勝敗？晚輩比大師年輕得多，武藝雖低，氣力上可佔了便宜。」空性厲聲道：「要是我在拳腳之上輸了給你，你要殺便殺，要剮便剮。」張無忌道：「這個可不敢當！晚輩輸了，自當聽憑大師處分，不敢有半句異言。但若僥倖勝得一招半式，便請少林派退下光明頂。」空性道：「少林派之事，由我師兄作主，我只管得自己。我不信這龍爪手拾奪不了你這小子。」

張無忌轉念間主意已生，說道：「少林派龍爪手三十六招沒半分破綻，乃天下擒拿法中的無上絕藝，只不過大師的手法之中，還有一點兒小小缺陷。」空性怒道：「好罷！你要是破解得了我的龍爪手，我立即回轉少林寺，終身不出寺門一步！」張無忌道：「一來不敢當，二來不必！」

兩人如此對答之際，四周眾人采聲如雷，越來越響亮。原來兩人口中說話，手腳身法卻絲毫不停，只有愈鬥愈快，但說話的語調和平時一模一樣，絕無半點停頓氣促。當空性說「你輕功固是極佳」這句話時，呼呼連出兩招，說「但要在拳腳上贏得我」那句話時，左手五指急抓而下，說到「卻也休想」時，語音威猛，雙手顫動，疾拿三招。兩人邊鬥邊說，旁觀眾人的喝采聲始終掩蓋不了二人的語音。

張無忌最後說到「二來不必」時，陡然間身形拔起，在空中急速盤旋，連轉四個圈子，愈轉愈高，又是一個轉折，輕輕巧巧的落在數丈之外。

眾人只瞧得目眩神馳，若非今日親眼目睹，決不信世間竟能有這般輕功。青翼蝠王韋一笑自負輕功舉世莫及，這時也不禁駭然嘆服。

張無忌身子落地，空性也已搶到他身前，卻不乘虛追擊，大聲道：「咱們這就比了嗎？」張無忌道：「好，大師請發招。」空性道：「你還是不住倒退麼？」張無忌微微笑道：「晚輩若再倒退半步，便算輸了。」

明教中楊逍、韋一笑、冷謙、周顛、說不得諸人，天鷹教的殷天正、殷野王、李天垣諸人身子難動，眼睛耳朵卻一無所礙，聽得他如此說法，都暗吃一驚。他們個個見多識廣，眼見空性僧的龍爪手威猛無儔，便要接他一招，也極不易，張無忌武功雖然了得，但就算能勝，總也得在百餘招之後，攻守趨避，如何能不退半步？均覺這句話說得未免過於托大。

只聽空性道：「那也不必！嬴要嬴得公平，輸也要輸得心服。」一言甫畢，喝道：「接招！」左手虛探，右手勢挾勁風，直拿張無忌左肩「缺盆穴」，正是一招「拏雲式」。

張無忌見他左手微動，已知他要使此招，當下也是左手虛探，右手直拿對方「缺盆穴」。兩人所使招式一模一樣，竟沒半點分別，其實是張無忌學了他的招式，但後發先至，卻在一剎那的相差之間佔了先著。空性的手指離他肩頭尚有兩寸，張無忌五根手指已抓到了空性的「缺盆穴」上。空性只覺穴道上一麻，右手力道全失。張無忌手指卻不使勁，隨即縮回。

空性一呆，雙手齊出，使一招「搶珠式」，拿向張無忌左右太陽穴。張無忌仍然後發先至，兩手探出，又搶先一步，拿到了空性的左右太陽穴。這太陽穴何等重要，在內家高手比武之際，觸手立斃，絕無挽救餘地。但張無忌手指在他左右太陽穴上輕輕一拂，便即圈轉，變爲龍爪手中的第十七招「撈月式」，虛拿空性後腦「風府穴」。

空性遭他拂中左右太陽穴時已然一呆，待見他使出「撈月式」，更加驚訝之極，立即向後躍開半丈，喝道：「你……你怎地偷學到我少林派的龍爪手？」

張無忌微笑道：「天下武學殊途同歸，強分派別，乃是人爲，這路龍爪手的擒拿功夫也未必是貴派所獨有。」心中卻也暗暗佩服：「這龍爪手如此厲害，必是經少林派數百年來千錘百鍊，實已可說是不敗的武功，我若非也以龍爪手與他對攻，要以別的拳法取勝，確也當眞十分艱難。何況我所學過的拳法掌法，比之少林派中的二三流人物尚且不如，怎及得上這位少林三大神僧之一的空性大師？」

空性低頭沉思，一時想不通其中道理，說到這龍爪手上的造詣，便師兄空聞、空智，甚至當年空見師兄，也均及自己不上，何以這少年接連兩招，都能後發先至，而且出招的手法勁力、方向部位，更加穩迅兼備，便如有數十年苦練之功一般？一時便想到了西域少林的苦慧禪師身上，但苦慧禪師不會龍爪手，那是寺中高僧衆所周知的，該當與西域少林無關。

他呆呆不語，廣場上千餘人的目光一齊凝注在他臉上。適才兩人動手過招，倏忽兩下，便即分開，除了第一流高手之外，餘人都沒瞧出誰勝誰敗，但眼見張無忌行若無事，空性卻皺起眉頭苦苦思索，顯然優劣已判。

空性突然間大聲吆喝，縱身而上，雙手猶如狂風驟雨，「捕風式」、「捉影式」、「撫琴式」、「鼓瑟式」、「批亢式」、「擣虛式」、「抱殘式」、「守缺式」，八式連環，疾攻而至。張無忌神定氣閒，依式而為，捕風捉影、撫琴鼓瑟、批亢擣虛、抱殘守缺，接連八招，招招後發而先至。

空性神僧這八式連環的龍爪手綿綿不絕，便如是一招中的八個變化一般，快捷無比，那知他快張無忌更快，每一招都佔了先手。空性每出一招，便給逼得倒退一步，退到第七步時，「抱殘式」和「守缺式」穩凝如山般使將出來。這兩式是龍爪手中最後第三十五、三十六式，一瞥之下，似乎破綻百出，施招者手忙腳亂，竭力招架，其實這兩招似守實攻，大巧若拙，每一處破綻中都隱伏著厲害無比的陷阱。龍爪手本來走的是剛猛路子，但到了最後兩式時，剛猛中暗藏陰柔，已到了返璞還真、爐火純青的境界。

張無忌一聲清嘯，踏步而上，抱殘守缺兩招虛式一帶，突然化作一招「拏雲式」，中宮直攻而入。

空性大喜，暗想：「終教你著了我道兒。」眼見他一條右臂已陷入重圍，再也不能全身而退，當下雙掌迴擊，陡然圈轉，呼的一響，往他臂彎上擊了下去。空性是有道高僧，見這少年精通少林絕藝，生怕他和本門確有淵源，何況先前數招中他明明已抓到自己重穴，都是有意縮手相讓，因此這一招便也沒下殺手，只求將他右臂震斷便算。豈知雙掌掌緣剛和他右臂相觸，突覺一股柔和而厚重的勁力從他臂上發出，擋住了自己雙掌下擊。便在此時，張無忌右手五指也已虛按在空性胸口「膻中穴」的周遭。

在這一瞬之間，空性心中登時萬念俱灰，只覺數十年來苦練武功、稱雄江湖，全成一場幻夢，點了點頭，緩緩說道：「曾施主比老衲高明得多了。老衲心服口服，甘拜下風。」左手抓住右手的五根手指，運施勁力，正要將之折斷，突覺左腕上一麻，勁道全然使不出來，正是張無忌的手指在他手腕穴道上輕輕拂過。只聽他朗聲說道：「晚輩以少林派的龍爪手勝了大師，於少林威名有何妨礙？晚輩若不是以少林絕藝和大師對攻，天下再無第二門武功，能佔得大師半點上風。」

空性一時憤激，原想自斷五指，終身不言武功，聽他如此說，但覺對方言語行事，處處對本門十分迴護，若非如此，少林派千百年來的威名，可說在自己手中損折無遺，自己豈非成了少林一派的大罪人？言念及此，不由得對他大是感激，眼中淚光瑩瑩，合什說道：「曾施主仁義過人，老衲既感且佩。」張無忌深深一揖，說道：「晚輩犯上不敬，還須請大師恕罪。」

空性微微一笑，說道：「這龍爪手到了曾施主手中，竟然能有如此威力，老衲以前做夢也料想不到，日後有暇，還望駕臨敝寺，老衲要一盡地主之誼，多多請教。」本來武林中人說到「請教」兩字，往往含有挑戰之義，但空性語意誠懇，確是佩服對方武術，自愧不如，誠心求教。這語意旁人都聽了出來。

張無忌忙道：「不敢，不敢。少林派武功博大精深，晚輩年幼學淺，深盼他日得有機緣，求大師多加指點。」他這幾句話發自肺腑，也說得懇切之極。

空性在少林派中身分極爲崇高，雖因生性純樸，全無治事之才，在寺中不任重要職司，但人品武功，素爲僧衆推服。少林派中自空智以下見他如此，既覺氣沮，對張無忌顧全本派顏面也暗暗感激，都覺今日之事，本門是決計不能再出手向他索戰的了。

空智大師是這次六大派圍攻明教的首領，眼見情勢如此，心中尷尬，魔教覆滅在即，卻給這一個無名少年插手阻撓，倘若便此收手，豈不讓天下豪傑笑掉了牙齒？一時拿不定主意，斜眼向華山派的掌門人神機子鮮于通使了個眼色。

鮮于通足智多謀，是這次圍攻明教的軍師，見空智大師使眼色向自己求救，當即摺扇輕揮，緩步而出。

張無忌見來者是個四十餘歲的中年文士，眉目清秀，俊雅瀟洒，心中先存了三分好感，拱手道：「請了，不知這位前輩有何見教。」鮮于通尚未回答，殷天正道：「這是華山派掌門鮮于通，武功平常，鬼計多端。」張無忌一聽到鮮于通之名，暗想：「這名字好熟，甚麼時候聽見過啊？」只見鮮于通走到身前一丈開外，立定腳步，拱手說道：「曾少俠請了！」張無忌還禮道：「鮮于掌門請了。」

鮮于通道：「曾少俠神功蓋世，連敗崆峒諸老，甚且少林神僧亦甘拜下風，在下佩服之至。不知是那位前輩高人門下，調教出這等近世罕見的少年英俠出來？」

張無忌一直在思索甚麼時候聽人說起過他的姓名，沒答他的問話。

鮮于通仰天打個哈哈，朗聲道：「不知曾少俠何以對自己的師承來歷，也有這等難言之隱？古人言道：『見賢思齊，見不賢……』」

張無忌聽到「見賢思齊」四字，猛地裏想起「見死不救」來，登時記起，八年前在蝴蝶谷中之時，胡青牛曾對他言道：華山派的鮮于通害死了他妹子。當時張無忌小小的心靈中曾想：「這鮮于通如此可惡，日後倘若不遭報應，老天爺那裏還算有眼？」一凝神之際，將胡青牛的說話清清楚楚的記了起來：「一個少年在苗疆中了金蠶蠱毒，原本非死不可，我三日三夜不睡，耗盡心血救治了他，和他義結金蘭，情同手足，那知後來他卻害死了我的親妹子……唉，我那苦命的妹子……我兄妹倆自幼父母見背，相依為命。」胡青牛說這番話時，那滿臉皺紋、淚光瑩瑩的哀傷情狀，曾令張無忌大為難過。胡青牛又說，後來曾數次找他報仇，只因華山派人多勢衆，鮮于通又狡猾多智，胡青牛反而險些命喪他手。

他想到此處，雙眉一挺，兩眼神光炯炯，向鮮于通直射過去，又想起鮮于通曾有個弟子薛公遠，給金花婆婆打傷後自己救了他性命，那知後來反要將自己煮來吃了。這兩師徒恩將仇報，均是卑鄙無恥的奸惡之徒，薛公遠已死，眼前這鮮于通卻非得好好懲戒一番不可，當下微微一笑，說道：「我又沒曾在苗疆中過非死不可的劇毒，又沒害死過我金蘭之交的妹子，那有甚麼難言之隱？」

鮮于通聽了這話，不由得全身一顫，背上冷汗直冒。當年他得胡青牛救治性命後，和胡青牛之妹胡青羊相戀。胡青羊以身相許，竟致懷孕，那知鮮于通後來貪圖華山派掌門之位，棄了胡青羊不理，和當時華山派掌門的獨生愛女成親。胡青羊羞憤自盡，造成一屍兩命的慘事。這件事鮮于通一直遮掩得密不透風，不料事隔二十餘年，突然給這少年當衆揭了出來，如何不令他驚惶失措？心中立起毒念：「這少年不知如何，竟會得知我的陰私，非下辣手立即除了不可，決不能容他多活一時三刻，否則給他張揚開來，那還了得？」霎時之間鎮定如恆，說道：「曾少俠既不肯見告師承，在下便領教曾少俠的高招。咱們點到即止，還盼手下留情。」說著右掌斜立，左掌便向張無忌肩頭劈了下來，朗聲道：「曾少俠請！」竟不讓張無忌再有說話的機會。

張無忌知他心意，隨手舉掌輕輕格開，說道：「華山派的武藝高明得很，領不領教，都是一般。倒是鮮于掌門恩將仇報、忘恩負義的功夫，卻爲人所不及……」

鮮于通不讓他說下去，立即撲上貼身疾攻，使的是華山派絕技之一的七十二路「鷹蛇生死搏」。他收攏摺扇，握在右手，露出鑄作蛇頭之形的尖利扇柄，左手使的則是鷹爪功路子；右手蛇頭點打刺戳，左手則是擒拿扭勾，雙手招數截然不同，其實已動用兵器，並非單是拳腳。這路「鷹蛇生死搏」乃華山派已傳之百餘年的絕技，鷹蛇雙式齊施，蒼鷹矯矢之姿，毒蛇靈動之勢，於一式中同時現出，迅捷狠辣，兼而有之。

可是力分則弱，這路武功用以對付常人，原能使人左支右絀，顧得東來顧不得西，張無忌只接得數招，便知對方招數雖精，勁力不足，比之空性神僧可差得遠了。他隨手拆接，朗聲道：「鮮于掌門，在下有一件事請教，你當年身中劇毒，已是九死一生，人家拚著三日三夜不睡，竭盡心力的給你治好了，又和你義結金蘭、待你情若兄弟。爲甚麼你如此狠心，反而去害死了他妹子？」他話聲清亮，朗朗說來，六派人人皆聞。

鮮于通無言可答，張口罵道：「胡……」他本想罵「胡說八道」，跟對方強辯。他素以言辭便給、口齒伶俐稱著武林，耳聽得張無忌在揭自己的瘡疤，便想揑造一番言語，不但遮掩自己失德，反可誣陷對方，待張無忌憤怒分神，便可乘機暗下毒手，眼見到張無忌勝過空性神僧的身手，自己上場之前就沒盼能在武功上勝過了他。

那知剛說了一個「胡」字，突然間一股沉重之極的掌力壓將過來，逼在他胸口，鮮于通喉頭氣息一沉，下面那「……說八道」三個字便嚥回了肚中，霎時之間，只覺肺中的氣息便要被對方掌力擠逼出來，忙潛運內力，苦苦撐持，耳中卻淸淸楚楚的聽得張無忌說道：「不錯，不錯！你倒記得是姓『胡』的，爲甚麼說了個『胡』字，便不往下說呢？胡家小姐給你害得好慘，這些年來，你難道不感內疚麼？」鮮于通窒悶難當，呼吸便要斷絕，急急連攻三招。張無忌掌力一鬆，鮮于通只感胸口輕了，忙吸了口長氣，喝道：「你……」但只說了個「你」字，對方掌力又逼到胸前，話聲立斷。

張無忌道：「大丈夫一身做事一身當，是就是，非就非，爲甚麼支支吾吾、呑呑吐吐？蝶谷醫仙胡靑牛先生當年救了你性命，是不是？他的親妹子是給你親手害死的，是不是？」他不知胡靑牛的妹子如何被害，沒法說得更加明白，但鮮于通卻以爲自己一切所作所爲，對方已全都了然於胸，又苦於言語無法出口，臉色更加白了。

旁觀衆人素知鮮于通口若懸河，最擅雄辯，此刻見他臉有愧色，在對方嚴詞詰責之下竟無言以對，對張無忌的說話不由得不信。張無忌以絕頂神功壓迫他呼吸，除鮮于通自己啞子吃黃蓮、有苦說不出之外，旁人但見張無忌雙掌揮舞，拆解鮮于通的攻勢，偶爾反擊數掌，縱是各派一流高手，也瞧不破其中秘奧。華山派中的諸名宿、門人見掌門人如此當衆出醜，給一個少年罵得狗血淋頭，卻沒一句辯解，人人均感羞愧無地。另有一干人素知鮮于通詭計多端，卻以爲他暫且隱忍，稍停便有極厲害的報復之計。

只聽張無忌又大聲斥道：「咱們武林中人，講究有恩報恩、有怨報怨，那蝶谷醫仙是明教中人，你身受明教大恩，今日反而率領門人，前來攻打明教。人家救你性命，你反而害死他的親人，如此禽獸不如之人，虧你也有臉面來做一派掌門！」他罵得痛快淋漓，心想胡先生今日倘若在此，親耳聽到我爲他伸怨雪恨，當可一吐心中積憤，眼下罵也罵得夠了，今日不能傷他性命，日後再找他算帳，當下掌力一收，說道：「你既自知羞愧，那便暫且寄下你頸上人頭。」

鮮于通突然間呼吸暢爽，喝道：「小賊，一派胡言！」摺扇柄向著張無忌面門一點，立即向旁躍開。張無忌鼻中突然聞到一陣甜香，登時頭腦昏眩，腳下幾個踉蹌，但覺天旋地轉，眼前金星亂舞……

鮮于通喝道：「小賊，教你知道我華山絕藝『鷹蛇生死搏』的厲害！」說著縱身上前，左手五指向張無忌右腋下的「淵腋穴」上抓了下去。他只道這一把抓落，張無忌已絕無反抗之能，那知著手之處，便如抓到了一張滑溜溜的大魚皮，竟使不出半點勁道。

但聽得華山派門人弟子采聲雷動：「鷹蛇生死搏今日名揚天下！」「華山鮮于掌門神技驚人！」「教你這小賊見識見識貨眞價實的武功！」

張無忌微微一笑，一口氣向鮮于通鼻間吹了過去。鮮于通陡然聞到一股甜香，頭腦立時昏暈，這一下當眞嚇得魂飛魄散，張口待欲呼喚。張無忌左手在他雙腳膝彎中拂過。鮮于通立足不定，撲地跪倒，伏在張無忌面前，便似磕拜求饒一般。

這一下變故人人大出意料之外，眼見張無忌已然身受重傷，搖搖欲倒，那知一剎那間，變成鮮于通跪在他的面前，難道他當眞有妖法不成？

張無忌彎下腰去，從鮮于通手中取過摺扇，朗聲說道：「華山派自負名門正派，眞料不到居然還有一手放蠱下毒的絕藝，各位請看！」說著輕輕揮動，打開摺扇，只見扇上一面繪的是華山絕峯，千仭疊秀，翻將過來，另一面寫著郭璞的六句〈太華讚〉：「華岳靈峻，削成四方。爰有神女，是挹玉漿。其誰遊之？龍駕雲裳。」張無忌摺攏扇子，說道：「誰知道這把風雅的扇子之中，竟藏著一個卑鄙陰毒的機關。」說著走到一棵花樹前，以扇柄對著鮮花揮了幾下，片刻之間，花瓣紛紛萎謝，樹葉也漸轉淡黃。

衆人無不駭然，均想：「鮮于通在這把扇中藏的不知是甚麼毒藥，竟這等厲害？」只聽得鮮于通伏在地下，猶如殺豬般的慘叫，聲音淒厲，撼人心弦，「啊……啊……」的一聲聲長呼，猶如有人以利刃在一刀刀刺到他身上。本來以他這等武學高強之士，便眞有利刃加身，也能強忍痛楚，決不致當衆如此大失身分的呼痛。他每呼一聲，便是削了華山派衆人的一層面皮。

只聽他呼叫幾聲，大聲道：「快……快殺了我……快打死我罷……」張無忌道：「我倒有法子給你醫治，只不知你扇中所藏的是何毒物。不明毒源，就難以解救了。」鮮于通叫道：「這……這是金蠶……金蠶蠱毒……快……快打死我……啊……啊……」

眾人聽到「金蠶蠱毒」四字，年輕的不知厲害，倒也罷了，各派耆宿卻盡皆變色，有些正直之士已大聲斥責起來。原來這「金蠶蠱毒」乃天下毒物之最，無形無色，中毒者有如千萬條蠶蟲同時在周身咬嚙，痛楚難當，無可形容。武林中人說及時無不切齒痛恨。這蠱毒無跡象可尋，憑你神功無敵，也能給一個不會半點武功的婦女兒童下了毒手，只是其物難得，各人均只聽過它的毒名，此刻才親眼見到鮮于通身受其毒的慘狀。

張無忌又問：「你將金蠶蠱毒藏在摺扇之中，怎會害到了自己？」鮮于通道：「快……殺了我……我不知道，我不知道……」說到這裏，伸手在自己身上亂抓亂擊，滿地翻滾。張無忌道：「你將扇中的金蠶蠱毒放出來害我，卻讓我用內力逼了回來，你還有甚麼話說？」

鮮于通尖聲大叫：「是我自己作孽……我自作孽……」伸出雙手扼在自己咽喉之中，想要自盡，但中了這金蠶蠱毒之後，全身已沒半點力氣，拚命將額頭在地下碰撞，也是連面皮也撞不破半點。這毒物令中毒者求生不能，求死不得，偏偏又神智清楚，身上每一處痛楚加倍清楚的感到，比之中者立斃的毒藥，其可畏可怖，不可同日而語。

當年鮮于通在苗疆對一個苗家女子始亂終棄，那女子便在他身上下了金蠶蠱毒，但仍盼他回心轉意，下的份量不重，以便解救。鮮于通中毒後當即逃出，他也眞工於心計，逃出之時，竟偷了那苗家女子的兩對金蠶，但逃出不久便即癱倒。恰好胡青牛正在苗疆採藥，將他救活。鮮于通此後依法飼養金蠶，製成毒粉，藏入扇柄。扇柄上裝有機括，一加撳按，再以內力逼出，便能傷人於無形。他適才一動手便即受制，內力使發不出，直到張無忌撤手相讓，他立即使出一招「鷹揚蛇竄」，扇柄虛指，射出蠱毒。

幸得張無忌內力深厚無比，臨危之際屏息凝氣，反將毒氣逼回，只要他內力稍差，那麼眼前在地下輾轉呼號之人，便不是鮮于通而是他了。他熟讀王難姑的《毒經》，深知這金蠶蠱毒的厲害，暗中早已將一口眞氣運遍周身，察覺絕無異狀，這才放心，見鮮于通如此痛苦，不禁起了惻隱之心，但想：「救是可以相救，卻要他親口吐露自己當年的惡行。」朗聲道：「這金蠶蠱毒救治之法，我倒也懂得，只是我問你甚麼，你須老實回答，若有半句虛言，我便撒手不理，任由你受罪七日七夜，到那時肉腐見骨，滋味可不好受。」

鮮于通身上雖痛，神智卻極清醒，暗想：「當年那苗家女子在我身上下了此毒之後，也說要我苦受折磨七日七夜之後，這才肉腐見骨而死，怎地這小子說得一點不錯？」但仍不信他會有蝶谷醫仙胡青牛的神技，能解此劇毒，說道：「你……救不了我的……」張無忌微微一笑，倒過摺扇，在他腰眼中點了一點，說道：「在此處開孔，傾入藥物後縫好，便能驅走蠱毒。」

鮮于通忙不迭的道：「是，是！一點兒也……也……不錯。」張無忌道：「那麼你說罷，你一生之中，做過甚麼虧心事。」鮮于通道：「沒……沒有……」張無忌雙手一拱，道：「請了！你在這兒躺七天七夜罷。」鮮于通忙道：「我……我說……」可是要當衆述說自己的虧心事，究是大大爲難，他囁嚅半晌，終於不說。

突然之間，華山派中兩聲淸嘯，同時躍出二人，一高一矮，年紀均已五旬有餘，手中長刀閃耀，縱身來到張無忌身前。那身矮老者尖聲道：「姓曾的，我華山派可殺不可辱，你如此對付我們鮮于掌門，非英雄好漢所爲。」

張無忌抱拳說道：「兩位尊姓大名？」那矮小老者怒道：「諒你也不配問我師兄弟的名號。」俯下身來，左手便去抱鮮于通。張無忌掌力虛拍，將他逼退一步，冷冷的道：「他周身是毒，只須沾上一點，便和他一般無異，閣下還是小心些罷！」

那矮小老者一怔，只嚇得全身皆顫，卻聽鮮于通叫道：「快救我……快救我……白遠白師哥，是我用這金蠶蠱毒害死的，此外再也沒有了，再也沒虧心事了。」

他此言一出，那高矮二老以及華山派人衆一齊大驚。矮老者問道：「白遠是你害死的？此言可眞？你怎說他死於明教之手？」

鮮于通叫道：「白……白師哥……求求你，饒了我……」他大聲慘叫，同時不住的磕頭求告，叫道：「白師哥……你死得很慘，可是誰叫你當時那麼狠狠逼我……你要說出胡家小姐的事來，師父決不能饒我，我……我只好殺了你滅口啊。白師哥……你放了我……你饒了我……」雙手用力扼迫自己咽喉，又叫：「我害了你，只好嫁禍於明教，可是……可是……我給你燒了多少紙錢，又給你做了多少法事，你怎麼還來索我的命？你的妻兒老小，我也一直給你照顧……他們衣食無缺啊！」

此刻日光普照，廣場上到處是人，但鮮于通這幾句哀求之言說得陰風慘慘，令人不寒而慄，似乎白遠的鬼魂當眞到了身前。華山派中識得白遠的，更爲驚懼。

張無忌聽他如此說，卻也大出意料之外，本來只要他自承以怨報德、害死胡青牛之妹，那知他反而招供害死了自己師兄。胡青羊雖因他而死，畢竟是她自盡，鮮于通薄倖寡德，心中一直也未覺如何慚愧，白遠卻是他親手加害。當時白遠身中金蠶蠱毒後輾轉翻滾的慘狀，今日他一一身受，腦海中想到的只是「白遠」兩字，又驚又痛之下，便似見到白遠的鬼魂前來索命。

張無忌也不知那白遠是甚麼人，但聽了鮮于通的口氣，知他將暗害白遠的罪行推在明教頭上，華山派所以參與光明頂之役，多半由此而起，朗聲說道：「華山派各位聽了，白遠白師父並非明教所害，各位可錯怪了旁人。」

那高大老者突然舉刀，疾往鮮于通頭上劈落。張無忌摺扇伸出，在他刀上一點，鋼刀盪開，啪的一聲，掉在地下，直插入土裏一尺有餘。那高老者怒道：「此人是本派叛徒，我們自己清理門戶，你何必插手干預？」張無忌道：「我已答應治好他身上蠱毒，說過的話可不能不算。貴派門戶紛爭，儘可待回歸華山之後，慢慢清理不遲。」

那矮老者道：「師弟，此人之言不錯。」飛起一腳，踢在鮮于通背心「大椎穴」上，這一腳既踢中了他穴道，又將他踢得飛了起來，直摜出去，啪嗒一聲，摔在華山派眾人面前。鮮于通穴道上受踢，雖然全身痛楚不減，卻已叫喊不出聲音，只在地下掙扎扭動。他自有親信的門人弟子，但均怕沾到他身上劇毒，誰也不敢上前救助。

那矮老者向張無忌道：「我師兄弟是鮮于通這傢伙的師叔，你幫我華山派弄明白了門戶中的一件大事，令我白遠師姪沉冤得雪，謝謝你啦！」說著深深一揖。那高老者跟著也是一揖。張無忌急忙還禮，道：「兩位前輩，好說，好說。」

矮老者舉刀虛砍，厲聲喝道：「可是我華山派的名聲，卻也給你這小子當眾毀得不成模樣，我師兄弟跟你拚了這兩條老命！」高老者拾回單刀，也道：「我師兄弟跟你拚了這兩條老命！」敢情他身裁雖然高大，卻是唯那矮老者馬首是瞻，矮老者說甚麼，他便跟著說甚麼。

張無忌道：「華山派清者自清，濁者自濁，偶爾出一個敗類，不礙貴派威名。武林中不肖之徒，各大門派均在所難免，兩位又何必耿耿於懷？」高老者道：「依你說是不礙的？」張無忌道：「不礙的！」高老者道：「師哥，這小子既說這是不礙的，咱們就算了罷！」他對張無忌頗存怯意，實不敢和他動手。

矮老者厲聲道：「先除外侮，再淸門戶。華山派今日倘若勝不得這小子，咱們豈能再立足於武林之中？」高老者道：「好！喂，小子，咱們可要兩個打你一個了。你如覺得不公平，那便乘早認輸了事。」矮老者眉頭一皺，喝道：「師弟，你……」

張無忌接口道：「兩個打我一個，那再好也沒有了，倘若你們輸了，可不能再跟明教爲難。」高老者大喜，大聲道：「咱們兩個打你一個，那你決計活不了。我師兄弟有一套兩儀刀法，變化莫測，聯刀攻敵，萬夫莫當。我就只躭心你定要單打獨鬥，一個對一個。你既肯一個對我們兩個，那就輸定了，說過的話，可不許反悔！」張無忌道：「我決不反悔便了，老前輩刀下留情。」高老者道：「我刀下是決不容情的，我們這路兩儀刀法一施展，越來越凌厲，那可沒甚麼客氣。我瞧你這小子人也不壞，砍死了你，倒怪可憐的……」

矮老者怒喝：「師弟，少說一句成不成？」高老者道：「少說一句，當然可以。不過我先行提醒他，叫他留神，咱師兄弟這套兩儀刀法，乃是反兩儀，式式不依常規：

……」矮老者厲聲喝道：「住口！」轉頭向張無忌道：「請接招！」揮刀便砍了過去。

張無忌舉起鮮于通那柄摺扇，按在他刀背上一引。高老者大聲叫道：「喂，喂！不成，不成！這個樣子，咱們寧可不比。」張無忌道：「怎麼？」高老者道：「這把扇子中有毒，不小心濺了開來，可不是玩的。」

張無忌道：「不錯，這種劇毒之物，留在世上只有害人。」右手食中兩根手指夾住扇柄，運起內功，往下直擲，那扇子嗤的一聲，直沒入土中，地下僅餘一個小孔。廣場地土堅實，這一手九陽神功，廣場上再沒第二人能辨得到，眾人忍不住都大聲喝采。高老者將單刀夾在腋下，雙手用力鼓掌，說道：「你快去取一件兵刃來罷。」

張無忌本來不願當眾炫耀，不過今日局面大異尋常，只有倚仗神功，令對方知難而退，否則六大派如何肯就此罷手，回歸中原？便道：「前輩看我用甚麼兵刃的好？」高老者伸出手去，在他肩頭拍了兩拍，笑道：「你這娃兒倒也有趣，你愛用甚麼兵刃，居然問起我來了。」張無忌知他這麼拍幾下，不過是老人家喜歡少年人的表示，並無惡意。但旁觀眾人卻都吃了一驚，心想雙方對敵過招，一人隨隨便便的伸手去拍敵手肩膀，對方居然並不閃避，倘若那高老者手上使勁，或乘機拍中他穴道，豈非不用比武，便分了勝敗？卻不知張無忌有神功護身，高老者若忽施暗算，也決傷他不到。

高老者笑道：「我叫你用甚麼兵刃，你便聽我的話麼？」張無忌微笑道：「可以。」

高老者笑道：「你這娃兒武藝很好，十八般兵刃，想來件件皆能的了。要你空手和我們兩個老人家過招，又說不過去。」張無忌笑道：「空手也不妨的。」高老者遊目四顧，想要找一件最不稱手的兵刃給他，突然看到廣場左角放著幾塊大石，便道：「我讓你也佔些便宜，用件極沉重的兵刃。」說著向著幾塊大石一指，呵呵大笑。

這些大石每塊總有二三百斤，力氣小些的連搬也搬不動，何況長期以來給人當作凳坐，四周光溜溜的，無可著手之處，怎能作爲兵刃？高老者原意是出個難題，開開玩笑，最好對方給擠兌住了，知難而退，比武之事就此作罷。

不料張無忌微微一笑，說道：「這件兵刃倒也別致，老前輩是考我的功夫來著。」說著走到石塊之前，左手伸出，抄起一塊大石，托在手裏，說道：「兩位請！」話聲甫畢，連身帶石躍了起來，縱到兩個老者身前。

衆人只瞧得張大了口，連喝采也忘記了。高老者伸手猛拉鬍子，叫道：「這……這個可有點兒奇哉怪也！」矮老者卻知今日實已遇上了生平從所未見的大敵，當下穩步凝氣，注視對手，說道：「有僭了！」青光閃動，身隨刀進，直攻張無忌右脅。高老者道：「師哥，眞打嗎？」矮老者道：「還有假的？」鋼刀兜了半個圈子，方向突變，斜劈張無忌肩頭。

張無忌旁退讓開，見斜刺裏青光閃耀，高老者揮刀砍來。張無忌喝道：「來得好！」

橫過石頭擋架，噹的一聲，這一刀砍在石上，火花四濺，石屑紛飛。張無忌舉起大石，順勢推了過去。高老者叫道：「啊喲，這是『順水推舟』，你使大石頭也有招數麼？」

矮老者大聲喝道：「師弟，『混沌一破』！」揮刀從背後反劃弧形，彎彎曲曲的斬向張無忌。高老者接口道：「太乙生萌，兩儀合德……」矮老者接口道：「日月晦明。」高矮二老口中呼喝，刀招源源不絕的遞出。張無忌施展九陽神功，托著大石，運轉如意。高矮二老使開反兩儀刀法，刀刀狠辣，招招沉猛，但張無忌手中這塊石頭實在太大，只須稍加轉側，便盡數擋住了二老砍劈過來的招數。

高老者大叫：「你兵刃上佔的便宜太多，這般打法太不公平！」張無忌笑道：「那麼不用這笨重兵器也成。」突然將大石往空中拋去，二老情不自禁的抬頭一看，豈知便這麼微一疏神，後頸穴道已同時遭對手抓住，登時動彈不得。張無忌身子向後彈出，大石已向二老頭頂壓落。

眾人失聲驚呼聲中，張無忌縱身上前，左掌揚出，將大石推出丈餘，砰的一聲，落在地下，陷入泥中幾有尺餘。他伸手在二老肩頭輕輕拍了幾下，微笑道：「得罪了！晚輩跟兩位開個玩笑。」他這麼輕拍，高矮二老受封的穴道登時得解。

矮老者臉如死灰，嘆道：「罷了，罷了！」高老者卻搖頭道：「這個不算。」張無忌道：「怎麼不算？」高老者道：「你不過力氣大，搬得起大石頭，可不是在招數上勝了我哥兒倆。」張無忌道：「那麼咱們再比。」高老者道：「再比也可以，不過得想個新鮮法兒才成，否則淨給你佔便宜，我們輸了也不心服，你說是不是？」張無忌點頭道：「是！」

小昭一直注視著場中比拚，這時伸手刮刮臉皮，叫道：「羞啊，羞啊！鬍子一大把，自己老佔便宜，反說吃虧。」她手指上下移動，手腕上的鐵鍊便叮噹作響，清脆動聽。旁觀衆人見這小姑娘天眞爛漫，一味幫著張無忌，都覺有趣。

高老者哈哈一笑，說道：「常言道得好：吃虧就是佔便宜。我老人家吃過的鹽，多過你吃的米；我走過的橋，長過你走的路。小丫頭嘰嘰喳喳甚麼？」回頭對張無忌道：「要是你不服，那就不用比了。反正這一回較量你沒有輸，我們也沒贏，雙方扯了個直。再過三十年，大家再比過也不遲……」

矮老者聽他越說越胡混，自己師兄弟二人說甚麼也是華山派耆宿，怎能如此耍賴，當即喝道：「姓曾的，我們認栽了，你要怎般處置，悉聽尊便。」張無忌道：「兩位請便。在下只不過斗膽調處貴派和明教的過節，實在別無他意。」

高老者大聲道：「這可不成！還沒說出新鮮的比武主意，怎麼你就打退堂鼓了？這不是臨陣退縮、望風披靡麼？」矮老者皺眉不語，他知這個師弟雖說話瘋瘋顚顚，但靠了一張厚臉皮，往往說得對方頭昏腦脹，就此轉敗爲勝。今日在天下衆英雄之前施此伎倆，原沒甚麼光采，然而如果竟因此而勝得對手，至少功過可以相抵。

張無忌道：「依前輩之意，該當如何？」高老者道：「咱們華山派這套『反兩儀刀法』的絕藝神功，你是嘗過味道了。想來你還不知崑崙派有一套『正兩儀劍法』，變化之精奇奧妙，和華山派的刀法可說一時瑜亮，各擅勝場。倘若刀劍合璧，兩儀化四象，四象生八卦，陰陽調和，水火互濟，唉……」說到這裏，不住搖頭，緩緩嘆道：「威力太強，威力太強！你是不敢抵擋的了！」

張無忌轉頭向著崑崙派，說道：「崑崙派那位高人肯出來賜教？」高老者搶著道：「崑崙派中除了鐵琴先生夫婦，常人也不配和我師兄弟聯手。就不知何掌門有這膽量沒有？」眾人都是一樂：「這老兒說他傻，卻不傻，他要激得崑崙派兩大高手下場相助。」

何太沖和班淑嫻對望了一眼，都不知這高矮二老是甚麼人，他們是掌門人鮮于通的師叔，班輩甚高，想必平時少在江湖上行走，自己又僻處西域，是以不識。夫妻二人均想：「這兩個老兒鬥不過那姓曾的少年，便想拉我們趕這淌渾水。一起勝了，他們臉上也有光采。」只聽高老者道：「崑崙派何氏夫婦不敢和你動手，那也難怪。他們的正兩儀劍法雖然還不錯，但失之呆滯，比起華山派的反兩儀刀法來，本來稍遜一籌兩籌。」

班淑嫻大怒，縱身入場，指著高老者道：「閣下尊姓大名？」高老者道：「我也姓何，何夫人請了。」這兩句話顯是撿了個現成便宜。旁邊許多人都笑了出來。

班淑嫻是崑崙派的「太上掌門」，連何太沖也忌她三分，數十年來在崑崙山上頤指氣使慣了，數百里方圓之內，儼然女王一般，如何能受這等奚落取笑？突然間嗤的一聲響，挺劍直向高老者左肩刺去。這一下拔劍出招的手法迅捷無倫，在一瞬之前，還見她兩手空空，柳眉微豎，一瞬之後，已長劍在手，劍尖離高老者肩頭不及半尺。高老者一驚之下，迴刀橫揮，噹的一響，刀劍相交，在千鈞一髮之際格開了。班淑嫻使的是一招「金針渡劫」，那高老者使的卻是一招「萬劫不復」，一正一反，均施發了兩儀術數中的極致。莫看那高老者在張無忌手下縛手縛腳，似乎功夫平庸，實則他刀法上的造詣確然不同凡響。

兩人刀劍相交，各自退開一步，不禁一怔，心下均佩服對方這一招的精妙。兩人派別不同，武功大異，生平從未見過面，但一招之下，發覺自己這套武功和對方若合符節，配合得天衣無縫，猶似一個人一生寂寞，突然間遇到了知己般的歡喜。

班淑嫻忍不住想：「他華山派的反兩儀刀法果然了得，若和他聯手攻敵，當可達致天下兵刃招數中的巔峯。」跟著又想：「華山派這兩個傢伙不是這少年的對手，我崑崙派跟他動手，也沒取勝把握。我們若就此下場，那是崑崙、華山兩派四大高手合戰一個無名少年，未免太失身分，然而這是華山派想出來的主意。」回頭向何太沖叫道：「喂，你過來！」

何太沖雖對妻命不敢有違，但在衆人之前，仍要擺足掌門人的架子，「哼」的一聲，緩緩站起。四名小僮前導，一捧長劍，一捧鐵琴，另外兩名各持拂塵。五人走到廣場中心，捧劍小僮雙手端劍過頂，躬身呈上，何太沖接了，四名小僮躬身退下。

班淑嫻道：「華山派的反兩儀刀法，招數上倒也不算含糊。」高老者嬉皮笑臉的道：「多蒙讚賞！」班淑嫻橫了他一眼，說道：「咱們四個就拿這少年人餵餵招，切磋一下崑崙、華山兩派的武功。」她說著回過頭來，突然「咦」的一聲，瞪著張無忌道：「你……你……」她和張無忌分手不過六年，雖然他在這六年中自孩童成為少年，身裁長高了，但面目依稀還能相識。

張無忌道：「咱們從前的事，要不要一切都說將出來？我是曾阿牛。」班淑嫻當即明白了他用意，他不願以眞姓名示人，如果自己將他揭破，那麼他夫婦恩將仇報的種種不德情事，他也要當衆宣布了，於是長劍一舉，說道：「曾少俠武功大進，可喜可賀，還請出手指教。」言下顯然是說，咱們只比武藝，不涉舊事。張無忌微微一笑，道：「久仰賢夫婦劍法通神，尚請手下留情。」何太沖說道：「曾少俠用甚麼兵刃？」

張無忌一見到他，便想起那對會吸毒的金冠銀冠小蛇。他摔入絕谷後，這對小蛇因無毒物爲食，竟致生生餓死。跟著又想起他在武當山上逼死自己父母，在崑崙山中逼迫自己和楊不悔吞服毒酒、將自己打得目青鼻腫、一把將自己擲向山石，若不是楊逍正好在旁及時出手相救，自己這時屍骨早朽，還說甚麼做魯仲連、做和事老？自己好心救了他愛妾性命，他卻如此恩將仇報，一再加害。

他想到此處，怒氣上衝，心道：「好何太沖，那一天你打得我何等厲害，今日我雖不能要了你性命，卻須出了當日這口惡氣。」見何太沖夫婦和華山派的高矮二老分站四角，兩刀雙劍在日光下閃爍不定，突然間雙臂一振，身子筆直竄起，在空中輕輕一個轉折，撲向西首一棵梅樹，左手探出，折了一枝梅花下來，這才迴身落地。

他手持梅枝，緩步走入四人之間，高舉梅枝，說道：「在下便以這梅枝當兵刃，領教崑崙、華山兩派的高招。」那梅枝上疏疏落落的生著十來朵梅花，其中半數兀自含苞未放。衆人聽他如此說，都是一驚：「這梅枝一碰即斷，怎能和對方的寶劍利刀較量？」

班淑嫻冷笑道：「很好，你是絲毫沒將華山、崑崙兩派的功夫放在眼下了？」

張無忌道：「我曾聽先父言道，當年崑崙派前輩何足道先生，琴劍棋三絕，世稱『崑崙三聖』。只可惜咱們生得太晚，沒能瞻仰前輩的風範，實爲憾事。」這幾句話人人都聽得出來，他大讚崑崙派前輩，卻將眼前的崑崙人物瞧得不堪一擊。

猛聽得崑崙派中一人聲如破鑼的大聲喝道：「小賊種，你有多大能耐，竟敢對我師父、師叔無理？」喝聲未畢，一個矮矮胖胖的道人從人叢中竄了出來，挺劍猛向張無忌背心刺去。這道人身法極快，這一劍雖似事先已有警告，但劍招迅捷，實和偷襲殊無分別。

張無忌竟不轉身，待劍尖將要觸及背心衣服，左足向後翻出，壓下劍刃，順勢踏落，將長劍踹在地下。那道人用力回抽，竟紋絲不動。張無忌緩緩回過頭來，看這道人時，原來是他初回中原、在海船中遇到過的西華子，此人性子暴躁，曾一再對張無忌的母親殷素素口出無禮之言。張無忌心中一酸，說道：「你是西華子道長？」

西華子滿臉脹得通紅，並不答話，只竭力抽劍。張無忌左腳突然鬆開，腳底跟著在劍刃上一點。西華子沒料到他會陡然鬆腳，力道用得猛了，一個踉蹌，向後便跌。憑著他的武功修爲，這一下雖出其不意，但立時便可拿樁站定，不料剛使得個「千斤墜」，猛地裏劍上一股極強的力道傳來，將他身子狠推，登時一屁股坐倒，險些向後翻跌，跟著叮叮叮的幾聲響，手中長劍寸寸斷絕，掌中抓著的只餘一個劍柄。

西華子驚愧難當，他是班淑嫻親傳的弟子，因此叫班淑嫻師父，而叫何太沖爲「掌門師叔」，一瞥眼間，只見師父滿臉怒色，心知自己這一下大大丟了師門臉面，事過之後必受重責，不禁更加惶恐，急躍站起，喝道：「小賊種……」

張無忌本想就此讓他回去，但聽他罵到「小賊種」三字，那是辱及了父母，手中梅枝在他身上掠過，已運勁點了他胸腹間三處要穴，對高矮二老和何氏夫婦道：「請進招罷！」

班淑嫻對西華子低聲喝道：「走開！丟的人還不夠麼？」西華子道：「是！」但竟不移步。班淑嫻怒道：「我叫你走開，聽見沒有？」西華子道：「是！是！師父，是！」口中十分恭謹，卻仍不動。班淑嫻怒極，心想這傢伙幹麼不聽起話來了？原來張無忌拂穴的手法快極，班淑嫻眼光雖然敏銳，卻萬萬想不到他的勁力可借柔物而傳，梅枝的輕輕一拂，無殊以判官筆連點穴道。她伸手在西華子肩頭重重一推，喝道：「站開些，別在這兒丟人現眼！」

西華子道：「是，師父，是！」身子平平向旁移開數尺，手足姿式卻半點沒變，就如一尊石像給人推動了一般。這麼一來，班淑嫻和何太沖才知他已在不知不覺間給張無忌點了穴道，心下暗自駭然。何太沖伸手去西華子腰脅推拿數下，想爲他解開穴道。那知勁力透入，西華子仍一動不動。

張無忌指著楊逍身旁的楊不悔道：「這個小姑娘，六年前給你們封了穴道，強灌毒酒，我沒法給她解開，今日令徒也是一般。貴我兩派的點穴手法不同，也不足爲異。」

衆人聽他這麼說，眼光都射向楊不悔身上，見她現下也不過是個妙齡少女，六年之前自更幼小，何太沖夫婦以一派掌門之尊，竟這般欺侮一個小姑娘，實在太失身分。

班淑嫻見衆人眼色有異，心想多說舊事有何好處，挺劍便往張無忌眉心挑去。婦唱夫隨，何太沖長劍指向張無忌後心，跟著華山派高矮二老的攻勢也即展開。

張無忌身形晃動，從刀劍之間竄了開去，梅枝在何太沖臉上掠過。何太沖斜劍刺他腰脅。張無忌左手食指彈向矮老者的單刀，梅枝掃向何太沖的長劍。何太沖劍身微轉，劍鋒對準梅枝削去，心想你武功再高，木質的樹枝終不能抵擋我劍鋒之一削。那知張無忌的梅枝跟著微轉，平平的搭上劍刃，一股柔和的勁力送出，何太沖的長劍直盪了開去，噹的一響，剛好格開了高老者砍來的一刀。

高老者叫道：「啊哈，何太沖，你倒戈助敵麼？」何太沖臉上微微一紅，不能自認劍招給敵人內勁引開，只說：「胡說八道！」狠狠一劍，疾向張無忌刺去。

何太沖出招攻敵，班淑嫻正好在張無忌的退路上伏好了後著，高矮二老跟著施展反兩儀刀法。兩儀劍法和反兩儀刀法雖正反有別，但均係從八卦中化出，再回歸八卦，可說是殊途而同歸。數招一過，四人越使越順手，雙刀雙劍配合得嚴密無比。

張無忌見正反兩套武功聯在一起之後，陰陽相輔，竟沒絲毫破綻。他數次連遇險招，倘若手中所持是件兵刃，當可運勁震斷對方刀劍，偏生過於托大，只拿了一根梅枝。陡然間矮老者鋼刀著地捲到，張無忌閃身相避，班淑嫻長劍疾彈出來，喝一聲：「著！」刺向張無忌大腿，在他褲腳上劃破了一道口子。

張無忌回指點出，何太沖的長劍又已遞到，高矮二老的單刀分取上盤下盤。張無忌一時難以抵敵，靈機一動，滑步搶到了西華子身後。班淑嫻跟上刺出一劍，招數之狠，勁力之猛，直欲置張無忌於死地，那裏是比武較量的行逕？張無忌在西華子身後一縮，班淑嫻這一劍險些刺中徒兒身子，硬生生的斜開，西華子卻已「啊喲」一聲，叫了出來。待得何太沖從左首攻到，張無忌又在西華子身側避過。

他一時捉摸不到這兩路正反兩儀武功的要旨，想不出破解之法，只有繞著西華子東轉西閃，暫且將他當作擋避刀劍的盾牌，心中暗叫：「張無忌啊張無忌，你也未免太過小覷了天下英雄。『驕者必敗』這句話，從今以後可得好好記在心中。焉知世上沒有比乾坤大挪移更厲害的武功，沒有比九陽神功更渾厚的內勁？該記得天外有天，人上有人！」

只聽得四周笑聲大作。西華子猶似泥塑木彫般站在當地，張無忌在他身側鑽來躍去，每當何太沖等四人的刀劍從他身旁相距僅寸的掠過劈過，西華子便大聲「咦！」「啊！」「唉喲！」的叫喊，偏又半點動彈不得，當眞十二分的驚險，十二分的滑稽。張無忌究竟未得高手指點，拆解招式全憑見招而爲，幸好乾坤大挪移功夫神妙，而以九陽神功爲底，本來做不到的身法，竟忽然之間便做到了。

班淑嫻怒氣上衝，眼見接連數次均可將張無忌傷於劍下，都因西華子橫擋其間，礙手礙腳，恨不得一劍將他劈爲兩段，但終究有師徒之情，下不得手。華山派的高老者叫道：「何夫人，你不下手，我可要下手了。」班淑嫻恨恨的道：「我管得你麼？」高老者揮刀橫掃，逕往西華子腰間砍去。

張無忌心想不妙，這一刀若教他砍實了，不但自己少了個擋避兵刃的盾牌，且西華子爲己而死，一出人命，又生糾紛，於是左手衣袖拂出，一股勁風將高老者這一刀盪開。

矮老者疾揮單刀，向張無忌項頸斜劈。張無忌閃身讓在右首，矮老者這一刀卻不變方向，疾向西華子肩頭劈下，便似收不住勢，非砍往他身上不可，口中卻叫：「西華道兄，小心！」他知若劈死了西華子，勢須和崑崙派結怨成仇，這時裝作迫於無奈，咎非在己，以後便可推卸罪責。張無忌回身發掌，直拍矮老者胸膛。矮老者氣息窒了，左掌推出，手中單刀卻仍劈向西華子，驀地裏雙掌相交，矮老者踉蹌後退，險些跌倒。

西華子眼見張無忌兩番出手，相護自己，暗暗感激，又想：「今日若能逃得性命，決不能和華山派這高矮二賊善罷干休。」

何太沖、班淑嫻夫婦見張無忌迴護西華子，兩人一般的心意：「這小子多了一層顧慮，那就更加縛手縛腳。」竟不感他救徒之德，劍招上越發凌厲狠辣。高矮二老也出刀加快，均知極不容易傷到張無忌，但如攻擊西華子而引他來救，便可令他身法中現出破綻，因此反賓爲主，兩柄鋼刀倒是往西華子身上招呼的爲多。

少林、武當、峨嵋各派高手見此情形，都暗暗搖頭，微感慚愧，均覺他四人若在此局勢之下殺了這少年，連自己也不免內疚於心。

張無忌越鬥情勢越不利，心想：「我打他們不過，送了自己性命也就罷了，何必饒上這個道人？」反掌驅退高老者，右手梅枝顫動，已將西華子的穴道解開。

便在此時，矮老者的一刀又砍向西華子下盤。張無忌飛腳踢他手腕，矮老者忙縮手時，不料西華子穴道已解，突然砰的一拳，結結實實打在矮老者鼻樑之上，登時鮮血長流。矮老者的武功原比西華子高得多，卻那料得到他獃立了這麼久，居然忽能活動，變起倉卒，以致閃避不及。衆人見了，無不哈哈大笑。

班淑嫻忍笑道：「西華，快退下！」西華子道：「是！那高賊還欠我一拳！」出拳想去打高老者時，矮老者左拳上擊、虛砍一刀，啪的一響，左手手肘已重重撞在他胸口。這三下連環三式，乃華山派絕技。西華子身子晃了幾下，喉頭一甜，吐了口鮮血。

何太沖左掌搭在他腰後，掌力吐出，將他肥大的身軀平平送出數丈以外，向矮老者道：「好一招『華嶽三神峯』！」手中長劍卻嗤的一聲刺向張無忌。他掌底驅徒、口中譏刺、劍下攻敵，分別對付三人，竟然瀟灑自如。

高矮二老不再答話，凝神向張無忌進擊。此刻他四人雖互有心病，但西華子這障礙一去，四人刀法劍法又已配合得絲絲入扣，此攻彼援，你消我長，四人合成了一個八手八足的極強高手，招數上反覆變化，層出不窮。

華山、崑崙兩派的正反兩儀刀劍之術，是從中國固有的河圖洛書、以及伏羲文王的八卦方位中推演而得，其奧妙精微之處，若能深研到極致，比之西域的乾坤大挪移實有過之而無不及。然易理深邃，何太沖夫婦及高矮二老只不過學得二三成而已，否則早已取勝。饒是如此，張無忌空有一身驚世駭俗的渾厚內力，以及精妙卓絕的乾坤大挪移神功，卻也難以施展。這一番劇鬥，人人看得怦然心動。何氏夫婦長劍嗤嗤聲響，劍氣縱橫，高矮二老揮刀成風，刀光閃閃，四人步步進逼。

張無忌心知若求衝出包圍，原不爲難，輕功施出，對方四人中無一追趕得上。但自己逃走雖易，要解明教之圍，卻談不上了，眼下之計唯有嚴密守護，累得對方力疲，再俟機進攻。不料敵方四人皆內力悠長，雙刀雙劍組成一片光幕，四面八方的密密包圍。張無忌無可奈何，只得苦苦支撑。

何太沖等雖佔上風，心下卻都滿不是味兒，以他們的身分，別說四人聯手，便一對一的相鬥，給這麼一個後進少年支持到三百餘合仍收拾不下，也已大失面子，好在張無忌有挫敗神僧空性的戰績在先，無人敢小覷於他，否則眞要汗顏無地了。四人見張無忌反擊的招數漸少，但始終傷他不得。四人都久臨大敵，身經百戰，越鬥得久，越不敢怠忽，竟半點不見焦躁，沉住了氣，絕不貪功冒進。

旁觀各派中的長老名宿，便指指點點，以五人的招式身法教導本派弟子。

張無忌身在半空，沒法避讓，只要身子再沉尺許，立時雙足齊斷，若然沉下三尺，則給齊腰斬爲兩截。這當兒不暇思索，長劍指出，白虹劍的劍尖點在倚天劍的劍尖之上，白虹劍一彎，劍身彈起，他已借力重行高躍。

二十二　羣雄歸心約三章

峨嵋派掌門滅絕師太對衆弟子道：「這少年的武功十分怪異，但崑崙、華山的四人，招數上已鉗制得他縛手縛腳。中原正宗武學博大精深，豈是西域的旁門左道所及。兩儀化四象，四象化八卦，正變八八六十四招，奇變八八六十四招，正奇相合，六十四再以六十四倍之，共四千零九十六種變化。天下武功變化之繁，那是無出其右了。」

周芷若自張無忌下場以來，一直關心。她在峨嵋門下，頗獲滅絕師太歡心，已得她易經原理的心傳，這時朗聲問道：「師父，這正反兩儀招數雖多，終究不脫太極化陰陽兩儀的道理。弟子看這四位前輩招數果然精妙，最厲害的似還在腳下步法的方位。」她聲音清脆，一句句以丹田之氣緩緩吐出。

張無忌雖在力戰之中，這幾句話仍聽得清清楚楚，一瞥之下，見說話的竟是周芷若，心中一動：「她爲甚麼這般大聲說話，難道是有意指點我麼？」

滅絕師太道：「你眼光倒也不錯，能瞧出前輩武功中的精要所在。」

周芷若自言自語：「陽分少陽、太陽，陰分少陰、太陰，是爲四象。太陽爲乾兌，少陽爲巽坎，少陰爲離震，太陰爲艮坤。乾南、坤北、離東、坎西、震東北、兌東南、巽西南、艮西北。自震至乾爲順，自巽至坤爲逆。」朗聲道：「師父，正如你所教：天地定位，山澤通氣，雷風相薄，水火不相射，八卦相錯。數往者順，知來者逆。崑崙派正兩儀劍法，是自震位至乾位的順；華山派反兩儀刀法，則是自巽位至坤位的逆。師父，是不是啊？」滅絕師太聽徒兒指了出來，心下甚喜，點頭道：「你這孩子，倒也不枉我平時教誨。」她向來極少許可旁人，這兩句話已是最大的讚譽了。

滅絕師太欣悅之下，沒留心到周芷若的話聲實在太過響亮，兩人面對面的說話，何必中氣十足，將語音遠遠的傳送出去？但旁邊已有不少人覺察到異狀。周芷若見許多眼光射向自己，索性裝作天真歡喜之狀，拍手叫道：「師父，是啦，是啦！咱們峨嵋派的四象掌圓中有方，陰陽相成，圓於外者爲陽，方於中者爲陰，圓而動者爲天，方而靜者爲地。天地陰陽，方圓動靜，化繁爲簡，以一馭衆，似乎比這太過繁複的正反兩儀之術又稍勝一籌。」

滅絕師太素來自負本派四象掌爲天下絕學，周芷若這麼說，正迎合了她自高自大的心意，微微一笑，說道：「道理是這麼說，但也要瞧運用者的功力修爲。」

張無忌於八卦方位之學，小時候也曾聽父親講過，但所學甚淺，因此在秘道中看了陽頂天的遺書後，須小昭指點，方知「無妄」位的所在。這時他聽周芷若說及四象順逆的道理，心中一凜，察看對手四人的步法招數，果是從四象八卦中變化而出，無怪自己的乾坤大挪移心法全然施展不上。原來西域最精深的武功，遇上了中土最精奧的學問，相形之下，還是中土功夫的義理更深。張無忌所以暫得不敗，只不過他已將西域武功練到了最高境界，而何氏夫婦、高矮二老的中土武功所學尚淺而已。霎時之間，他腦海中如電閃般連轉了七八個念頭，立時想到七八項方法，每一項均可在舉手間將四人擊倒。

但他轉念又想：「倘若我此時施展，只怕滅絕師太要怪上周姑娘，這老師太心狠手辣，甚麼事做不出來？我可不能連累了周姑娘。」手上招式半點不改，凝神察看對手四人的招數，他既已領會到敵手武功的總綱，自然看得頭頭是道，再不似先前有如亂絲一團，分不清中間的糾葛披紛。

周芷若見他處境仍不好轉，暗自焦急，尋思：「他在全力赴敵之際，自不能在片刻間悟到這種精微的道理。」見何氏夫婦越逼越緊，張無忌似乎更難支持，朗聲道：「師父，弟子料想鐵琴先生下一步便要搶往『歸妹』位了，不知對不對？」

滅絕師太尚未回答，班淑嫻柳眉倒豎，喝道：「峨嵋派的小姑娘，這小子是你甚麼人，要你一再指點於他？你吃裏扒外，我崑崙派可不是好惹的。」

周芷若給她說破心事，滿臉通紅。滅絕師太喝道：「芷若，別多問了。他崑崙派不是好惹的，你沒聽見嗎？」這兩句話的語氣，顯是袒護徒兒。

張無忌心中好生感激，暗想若再纏鬥下去，周姑娘或要另生他法來相助自己，要是給滅絕師太瞧破了，可於她有極大危險，於是哈哈大笑，說道：「我是峨嵋派的手下敗將，曾給滅絕師太擒獲，幸得她老人家手下容情。你崑崙派卻捉我不到，她們峨嵋派當然比你崑崙派高明。」一向左踏出兩步，右手梅枝揮出，一股勁風撲向矮老者的後心。

這一招的方位時刻，拿捏得恰到好處，矮老者身不由主，鋼刀便往班淑嫺肩頭砍落。張無忌使的正是乾坤大挪移心法，但依著八卦方位，倒反了矮老者刀招的去勢。班淑嫺忙迴劍擋格，呼的一聲，高老者的鋼刀卻又已砍至。

何太沖搶上相護，舉劍格開高老者的彎刀，張無忌迴掌拍出，引得矮老者刀尖刺向何太沖小腹。班淑嫺大怒，唰唰唰三劍，逼得矮老者手忙腳亂。矮老者叫道：「別上了這小子的當！」何太沖登即省悟，倒反長劍，向張無忌刺去。張無忌挪移乾坤，何太沖這劍中途轉向，嗤的一響，刺中了高老者左臂。高老者痛得哇哇大叫，舉刀猛向何太沖當頭砍下。矮老者揮刀格開，喝道：「師弟別亂，是那小子搗鬼，唉喲……」原來便在此時，張無忌迫使班淑嫺劍招轉向，刺中了矮老者後肩。

頃刻之間，華山二老先後中劍受傷，旁觀衆人轟然大亂。只見張無忌梅枝輕拂、手掌斜引，以高老者的刀去攻班淑嫻左脅，以何太沖之劍去削矮老者背心。再鬥數合，驀地裏何太沖夫婦雙劍相交，挺刃互格，高矮二老兵器碰撞，揮刀砍殺。

到這時候人人都已看出，乃張無忌從中牽引，攪亂了四人兵刃的方向，至於他使的是甚麼法子，卻無一能解。只楊逍學過一些乾坤大挪移的初步功夫，依稀瞧了些眉目出來，但也決不信這少年竟能學會了這門神功。

但見場中夫婦相鬥，同門互斫，殺得好看煞人。班淑嫻不住呼叫：「轉无妄，進蒙位，搶明夷……」可是乾坤大挪移功夫四面八方籠罩住了，不論他們如何變換方位，刀劍使將出去，總不由自主的招呼到自己人身上。高老者叫道：「師哥，你出手輕些成不成？」矮老者道：「我是砍這小賊，又不是砍你。」高老者叫道：「師哥小心，我這刀只怕要轉彎……」果然話聲未畢，他手上鋼刀斜斜的斫向矮老者腰間。

何太沖道：「娘子，這小賊……」只聽噹的一聲，班淑嫻將長劍擲在地下。矮老者心想不錯，若以拳掌扭打，料想這小賊再不能使此邪法，跟著拋去單刀，出拳向張無忌胸口打去，那知颼的一聲響，何太沖長劍迎面點至。矮老者手中沒了兵刃，忙低頭相避。班淑嫻叫道：「兵刃撤手！」何太沖脫手力甩，長劍遠遠擲出。

高老者也跟著鬆手放刀，以擒拿手向張無忌後頸抓去。五指一緊，掌中多了一件硬物，卻是自己的鋼刀，原來給張無忌搶過來遞回他手中。高老者道：「我不用兵刃！」使勁擲下。張無忌斜身抓住，又已送在他手裏。接連數次，高老者始終沒法將兵刃拋擲脫手，驚駭之餘，自己想想也覺古怪，哈哈大笑，說道：「他媽的，臭小子當眞邪門！」

這時矮老者和何氏夫婦拳腳齊施，分別向張無忌猛攻。華山、崑崙的拳掌之學，殊不弱於兵刃，一拳一腳，均具極大威力。但張無忌滑如游魚，每每在間不容髮之際避開，有時反擊一招半式，卻又令三人極難擋架。

到此地步，四人均已知萬難取勝，各自存了全身而退的打算。高老者突然叫道：「臭小子，暗器來了！」一聲咳嗽，一口濃痰向張無忌吐去。張無忌側身讓過，高老者已乘機將鋼刀向背後拋出，笑道：「你還能……啊喲……對不住……」原來張無忌左掌反引，將班淑嫻帶了過來，噗的一聲輕響，高老者這口濃痰正好吐中她眉心。

班淑嫻怒極，十指疾往張無忌抓去。矮老者隻手勾拿，恰好擋住他退路，高老者和何太沖見良機已至，同時撲上，心想這一次將他擠在中間，四人定能抓住了這小子，狠狠的纏扭廝打，雖觀之不雅，卻管教他再也無法取巧。

張無忌雙手同時施展乾坤大挪移心法，一聲淸嘯，拔身而起，在半空中輕輕一個轉折，飄然落在丈許之外。

但見何太沖抱住了妻子的腰，班淑嫻抓住了丈夫肩頭，高矮二老互相緊緊摟住，四人都摔倒在地。何氏夫婦發覺不對，忙鬆手躍起。高老者大叫：「抓住了，這一次瞧你逃到那裏？啊喲，不是……」矮老者怒道：「快放手！」高老者道：「你不先放手，我怎放得了？」矮老者道：「少說一句成不成？」高老者道：「少說一句，自然可以，不過……」矮老者放開雙臂，厲聲道：「起來！」高老者對師哥究竟心存畏懼，急忙縮手，雙雙躍起。

高老者叫道：「喂，臭小子，你這不是比武，專使邪法，算那門子英雄？」矮老者知道再糾纏下去，只有越加出醜，向張無忌抱拳道：「閣下神功蓋世，老朽生平從所未見，華山派認栽了。」

張無忌還禮道：「得罪！晚輩僥倖，適才若非四位手下容情，晚輩已命喪正反兩儀的刀劍之下。」這句話倒不是空泛的謙詞，於周芷若未加指點之時，他確是險象環生，雖然終於獲勝，但對這四人武功實無絲毫小覷之心，只是明知四人已出全力，「手下容情」云云，卻是說得好聽了。

高老者得意洋洋的道：「是麼？你自己也知勝得僥倖。」張無忌道：「兩位前輩尊姓大名？日後相見，也好有個稱呼。」高老者道：「我師哥是『威震……』」矮老者喝道：「住嘴！」向張無忌道：「敗軍之將，羞愧無地，賤名何足掛齒？」說著回入華山派人叢之中。高老者拍手笑道：「勝敗乃兵家常事，老子是漫不在乎的。」拾起地下兩柄鋼刀，施施然而歸。

張無忌走到鮮于通身邊，俯身點了他兩處穴道，說道：「此間大事一了，我即為你療毒，此刻先阻住你毒氣入心。」便在此時，忽覺背後涼風襲體，微微刺痛。張無忌一驚，不及趨避，足尖使勁，拔身急起，斜飛而上，只聽得噗噗兩聲輕響，跟著「啊」的一下長聲呼叫。他在半空中轉過頭來，只見何太沖和班淑嫻的兩柄長劍並排插在鮮于通胸口。

原來何氏夫婦縱橫半生，卻當眾敗在一個後輩手底，無論如何嚥不下這口氣，兩人拾起長劍，眼見張無忌正俯身去點鮮于通的穴道，對望一眼，心意相通，點了點頭，突然使出一招「無聲無色」，同時疾向他背後刺去。

這招「無聲無色」是崑崙派劍學中的絕招，必須兩人同使，兩人功力相若，內勁相同，當劍招之出，勁力恰恰相反，於是兩柄長劍上所生的盪激之力、破空之聲，一齊相互抵消。這路劍法本是用於夜戰，黑暗中令對方難以聽聲辨器，事先絕無半分朕兆，白刃已然加身，但若白日用之背後偷襲，也令人難防難避。不料張無忌心意不動，九陽神功自然護體，變招快極，但饒是如此，背上衣衫也已給劃破了兩條長縫，委實險極。何氏夫婦收招不及，雙劍竟將華山派掌門人釘死在地。

張無忌落下地來，只聽得旁觀眾人嘩然大噪。何氏夫婦一不做、二不休，雙劍齊向張無忌攻去，均想：「背後偷襲的不要臉勾當既已當眾做了出來，今後顏面何存？若不將他刺死，自己夫婦也不能苟活於世。」一出手盡是拚命招數。

張無忌避了數劍，見何氏夫婦每一招都求同歸於盡，顯是難以善罷，心念一動，身子略蹲，左手在地下抓起了一塊泥土，一面閃避劍招，一面將泥土和著掌心中的汗水，捏成了兩粒小小丸藥。但見何太沖從左攻到，班淑嫻劍自右至，他發步急衝，搶到鮮于通屍體之旁，假意在他懷裏掏摸兩下，轉過身來，雙掌分擊兩人。這一下使上了六七成力，何氏夫婦只覺胸口窒悶，氣塞難當，不禁張口呼氣。張無忌手一揚，兩粒泥丸分別打進兩人口中，乘著那股強烈的氣流，衝入了咽喉。

何氏夫婦不住咳嗽，但已無法將丸藥吐出，不由得大驚，眼見吞入肚中之物是從鮮于通身上掏出，心想此人愛使毒藥毒蟲，還會有甚麼好東西放在身上？兩人霎時間面如土色，想起鮮于通適才身受金蠶蠱毒的慘狀，班淑嫻幾欲暈倒。

張無忌淡淡的道：「這位鮮于掌門身上養有金蠶，裹在蠟丸之中，兩位均已吞了一粒。若急速吐出，乘著蠟丸未融，或可有救。」

到此地步，不由得何氏夫婦不驚，急運內力，搜腸嘔肚的要將「蠟丸」吐將出來。他二人內功甚佳，幾下催逼，便將胃中的泥丸吐出，但這時早已成了一片混著胃液的泥沙，卻那裏有甚蠟丸？

華山派那高老者走近身來，指指點點的笑道：「啊喲，這是金蠶糞，金蠶到了肚中，拉起屎來啦！」班淑嫻驚怒交集之下，惡氣正沒處發洩，反手便重重一掌。高老者低頭避過，逃了開去，大聲叫道：「崑崙派的潑婦，你殺了本派掌門，華山派可跟你不能算完。」

何氏夫婦聽他這麼一叫，心中更煩，暗想鮮于通雖人品奸惡，終究是華山派掌門，自己夫婦失手將他殺了，已惹下武林中罕有的大亂子，但金蠶蠱毒入肚，命在頃刻，別的甚麼也顧不得了。眼前看來只有張無忌這小子能解此毒，但自己夫婦昔日如此待他，他又怎肯伸手救命？

張無忌淡淡一笑，說道：「兩位不須驚慌，金蠶雖然入肚，毒性要在六個時辰之後方始發作，此間大事了結之後，晚輩定當設法相救。只盼何夫人別再灌我毒酒，那就謝天謝地了！」

何氏夫婦大喜，雖給他輕輕譏刺了一句，也已不以爲意，道謝的言語卻說不出口，訕訕的退開。張無忌道：「兩位去向崆峒派討四粒『玉洞黑石丹』服下，可使毒性不致立時攻心。」何太沖低聲道：「多承指教。」即派大弟子去向崆峒派討來丹藥服下。

張無忌暗暗好笑，那玉洞黑石丹固是解毒的藥物，但服後連續兩個時辰腹痛如絞，稍待片刻，何氏夫婦立即腹中大痛，只道是金蠶蠱毒發作，那料到已上了當。不過張無忌也只小作懲戒，驚嚇他們一番而已，若說要報復前仇，豈能如此輕易？但料得這麼一來，只消不給他二人「解藥」，若與各派再有紛爭，崑崙派非偏向自己不可。那日他把「桑貝丸」叫作「砒鴆丸」而給五姑服下，但吐露眞相太早，險些命喪何太沖之手，這一次可再也不會重蹈覆轍了。

這邊廂滅絕師太向宋遠橋叫道：「宋大俠，六大派中，只剩下貴我兩派了，老尼姑女流之輩，全仗宋大俠主持全局。」宋遠橋道：「在下已和殷教主對過拳腳，未能取勝。師太劍法通神，定能制服這小輩。」滅絕師太冷笑一聲，拔出背上倚天劍，緩步走出。

武當派中二俠俞蓮舟一直注視著張無忌的動靜，對他武功之奇，深自駭異，暗想：「滅絕師太劍法雖精，未必及得上崑崙、華山四大高手聯手出戰，倘若她再失利，武當派又制服不了他，六大派可栽到家了，我先得試一試他的虛實。」快步搶入場中，說道：「師太，讓我們師兄弟五人先較量一下這少年的功力，師太最後必可一戰而勝。」

這幾句話說得十分明白，武當派向以內力悠長見稱，自宋遠橋以至莫聲谷，五人一個個的跟張無忌輪流纏戰下去，縱然不勝，料想世間任何高手，也決不能連鬥武當五俠而不累得筋疲力竭，那時以強弩之末而當滅絕師太凌厲無倫的劍術，峨嵋派自非一戰而勝不可。

滅絕師太明白他用意，心想：「我峨嵋派何必領你武當派這個情？那時便算勝了，也不光采。難道峨嵋掌門能撿這等便宜，如此對付一個後生小輩？」她自來心高氣傲，目中無人，雖見張無忌武功了得，但想都是各派出鬥之人太過膿包所致，那日這小子何嘗不是給我手到擒來？後來我大舉屠戮魔教銳金旗人衆，這小子出頭干預，內力雖奇，又有甚麼作爲？大袖拂動，說道：「俞二俠請回！老尼倚天劍出手，不能平白回鞘！」

俞蓮舟聽她如此說，只得抱拳道：「是！」退了下去。

滅絕師太橫劍當胸，劍頭斜向上指，走向張無忌身前。明教教衆喪生在她這倚天劍下的不計其數，這時場畔教衆見她出來，無不目眥欲裂，大聲鼓噪。滅絕師太冷笑道：「吵甚麼？待我料理了這小子，一個個來收拾你們，嫌死得不夠快麼？」

殷天正知她這柄倚天劍極是難當，本教不少好手都未經一合，便即兵刃讓她削斷，死於劍底，問道：「曾少俠，你用甚麼兵刃？」張無忌道：「我沒兵刃。請問老爺子，怎生對付她的寶劍才好？」倚天劍無堅不摧，他親眼見過，思之不寒而慄，心中可眞沒了主意。

殷天正從身旁包袱中取出一口長劍，說道：「這柄白虹劍送了給你。這劍雖不如老賊尼的倚天劍有名，但也是江湖上罕見的利器。」說著伸指在劍頭上一扳，那劍陡地彎了過來，隨即彈直，嗡嗡作響，聲音淸越。張無忌恭恭敬敬的接過，說道：「多謝老爺子！」殷天正道：「這劍隨我時日已久，近十餘年來卻從未用過。徒仗兵器之利取勝，嘿嘿，算甚麼英雄好漢？今日得見它飲老賊尼頸中鮮血，老夫死亦無恨。」

張無忌不答，心想：「我決不能傷了滅絕師太。」提起白虹劍，轉過身來，走上幾步，劍尖向下，雙手握住劍柄，向滅絕師太道：「晚輩劍法平庸之極，決非師太敵手，實不敢和前輩放對。前輩曾對明教銳金旗下衆位住手不殺，何不請再高抬貴手？」滅絕師太的兩條長眉垂了下來，冷冷的道：「銳金旗的衆賊是你救的，滅絕師太手下決不饒人。你勝得我手中長劍，那時再來任性妄爲不遲。」

明教銳金、巨木、洪水、烈火、厚土五行旗下的教衆紛紛鼓噪，叫道：「老賊尼，有本事就跟曾少俠肉掌過招。」「你劍法有甚麼了不起，徒然仗著一把利劍而已。」「曾少俠的劍法比你高得多了，你去換一把平常長劍，若能在曾少俠手下走得了三招，算你峨嵋派高明。」「甚麼三招？簡直一招半式也擋不住。」

滅絕師太神色木然，對這些相激的言語全然不理，朗聲道：「進招罷！」

張無忌沒學過劍法，這時突然要他進手遞招，頗感手足無措，想起適才所見何太沖的兩儀劍法招數頗爲精妙，當下斜斜刺出一劍。

滅絕師太微覺詫異，道：「崑崙派的『峭壁斷雲』！」倚天劍微側，第一招便即搶攻，竟不擋格對方來招，劍尖直刺他丹田要穴，出手之凌厲猛悍，委實匪夷所思。

張無忌一驚，滑步相避，驀地裏滅絕師太長劍疾閃，劍尖已指到了咽喉。張無忌大驚，急忙臥倒打個滾，待要站起，突覺後頸中涼風颯然，心知不妙，右足腳尖疾撐，身子斜飛出去。這一下是從絕不可能的局勢下逃得性命。旁觀衆人待要喝采，卻見滅絕師太飄身而上，半空中舉劍上挑，不等他落地，劍光已封住了他身周數尺之地。

張無忌身在半空，沒法避讓，在滅絕師太寶劍橫掃之下，只要身子再沉尺許，立時雙足齊斷，若然沉下三尺，則給齊腰斬爲兩截。這當兒當眞驚險萬分，他不加思索的長劍指出，白虹劍的劍尖點在倚天劍的劍尖之上，只見白虹劍一彎，嗒的一聲輕響，劍身彈起，他已借力重行高躍。

滅絕師太縱前搶攻，颼颼颼連刺三劍，到第三劍上時張無忌身又下沉，只得揮劍擋格，叮的一聲，手中白虹劍已只賸下半截。他右掌順手拍出，斜過來擊向滅絕師太頭頂。滅絕師太揮劍斜撩，削他手腕。張無忌瞧得奇準，變掌伸指，在倚天劍刃面無鋒處一彈，身子倒飛出去。滅絕師太手臂酸麻，虎口劇痛，長劍給他劇彈之下幾欲脫手飛出，心頭大震。只見張無忌落在兩丈之外，手持半截短劍，呆呆發怔。

這幾下交手，當眞兔起鶻落、迅捷無倫，一剎那之間，滅絕師太連攻了八下快招，招招是致命的巧妙殺著。張無忌在劣勢之下逐一化解，連續八次的身處絕境、連續八次的死裏逃生。攻是攻得凌厲無比，避也避得詭異之極。在這一瞬之間，人人的心都似要從胸腔中跳了出來。實不能信這幾下竟是人力之所能，攻如天神行法，閃似鬼魅變形，就像雷震電掣，雖奇變已過，兀自餘威迫人。

隔了良久，震天價的采聲才不約而同的響了出來。

適才這八下快攻、八下急避，張無忌全是處於挨打局面，手中長劍又給削斷，顯然已居下風，但滅絕師太的倚天劍為他手指一彈，登時半身酸麻。張無忌吃虧在少了對敵的閱歷，若在此時乘勢反擊，已然勝了。滅絕師太自是心中有數，不由得暗自駭異，說道：「你去換過一件兵刃，再來鬥過。」

張無忌向手中斷劍望了一眼，心想：「外公賜給我的寶劍，給我一出手就毀了，實在對不起他老人家。還有甚麼寶刀利刃，能擋得住倚天劍的一擊？」正自沉吟，只聽得周顛大聲道：「我有柄寶刀，你拿去跟老賊尼鬥一鬥。你來拿罷！」張無忌道：「倚天劍太過鋒銳，只怕徒然又損了前輩的寶刀。」周顛道：「損了便損了。你打她不過，我們個個送命歸天，一個死屍拿了寶刀來幹麼？」張無忌心想不錯，過去接了寶刀。

楊逍低聲道：「張公子，你須得跟她搶攻，可不能再挨打。」張無忌聽他叫自己為「張公子」，一怔之下，隨即省悟，楊不悔既已認出自己，自然跟她爹爹說了，便道：「多承前輩指教。」韋一笑低聲道：「施展輕功，半步也不可停留。」張無忌大喜，又道：「多謝前輩指點。」光明使者楊逍、青翼蝠王韋一笑兩人武功深厚，均可和滅絕師太一鬥，未必便輸於她，只恨受了圓眞的暗算，重傷之後，一身本事半點施不出來，但眼光尚在，兩人各自指點了一個關鍵所在，正是對付滅絕師太寶劍快招的重要訣竅。

張無忌提刀在手，覺得這柄刀重約四十餘斤，但見青光閃爍，背厚刃薄，刃鋒上刻有古樸花紋，顯是一件歷時已久的珍品，心想毀了白虹劍雖然可惜，終是外公已經給了我的兵刃，這把寶刀卻是周顛之物，可不能再在自己手中給毀了，回過身來，說道：「師太，晚輩進招了！」展開輕功，如一溜煙般繞到了滅絕師太身後，不待她回身，左一閃，右一趨，正轉一圈，反轉一圈，唰唰兩刀砍出。

滅絕師太橫劍封擋，正要遞劍出招，張無忌早已轉得不知去向。他在未練乾坤大挪移心法之時，輕功已比滅絕師太為高，這時加上奇妙腳法，越奔越快，如風如火，似雷似電，連韋一笑素以輕功睥睨羣雄，也暗自駭異。但見他四下轉動，迫近身去便即刀砍，招術未老，已然避開。這一次攻守易勢，滅絕師太竟無反擊一劍之機，張無忌礙於倚天劍的鋒銳，卻也不敢過份逼近。他奔到數十個圈子後，體內九陽眞氣轉旺，更似足不點地的凌空飛行一般。

峨嵋羣弟子眼見不對，如此纏鬥下去，師父定要吃虧。靜玄叫道：「今日咱們是剿滅魔教，不是比武爭勝。衆位師妹師弟，大夥兒齊上，攔住這小子，讓他不得取巧，乖乖的跟師父比試眞實本領。」說著提劍躍出。峨嵋派男女弟子立時擁上，手執兵刃，佔住了八面方位。周芷若站在西南角上。丁敏君冷笑道：「周師妹，攔不攔在你，讓不讓也在你！」周芷若又氣又羞，說道：「你單提我幹麼？」

便在此時，張無忌已衝到了跟前，丁敏君嗤的挺劍刺出。張無忌左手伸出，夾手奪過長劍，順手便向滅絕師太擲去。滅絕師太揮劍將來劍斬爲兩截，但張無忌這一擲之力強勁之極，來劍雖斷，勁力仍將她手腕震得隱隱發麻。張無忌更不停留，左手隨伸隨奪、隨奪隨擲。峨嵋羣弟子此次來西域的無一不是派中高手，但一遇到他伸手奪劍，竟沒絲毫閃避餘地，給他手到拿來，數十柄長劍飛舞空際，白光閃閃，連續不斷的向滅絕師太飛去。

滅絕師太臉如嚴霜，一一削斷來劍，削到後來，右臂大爲酸痛，當即劍交左手。她左手使劍的本事和右手無甚分別，但見半空中斷劍飛舞，有的旁擊向外，兀自勁力奇大，旁觀人衆紛紛後退。片刻之間，峨嵋羣弟子個個空手，只周芷若手中長劍並未遭奪。

在張無忌是報她適才指點之德，豈知這麼一來，卻把她顯得十分突出。她早知不妥，搶上去想攻擊數招，但張無忌身法實在太快，何況故意避開了她，不近她身子五尺之內。周芷若雙頰暈紅，一時手足無措。丁敏君冷笑道：「周師妹，他果然待你與衆不同。」

這時張無忌雖受峨嵋羣弟子之阻，但穿來插去，將衆人視如無物，刀刀往滅絕師太要害招呼。滅絕師太已身處只有挨打、沒法反擊的局面，暗暗焦急，丁敏君的言語卻一聲聲傳入耳中：「你眼看師父受這小子急攻，怎地不上前相助？你手中有劍，卻站著不動，只怕你在盼望這小子打勝師父呢。」滅絕師太心念忽動：「何以這小子偏偏留下芷若的兵刃不奪，莫非兩人當眞暗中勾結？我試試便知！」朗聲喝道：「芷若，你敢欺師滅祖麼？」挺劍疾向周芷若當胸刺去。

周芷若大驚，不敢舉劍擋架，叫道：「師父，我……」她這「我」字剛出口，滅絕師太的長劍已刺到她胸口。

張無忌不知滅絕師太這一劍只在試探是否眞有情弊，待得劍尖及胸，自會縮手。他親眼見過滅絕師太擊死紀曉芙的狠辣，知此人誅殺徒兒，絕不容情，當下不及細想，縱身躍上，一把抱起周芷若，飛出丈許。

滅絕師太好容易反賓爲主，長劍顫動，直刺他後心。張無忌內力雖強，卻未當眞練過輕功，不能如韋一笑那麼手中抱了人、腳下仍絲毫不慢，聽到背後風聲，只得回刀揮出，噹的一響，手中寶刀又斷去了半截。滅絕師太的長劍跟著刺到，張無忌反手運勁，擲出半截寶刀，這一下使上了九成力。滅絕師太登時氣息窒滯，不敢舉劍撩削，伏地閃避。半截寶刀從她頭頂掠過，勁風只颳得她滿臉生疼。張無忌眼見有機可乘，不及放下周芷若，隨即搶身而進，右手前探，揮掌拍出。滅絕師太右膝脆地，舉劍削他手腕，張無忌變拍爲拿，反手勾處，已將倚天劍輕輕巧巧的奪了過來。

這般於一刹那間化剛爲柔的急劇轉折，已屬乾坤大挪移心法的第七層神功，滅絕師太武功雖高，但於對方剛猛掌力襲體之際，再也難以拆解他忽轉輕柔的擒拿手法。

張無忌雖然得勝，但對滅絕師太這般大敵，戒懼極深，絲毫不敢怠忽，以倚天劍指住她咽喉，生怕她又有奇招使出，慢慢退開兩步。

周芷若身子一掙，道：「快放下我！」張無忌驚道：「呀，是！」滿臉脹得通紅，忙將她放下，鼻中聞到一陣淡淡幽香，只覺她頭上柔絲在自己左頰拂過，不禁斜眼相望，只見她俏臉生暈，又羞又窘，雖神色恐懼，眼光中卻流露出歡喜之意。

滅絕師太緩緩站直身子，一言不發，瞧瞧周芷若，又瞧瞧張無忌，臉色越來越青。

張無忌倒轉劍柄，向周芷若道：「周姑娘，貴派的寶劍，請你轉交尊師。」

周芷若望向師父，見她神色漠然，既非許可，亦非不准，一刹那間心中轉過了無數念頭：「今日局面已尷尬無比，張公子如此待我，師父必當我和他私有情弊，從此我便成了峨嵋派棄徒，成爲武林中所不齒的叛逆。大地茫茫，教我到何處去覓歸宿之地？張公子待我不錯，但我決不是存心爲了他而背叛師門。」忽聽得滅絕師太厲聲喝道：「芷若，一劍將他殺了！」

當年周芷若跟張三丰前赴武當山，張三丰以武當山上並無女子，一切諸多不便，當下揮函轉介，送投滅絕師太門下。她天資聰穎，又以自幼慘遭父母雙亡的大變，刻苦學藝，進步神速，深得師父鍾愛。這八年多時日之中，師父的一言一動，於她便如是天經地義一般，從未生過半點違拗的念頭，這時聽到師父驀地大喝，倉卒間無暇細想，順手接過倚天劍，手起劍出，便向張無忌胸口刺去。

張無忌卻決計不信她竟會向自己下手，全沒閃避，一瞬之間，劍尖已抵胸口，他大驚之下，待要躲讓，卻已不及。周芷若手腕發抖，心想：「難道我便刺死了他？」迷迷糊糊之中手腕微側，長劍略偏，嗤的一聲輕響，倚天劍已從張無忌右胸透入。

周芷若一聲驚叫，拔出長劍，只見劍尖殷紅一片，張無忌右胸鮮血有如泉湧，四周驚呼之聲大作。張無忌伸手按住傷口，身子搖晃，臉上神色極是古怪，似乎在問：「你眞的要刺死我？」周芷若道：「我……我……」想過去察看他傷口，但終於不敢，掩面奔回。

她這一劍竟然得手，誰都出於意料之外。小昭臉如土色，搶上來扶住張無忌，顫聲道：「你……你……」張無忌對小昭道：「你……你……你爲甚麼要殺我……」這一劍幸好稍偏，沒刺中心臟，但已重傷右邊肺葉。他說了這幾個字，肺中吸不進氣，彎腰劇烈咳嗽。他重傷之下，瞧出來分不清小昭和周芷若，鮮血汩汩流出，將小昭的上衣染得紅了半邊。

旁觀衆人不論是六大派或明教、天鷹教的人衆，一時均肅靜無聲。張無忌適才連敗各派高手，武功高強，胸襟寬博，不論是友是敵，無不暗暗敬仰，這時見他無端端的讓周芷若劍刺入胸，均感不忿，眼見他胸口血湧，傷勢極重，都關心這一劍是否致命。

小昭扶著他慢慢坐下，朗聲說道：「請問那一位有最好的金創藥？」少林派中神僧空性快步而出，從懷中取出一包藥粉，說道：「敝派玉靈散是傷科聖藥。」伸手撕開張無忌胸前衣服，見傷口深及數寸，忙將玉靈散敷上去，鮮血湧出，卻將藥粉都沖開了。空性束手無策，急道：「怎麼辦？怎麼辦？」

何太沖夫婦更加焦急，他們只道自己已服下金蠶蠱毒，此人若重傷而死，自己夫婦倆解毒無人，也活不成了。何太沖搶到張無忌身前，急問：「金蠶蠱毒怎生解救，快說，快說啊。」小昭哭道：「走開！你忙甚麼？公子倘若活不了，大家是個死。」若在平時，何太沖是何等身分，怎能受一個青衣小婢的呼叱？但這時情急之下，仍不住口的急問：「金蠶蠱毒怎生解救？」空性怒道：「鐵琴先生，你再不走開，老衲可要對你不客氣了。」

便在此時，張無忌睜開眼來，微一凝神，伸左手食指在自己傷口周圍點了七處穴道，血流登時緩了。空性大喜，便即將玉靈散為他敷上。小昭撕下衣襟，給他裹好傷口，眼見他臉白如紙，竟沒半點血色，心中說不出的焦急害怕，一時情不自禁，伸雙臂抱住了他頭頸，叫道：「你不能死，你不能死！」

張無忌這時神智已略清醒，暗運內息流轉，只覺通到右胸便即阻塞，心想：「我但教有一口氣息尚在，決不能讓六大派殺了明教眾人！」將真氣在左邊胸腹間運轉數次，見小昭哭得傷心，說道：「小昭別怕！我不會死。」小昭心中略寬，放開了雙臂，止淚說道：「你如要死，我跟著你死。」

張無忌向她微微一笑，對著衆人說道：「峨嵋、武當兩派有那一位不服在下調處，可請出來較量。」他此言一出，衆人無不駭然，眼見周芷若這一劍刺得他如此厲害，竟仍兀自挑戰。

滅絕師太冷冷的道：「峨嵋派今日已然落敗，你若不死，日後再來算帳。咱們瞧武當派的罷！六大派此行成敗，全仗武當派裁決。」

六大派圍攻光明頂，崆峒、少林、華山、崑崙、峨嵋五派高手均已敗在張無忌手下，只賸武當一派尚未跟他交過手。這時他身受劍傷，死多活少，別說一流高手，只須幾個庸手上來糾纏一番，他也就支持不住了，甚至沒人和他對敵，說不定稍等片刻，他也會傷發而斃，武當五俠任誰上前，自然毫不費力的便能將他擊死，就可照原來策劃，誅滅明教。

衆人均想，武當派自來極重「俠義」兩字，要他們出手加害一個身負重傷的少年，未免於名聲大有損害，只怕武當五俠誰都不願。但武當派若不出手，難道「六大派圍攻光明頂」這件轟傳武林的大事，竟落得鎩羽而歸？此後六大派在江湖上臉面何存？其中抉擇，可實在爲難之極。滅絕師太那幾句話，意思說六大派今後榮辱，全由武當派而定，且看武當派是否有人肯顧全大局，損及個人名望。

宋遠橋、俞蓮舟、張松溪、殷梨亭、莫聲谷五人面面相覷，誰都拿不定主意。宋青書突然道：「爹，四位師叔，讓孩兒去料理了他。」武當五俠明白他意思，他是武當晚輩，由他出手，勝於累及武當五俠的英名。

俞蓮舟道：「不成！我們許你出手，跟我們親自出手並無分別。」張松溪道：「二哥，依小弟之見，大局為重，我五兄弟的名聲為輕。」莫聲谷道：「名聲乃身外之物，只不過如此對付一個重傷少年，良心難安。」一時議論難決，各人眼望宋遠橋，靜候他作個定奪。

宋遠橋見殷梨亭始終不發一言，可是臉上憤怒之色難平，心知他未婚妻紀曉芙失身於明教楊逍，以致殞命，實是生平奇恥大恨，若不一鼓誅滅明教，掃盡奸惡淫徒，這口氣如何嚥得下？當下緩緩說道：「魔教作惡多端，除惡務盡，乃我輩俠義道的大節。名聲固然要緊，但現今兩者不能兼得，當取大者。青書，小心在意。」

宋青書躬身道：「是！」走到張無忌身前，朗聲道：「曾少俠，你若非明教中人，儘可離去，自行下山養傷。六大派只誅魔教邪徒，跟你無涉。」

張無忌左手按住右胸傷口，說道：「大丈夫急人之難，死而後已。多謝……多謝宋兄好意，可是在下……在下決與明教同存共亡！」

明教和天鷹教人衆紛紛高叫：「曾少俠，你待我們已仁至義盡，大夥兒感激不盡，到此地步，不必再鬥了。」

殷天正腳步蹣跚的走近，說道：「姓宋的，讓老夫來接你高招！」那知一口氣提不上來，腿膝痲軟，摔倒在地。

宋青書眼望張無忌，說道：「曾兄，既然如此，小弟礙於大局，可要得罪了。」

小昭擋在張無忌身前，叫道：「那你先殺了我再說。」張無忌低聲道：「小昭，你別躭心，他殺不了我。」小昭急道：「你……身上有傷啊。」張無忌柔聲道：「小昭，你爲甚麼待我這麼好？」小昭淒然道：「因爲……因爲你待我好，我願意……願意爲你而死！」張無忌向她凝視半晌，心想：「就算我此時死了，也有了一個眞正待我極好的知己。」柔聲道：「以後，你做我的小妹子罷。」小昭緩緩點頭，喜悅無已。

宋青書向小昭喝道：「你走開些！」張無忌道：「你對這位小姑娘粗聲大氣，忒也無禮！」宋青書在小昭肩頭一推，將她推開數步，說道：「妖女邪男，有甚麼好東西了？快站起來，接招罷！」張無忌道：「令尊宋大俠謙謙君子，天下無人不服。閣下卻這等粗暴。跟你動手，也不必……也不必站起身來。」實則他內勁提不上來，自知決計無力站起。

張無忌重傷後虛弱無力的情形，人人都瞧了出來。俞蓮舟朗聲道：「青書，點了他穴道，令他動彈不得，也就是了，不必傷他性命。」

宋青書道：「是！」左手虛引，右手倏出，向張無忌肩頭點來。張無忌動也不動，待他手指點上「肩貞穴」，內力斜引，將他指力挪移推卸了開去。宋青書這一指之力猶似戳入了水中，更沒半點著力處，只因出其不意，身子前衝，險些撞到張無忌身上，急忙站定，卻已不免狼狽。

他定了定神，飛起右腳，猛往張無忌胸口踢去，這一腳已使了六七成力。俞蓮舟雖叫他不可傷了張無忌性命，但不知怎的，他心中對眼前這少年竟蓄著極深的恨意，這倒不是因他說自己粗暴，卻是因見到周芷若瞧著這少年的眼光之中，一直含情脈脈，甚爲關懷，最後雖奉師命而刺他一劍，但臉上神色淒苦，顯見心中難受異常。

宋青書自見周芷若後，眼光難有片刻離開她身上，雖常自抑制，不敢多看，以免給人認作輕薄之徒，但周芷若的一舉一動、一顰一笑，他無不瞧得清清楚楚，心下明白：「她這一劍刺了之後，不論這小子死也好，活也好，再也不能從她心上抹去了。」自己倘若擊死了這少年，周芷若必定深深怨怪，可是妒火中燒，實不肯放過這唯一制他死命的良機。宋青書文武雙全，乃武當派第三代弟子中出類拔萃的人物，爲人也素來端方重義，但遇到了「情」之一關，竟致方寸大亂。

衆人眼見宋青書這腿踢去，張無忌若非躍起相避，只有出掌硬接，但顯然他便要支撐著坐起也難辦到，看來這一腳終不免取了他性命。卻見足尖將要及胸，張無忌右手五指輕拂，宋青書右腿竟然轉向，從他身側斜了過去，相距雖不過三寸，這一腿卻終於全然踢了個空。宋靑書在勢已無法收腿，跟著跨了一步，左足足跟後撞，直攻張無忌背心，這一招既快且狠，人所難料，原是極高明的招數，但張無忌手指拂出，又卸開了他足跟的撞擊。

三招一過，旁觀衆人無不大奇。宋遠橋叫道：「青書，他本身已沒半點勁力，這是四兩撥千斤之法。」他眼光老到，瞧出張無忌此時勁力全失，所使的功夫雖頗怪異，基本道理卻與武學中借力打力並無二致。

宋青書得父親一言提醒，招數忽變，雙掌輕飄飄地，若有若無的拍擊而出，乃武當絕學之一的「綿掌」。借力打力原是武當派武功的根本，他所使的「綿掌」本身勁力若有若無，要令對方無從借力。但張無忌的「乾坤大挪移」神功已練到第七層境界，綿掌雖輕，終究有形有勁，他左手按住胸口傷處，右手五指猶如撫琴鼓瑟，忽挑忽撚，忽彈忽撥，上身半點不動，片刻間將宋青書的三十六招綿掌掌力盡數卸了。

宋青書心下大駭，偶一回頭，突然和周芷若的目光相接，只見她滿臉關懷之色，不禁心中又酸又怒，知她關懷的決非自己，深深吸一口氣，左手揮掌猛擊張無忌右頰，右手出指疾點他左肩「缺盆穴」，這一招叫作「花開並蒂」，名稱好聽，招數卻十分厲害，雙手遮招之後，跟著右掌擊他左頰，左手食指點他右肩後「缺盆穴」。這招「花開並蒂」共有連續四式，便如暴風驟雨般使出，勢道之猛，手法之快，當眞非同小可。衆人見了這等聲勢，齊聲驚呼，不約而同的都跨上一步。

只聽得啪啪兩下清脆響聲，宋青書左手一掌打上了自己左頰，右手食指點中了自己左肩「缺盆穴」，跟著右手一掌打上了自己右頰，左手食指點中了自己右肩「缺盆穴」。他這招「花開並蒂」四式齊中，卻均給張無忌以「乾坤大挪移」功夫挪移到了他自己身上。倘若他出招稍慢，那麼點中了自己左肩「缺盆穴」後，此後兩式便即無力使出，偏生他四式連環，迅捷無倫，左肩「缺盆穴」雖遭點中，手臂尚未痳木，直到使全了「花開並蒂」的下半套之後，這才手足酸軟，砰的一聲，仰天摔倒，掙扎了幾下，再也站不起身。

宋遠橋快步搶出，左手推拿幾下，解開了兒子的穴道，但見他兩邊面頰高高腫起，每一邊留下五個烏青的指印，知他受傷雖輕，但兒子心高氣傲，今日當衆受此大辱，直比殺了他還要難受，一言不發，攜了他手回歸本派。

這時四周喝采之聲，此起彼落，議論讚美的言語，嘈雜盈耳。突然間張無忌口一張，噴出幾口鮮血，按著傷口，又咳嗽起來。小昭在旁，伸手代他按住傷口，垂淚低聲安慰。衆人凝視著他，極爲關懷，均想：他重傷下抵禦宋青書的急攻，雖然得勝，但內力損耗必大。有的人看看他，又望望武當派衆人，不知他們就此認輸呢，還是另行派人出鬥。

宋遠橋道：「今日之事，武當派已然盡力，想是魔教氣數未盡，上天生下這個奇怪少年來。若再纏鬥不休，名門正派跟魔教又有甚麼分別？」俞蓮舟道：「大哥說得是。咱們即日回山，請師父指點。日後武當派捲土重來，待這少年傷愈之後，再決勝負。」他這幾句話說得光明磊落，豪氣逼人，今日雖然認輸，但不信武當派終究會技不如人。張松溪和莫聲谷齊道：「正該如此！」

忽聽得唰的一聲，殷梨亭長劍出鞘，雙眼淚光瑩瑩，大踏步走出去，劍尖對著張無忌，說道：「姓曾的，我跟你無冤無仇，此刻再來傷你，我殷梨亭枉稱這『俠義』兩字。可是那楊逍和我仇深似海，我非殺他不可，你讓開罷！」

張無忌搖頭道：「但教我有一口氣在，不容你們殺明教一人。」

殷梨亭道：「那我可先得殺了你！」

張無忌噴出一口鮮血，神智昏迷，心情激盪，輕輕的道：「殷六叔，你殺了我罷！」

殷梨亭聽到「殷六叔」三字，只覺語氣極爲熟悉，心念一動：「無忌幼小之時，常常這般叫我，這少年……」凝視他的面容，竟越看越像，雖分別八年多，張無忌已自一個小小孩童成長爲壯健少年，相貌已然大異，但殷梨亭心中先存下「難道他竟是無忌」這個念頭，細看之下，記憶中的面貌一點點顯現出來，不禁顫聲道：「你……你是無忌麼？」

張無忌全身再無半點力氣，自知去死不遠，再也不必隱瞞，叫道：「殷六叔，我⋯

……我時時……想念你！」

殷梨亭雙目流淚，噹的一聲拋下長劍，俯身將他抱起，叫道：「你是無忌，你是無忌孩兒，你是我五哥的孩兒張無忌！」

宋遠橋、俞蓮舟、張松溪、莫聲谷四人一齊圍攏，各人又驚又喜，頃刻間心頭充塞了歡喜之情，甚麼六大派與明教間的爭執仇怨，一時俱忘。

殷梨亭這麼一叫，除了何太沖夫婦、周芷若、楊逍等寥寥數人之外，餘人無不訝異，那想到這個捨命力護明教的少年，竟是武當派張翠山的兒子。

殷梨亭見張無忌暈了過去，忙摸出一粒「天王護心丹」塞入他口中，將他交給俞蓮舟抱著，拾起長劍，衝到楊逍身前，戟指罵道：「姓楊的，你這豬狗不如的淫徒，我……我……」喉頭哽住，再也罵不下去，長劍遞出，便要往楊逍心口刺去。

楊逍全身不能動彈，微微一笑，閉目待斃。突然斜刺裏奔過來一個少女，擋在楊逍身前，叫道：「休傷我爹爹！」

殷梨亭凝劍不前，定睛看時，不禁「啊」的一聲，全身冰冷，只見這少女長挑身裁、秀眉大眼，竟然便是紀曉芙。他自和紀曉芙定親之後，每當練武有暇，心頭甜甜的，總是想著未婚妻的俏麗倩影，及後得知她爲楊逍擄去，失身於他，更且因而斃命，心中憤恨自是難以言宣。此刻突然又見到她，身子一晃，失聲叫道：「曉芙妹子，你……你沒……」

那少女卻是楊不悔，說道：「我姓楊，紀曉芙是我媽媽，她早死了。」

殷梨亭一呆，這才明白，喃喃的道：「啊，是了，我眞胡塗！你讓開，我今日要爲你媽報仇雪恨。」楊不悔指著滅絕師太道：「好！殷叔叔，你去殺了這個老賊尼。」

殷梨亭道：「爲……爲甚麼？」楊不悔道：「我媽是給這老賊尼一掌打死的。」殷梨亭道：「胡說八道！你小孩子家懂得甚麼？」楊不悔冷冷的道：「那日在蝴蝶谷中，老賊尼叫我媽來刺死我爹爹，我媽不肯，老賊尼就將我媽打死了。我親眼瞧見的，無忌哥哥也親眼瞧見的。你再不信，不妨問問那老賊尼自己。」當紀曉芙身死之時，楊不悔年幼，甚麼也不懂得，但後來年紀大了，慢慢回想，自然明白了當年的經過。

殷梨亭回過頭去，望著滅絕師太，臉上露出疑問之色，囁嚅道：「師太……她說……紀姑娘是……」

滅絕師太嘶啞著嗓子道：「不錯，這等不知廉恥的孽徒，留在世上又有何用？她和楊逍是兩相情願。她寧肯背叛師門，不願遵奉師命，去刺殺這個淫徒惡賊。殷六俠，爲了顧全你的顏面，我始終隱忍不言。哼，這等無恥女子，你何必念念不忘於她？」

殷梨亭鐵青著臉，大聲道：「我不信，我不信！」

滅絕師太道：「你問問這女孩子，她叫甚麼名字？」

殷梨亭的目光轉到楊不悔臉上，淚眼模糊之中，瞧出來活脫便是紀曉芙，耳中卻聽她清清楚楚的說道：「我叫楊不悔。媽媽說：這件事她永遠也不後悔。」

噹的一聲，殷梨亭擲下長劍，回過身來，雙手掩面，疾衝下山。宋遠橋和俞蓮舟大叫：「六弟，六弟！」但殷梨亭既不答應，亦不回頭，提氣急奔，突然間失足摔了一交，隨即躍起，片刻間奔得不見了蹤影。

他和紀曉芙之事衆人多有知聞，眼見事隔十餘年，他仍如此傷心，不禁都爲他難過，以武當殷六俠的武功，奔跑之際如何會失足摔跌？那自是意亂情迷、神不守舍之故了。

這時宋遠橋、俞蓮舟、張松溪、莫聲谷四人分坐四角，各出一掌，抵在張無忌胸、腹、背、腰四處大穴之上，齊運內力，給他療傷。四人內力甫施，立時覺得他體內有一股極強的吸力，源源不絕的將四人內力吸引過去。四人大驚，暗想如此不住吸去，只須一兩個時辰，自己內力便致耗竭無存，但他生死未卜，那便如何是好？正沒做理會處，張無忌緩緩睁開眼睛，「啊」了一聲。宋遠橋等心頭一震，猛覺得手掌心有一股極暖和的熱力反傳過來，竟是他的九陽神功起了應和，轉將內力反輸向四人體內。

宋遠橋叫道：「使不得！你自己靜養要緊。」四人急忙撤掌而起，但覺似有一片滚水周流四肢百骸，舒適無比，顯是他不但將吸去的內力還了四人，而且他體內九陽眞氣充盈鼓盪，反助四人增強了內功修為。宋遠橋等四人面面相覷，暗自震駭，眼見他重傷垂死，那知內力竟如此強勁渾厚，沛不可當，料來劍傷當可無礙。

此刻張無忌外傷尚重，內息卻已運轉自如，慢慢跪倒在地，說道：「宋大伯、俞二伯、張四伯、莫七叔，恕姪兒無禮。太師父他老人家福體安康？」

宋遠橋、俞蓮舟等忙扶他站起。俞蓮舟道：「師父他老人家安好！無忌，你……你長得這麼大了……」說了這句話，心頭雖有千言萬語，卻再也說不下去了，只臉露微笑，熱淚盈眶。

白眉鷹王殷天正得知這位救命恩人竟是自己外孫，高興得呵呵大笑，卻終究站不起身。

滅絕師太鐵青著臉，將手一揮，峨嵋羣弟子跟著她向山下走去。

周芷若低著頭走了幾步，終於忍不住向張無忌望去。張無忌卻也正自目送她離去。兩人目光相接，周芷若蒼白的臉頰上飛上一陣紅暈，眼光中似說：「我刺得你如此重傷，當眞萬分的過意不去，你可要好好保重。」張無忌似乎明白了她的意思，微微點了點頭。周芷若登時滿臉喜色，神采飛揚，隨即回過頭去，加快腳步，遠遠去了。

武當派和張無忌相認，再加峨嵋派這一去，六大派圍剿魔教之舉登時風流雲散。崆峒和華山兩派攙死扶傷，跟著離去。

何太沖走上前來，說道：「小兄弟，恭喜你們親人相認啊……」張無忌不等他接著說下去，從懷中摸出兩枚避瘴氣、去穢惡的尋常藥丸，遞了給他，說道：「請賢夫婦各服一丸，金蠶蠱毒便可消解。」

何太沖接過藥丸，見黑黝黝的毫不起眼，不信便能消解得那天下至毒的金蠶蠱毒。張無忌道：「在下既說消解得，便消解得。」他話聲仍然微弱，但光明頂這一戰鎮懾六大門派，氣度之中，自然而然生出一股威嚴，不由得何太沖不信。他又想：「即使他騙人，這藥不能消解蠱毒，但當著武當四俠，也不能強逼他給眞藥。何況少林派那空性賊禿也頗有迴護這小賊之意。今日只好認命罷！」苦笑著說聲：「多謝！」和班淑嫻分別服下藥丸，指揮衆弟子收拾本派死者的屍首，告辭下山。

俞蓮舟道：「無忌，你傷重不能下山，只好在此調養，我們可不能留下陪你。盼你痊愈之後來武當一行，也好讓師父見了你歡喜。」張無忌含淚點頭。各人有許多事想問、有許多話想說，但見他神情委頓，均知多說一句話便加重他一分傷勢，只得忍住不言。

猛聽得少林派中有人大聲叫了起來：「圓眞師兄的屍首呢？」另一人道：「咦，怎不見了圓眞師伯的法體？」莫聲谷好奇心起，搶步過去看時，只見七八名少林僧在收拾本門戰死者的遺體，可是單單少了圓眞一具屍體。

圓音指著明教教衆，大聲喝道：「快把我圓眞師兄的法體交出來，莫惹得和尚無名火起，一把火燒得你們個個屍骨成灰。」

周顛笑道：「哈哈，哈哈！眞正笑話奇談！你這活賊禿我們也不要，要他這死和尙何用？拿他當豬當羊，宰來吃他的瘦骨頭麼？」

少林衆人心想倒也不錯，當下十餘名僧人四出搜索，卻那裏有圓眞的屍身？衆人雖覺奇怪，但想多半是華山、崆峒各派收取本門死者屍身之時誤收了去，也就不再追尋。

當下少林、武當兩派人衆連袂下山。張無忌上前幾步，躬身相送。宋遠橋道：「無忌孩兒，今日一戰，你名揚天下，對明教更恩重如山。盼你以後多所規勸引導，總要使明教改邪歸正，少作壞事。」張無忌道：「孩兒遵奉師伯教誨，自當盡力而爲。」張松溪道：「一切小心在意，事事提防奸惡小人。」張無忌又應道：「是！」他和武當四俠久別重逢，又即分離，五人均依依不捨。

楊逍和殷天正待六大派人衆走後，兩人對望一眼，齊聲說道：「明教和天鷹教全體教衆，叩謝張大俠護教救命大恩！」頃刻之間，黑壓壓的人衆跪滿了一地。

張無忌不由得慌了手腳，何況其中尙有外公、舅舅諸人在內，忙跪下還禮。他這一急跪，胸口劍傷破裂，幾口鮮血噴出，登時暈去。

小昭搶上扶起。明教中兩個沒受傷的頭目抬過一張軟床，扶他睡上。楊逍道：「快扶張大俠到我房中靜養。」那兩名頭目躬身答應，將張無忌抬入楊逍房中。

小昭跟隨在後，經過楊不悔身前時，楊不悔冷冷的道：「小昭，你裝得眞像，我早知你必有古怪，只是沒料到這麼個醜東西，竟是一位千嬌百媚的小美人兒。」小昭低頭不語。

這幾天中，明教教眾救死扶傷，忙碌不堪。經過這場從地獄邊緣逃回來的大戰，各人都明白了以往實不該自相殘殺，以致召來如此外侮。人人關懷著張無忌的傷勢，誰也不提舊怨，安安靜靜的躭在光明頂上養傷。

張無忌九陽神功已成，劍傷雖然不輕，但因周芷若劍尖刺入時偏了數寸，只傷及肺葉，未中心臟，因此靜養了七八天，傷口漸漸愈合。殷天正、楊逍、韋一笑、說不得等人躺在軟床之中，每日由人抬進房來探視，見他一天好似一天，都極欣慰。

到第八日上，張無忌已可坐起。那天晚上，楊逍和韋一笑又來探病。張無忌道：「兩位身中幻陰指後，這幾天覺得怎樣？」楊韋二人每日都苦熬刺骨之寒的折磨，傷勢已越來越重，但怕他掛懷，都道：「好得多了！」

張無忌見二人臉上黑氣籠罩，說話也有氣無力，說道：「我內力已回復了六七成，這便給兩位治一治看。」楊逍忙道：「不，不！張大俠何必忙在一時？待你貴體全愈，再給我們醫治不遲。此刻使力早了，傷勢若有反覆，我們心中何安？」韋一笑道：「早醫晚醫，也不爭在這幾日。張大俠靜養貴體要緊。」

張無忌道：「我外公鷹王、義父獅王，都和兩位平輩論交，兩位是我長輩，再稱『大俠』甚麼，姪兒可實在不敢答應。」

楊逍微笑道：「將來我們都是你的屬下，在你跟前，連坐也不敢坐，還說甚麼長輩平輩？」張無忌一怔，問道：「楊伯伯你說甚麼？」韋一笑道：「張大俠，這明教教主的重任，若不由你來承當，更有何人能夠擔負？」

張無忌雙手急搖，忙道：「此事萬萬不可！萬萬不可！」

便在此時，忽聽得東面遠遠傳來一陣陣尖利的哨子之聲，正是光明頂山下有警的訊號。楊逍和韋一笑一怔，均想：「難道六大派出爾反爾，去而復返麼？」但臉上都顯得若無其事。楊逍道：「昨天吃的人參還好麼？小昭，你再到藥室去取些，給張大俠煎湯喝。」只聽西面、南面同時哨子聲大作。張無忌問道：「是外敵來攻麼？」韋一笑道：「本教和天鷹教不乏好手，張大俠不必掛心，諒小小幾個毛賊，何足道哉！」

可是片刻之間，哨子聲已近了不少，敵人來得好快，顯然並非小小毛賊。楊逍道：「我出去安排一下，韋兄在這裏陪著張大俠。嘿嘿，明教難道就此一蹶不振，人人都可來欺侮了？」他雖傷得動彈不得，但言語中仍充滿豪氣。

張無忌尋思：「少林、峨嵋這些名門正派，決不會不顧信義，重來尋仇。來者多半是殘忍奸惡之輩。光明頂上所有高手人人重傷，這七八天中沒一人能養好傷勢，決難抵擋外敵，倘若強自出戰，只有枉送了性命。」不由得彷徨無計。

突然門外腳步聲急，一人闖了進來，滿臉血污，胸口插著一柄短刀，叫道：「敵人從三面……攻上山來……弟兄們抵敵……不住……」韋一笑問道：「甚麼敵人？」那人手指室外，想要說話，突然向前摔倒，就此死去。

但聽得傳警呼援的哨聲，此起彼落，顯是情勢急迫。忽然又有兩人奔進室來，楊逍認得當先一人是洪水旗的掌旗副使，只見他全身浴血，臉色猶如鬼魅，但仍努力鎮定，微微躬身，稟道：「張大俠、楊左使、韋法王，山下來攻的是巨鯨幫、海沙派、神拳門各路人物。」楊逍雙眉一軒，哼了一聲，道：「這些幺魔小醜，也欺上門來了嗎？」那掌旗副使道：「敵人本來也不厲害，只不過咱們兄弟多數有傷在身……」

他說到這裏，冷謙、鐵冠道人張中、彭瑩玉、說不得、周顛等五散人分別由人抬了進來。周顛氣呼呼的大叫：「好丐幫，勾結了三江幫、巫山幫來乘火打劫，我周顛只要有一口氣在，跟他們永世沒完……」他話猶未了，殷天正、殷野王父子撐著木杖，走進室來。殷天正道：「無忌孩兒，你躺著別動。他媽的『五鳳刀』和『斷魂槍』這兩個小小門派，還能把咱們怎樣了？」

這些人中，楊逍在明教位望最尊、殷天正是天鷹教教主、彭瑩玉最富智計，這三人生平不知遇到過多少大風大浪，每每能當機立斷，轉危爲安，但眼前的局勢實已陷入絕境，人人重傷之下，敵人大舉來攻，其他的幫會門派倒也罷了，丐幫卻號稱江湖上第一大幫，幫內能人衆多，力量著實不小，眼看只有束手待斃的份兒。這時每人隱然都已將張無忌當作首領，不約而同的望著他，盼他突出奇計，解此困境。

張無忌在這頃刻之間，心中轉過了無數念頭。他自知武功雖較楊逍、外公、韋一笑諸人爲高，但說到見識計謀，這些高手當然均勝他甚多，他們既無良策，自己又有甚麼更高明的法子？正沉吟間，突然想起一事，衝口而出的叫道：「咱們快到秘道中暫且躲避，敵人未必能發覺。就算發覺了，一時也不易攻入。」

他想到此法，自覺是眼前最佳方策，語音甚是興奮，不料衆人面面相覷，竟沒一人附和，似乎都認爲此法絕不可行。張無忌道：「大丈夫能屈能伸，咱們暫且避禍，待傷愈之後再和敵人一決雌雄，也不算是墮了威風。」

楊逍道：「張大俠此法誠然極妙。」轉頭向小昭道：「小昭，你扶張大俠到秘道去。」張無忌道：「大夥兒一齊去啊！」楊逍道：「你請先去，我們隨後便來。」

張無忌聽他語氣，知他們決不會來，不過是要自己躲避而已，朗聲說道：「各位前輩，我雖非貴教中人，但和貴教共過一場患難，總該算得是生死之交。難道我就貪生怕死，能撇下各位，自行前去避難？」

楊逍道：「張大俠有所不知，明教歷代傳下嚴規，這光明頂上的秘道，除教主之外，本教教衆誰也不許闖入，擅進者死。你和小昭不屬本教，不必守此規矩。」

這時只聽得隱隱喊殺之聲從四面八方傳來。幸好光明頂上道路崎嶇，地勢險峻，一處處關隘均有鐵閘石門，明教雖未能作有力抵抗，來攻者卻也不易迅速奄至。加之明教名頭素響，來襲敵人心存忌憚，未敢貿然深入，然聽這廝殺之聲，卻總是在一步步的逼進。偶爾遠處傳來一兩聲臨死時的號呼之聲，顯是明教教衆竭力禦敵，以致慘遭屠戮。

張無忌心想：「再不走避，只怕一個時辰之內，明教上下人衆無一得免。」問道：「這不可進入秘道的規矩，難道決計變更不得麼？」楊逍神色黯然，搖了搖頭。

彭瑩玉忽道：「各位聽我一言：張大俠武功蓋世，義薄雲天，於本教有存亡續絕的大恩。咱們擁立張大俠爲本教第三十四代教主。倘若教主有命，號令衆人進入秘道，大夥兒遵從教主之令，那便不是壞了規矩。」楊逍、殷天正、韋一笑等早就有意奉張無忌爲教主，一聽彭和尚之言，人人叫好。

張無忌急忙搖手道：「小子年輕識淺、無德無能，如何敢當此重任？加之我太師父張眞人當年諄諄告誡，命我不可身入明教，小子應承在先。彭大師之言，萬萬不可。」

殷天正道：「我是你外公，叫你入了明教。就算外公親不過你太師父，大家半斤八兩，我和張眞人的說話就相互抵消了罷，只當誰也沒說過。入不入明教，憑你自決。」

殷野王也道：「再加一個舅父，那總夠斤兩了罷？常言道：見舅如見娘。你娘既已不在，我就如同是你親娘一般。」

張無忌聽外公和舅父如此說，心中難過，說道：「當年陽教主曾有一通遺書，我從秘道中帶將出來，原擬大家傷愈之後傳觀。陽教主的遺命是要我義父金毛獅王暫攝教主之位。」說著從懷中取出那封遺書，交給楊逍。

彭瑩玉道：「張大俠，大丈夫身當大變，不可拘泥小節。謝獅王是你義父，猶似親父一般，自來子繼父職，謝獅王既不在此，便請你依據陽教主遺言，暫攝教主尊位。」眾人齊道：「此言最是。」

張無忌耳聽得殺聲漸近，心中惶急加甚，一時沒了主意，尋思：「此刻救人重於一切，其餘儘可緩商。」朗聲道：「各位既然如此見愛，小子若再不允，反成明教的大罪人了。小子張無忌，暫攝明教教主職位，度過今日難關之後，務請各位另擇賢能。」

眾人齊聲歡呼，雖大敵逼近，禍及燃眉，但人人喜悅之情，見於顏色。均想明教自前教主陽頂天暴斃，統率無人，一個威震江湖的大教竟鬧得自相殘殺、四分五裂。脫教遠去者有之，置身事外者有之，自立門戶者有之，爲非作歹者有之，互爭互鬥者更有之，從此一蹶不振，危機百出。今日重立教主，中興可期，如何不令人大爲振奮？能行動的便即拜倒。殷天正、殷野王雖是尊親，亦無例外。

張無忌忙拜倒還禮，說道：「各位請起。楊左使，請你傳下號令：本教上下人等，一齊退入秘道。」

楊逍道：「是！謹遵教主令諭。啓稟教主，咱們命烈火旗縱火阻敵，將光明頂上房舍盡數燒了。敵人只道咱們已然逃走。不知可好？」張無忌道：「此計大妙，請楊左使傳令。」心想：「此法當年朱長齡便曾使過，計策本身原是好的，只不過他是用來騙我而已。」

楊逍當即傳令出去，撤回守禦各處的教衆，命洪水、烈火二旗斷後，其餘各人，退入秘道。衆人進入楊不悔閨房，拆去床鋪，露出秘道的洞口。明教是主，天鷹教是客，當下命天鷹教教衆先退，跟著是天地風雷四門，光明頂上諸般職事人員，銳金、巨木、厚土三旗，五散人和韋一笑等先後退入。此時洪水旗人衆噴射毒水，著體腐爛，稍阻敵人攻勢。待張無忌和楊逍退入不久，洪水旗諸人分別進來，東西兩面已火光燭天。

這場火越燒越旺，烈火旗人衆手執噴筒，不斷噴射西域特產的石油。那石油近火即燃，最是厲害不過，來攻的各門派人數雖多，卻畏火不敢逼近，只四面團團圍住，不令明教人衆漏網。烈火旗人衆進入秘道後關上閘門。不久房舍倒塌，將秘道的入口掩在火燄之下。

這場大火直燒了兩日兩夜，兀自未熄。光明頂是明教總壇所在，百餘年的經營，數百間美輪美奐的廳堂屋宇盡成焦土。來攻敵人待火勢略熄，到火場中翻尋時，見到不少明教戰死者的屍首，皆已燒成焦炭，面目不可辨認，只道明教教眾寧死不降，人人自焚而死，楊逍、韋一笑等都已命喪火場之中。

天鷹教與明教人眾按著秘道地圖，分別入住一間間石室。此時已深入地底，上面雖烈火熊熊，在秘道中卻聽不到半點聲音，也絲毫不覺炎熱。眾人帶足了糧食清水，便一兩個月不出去也不致饑渴。明教和天鷹教人眾各歸本旗、本壇，全都肅靜無聲。眾人均知這秘道是向來不許擅入的聖地，承蒙教主恩典，才得進來避難，誰也不敢任意走動。

楊逍等首腦人物都聚在陽頂天的遺骸之旁，聽張無忌述說如何見到陽前教主的遺書、如何練成乾坤大挪移心法。他說畢，將記述心法的羊皮交給楊逍。楊逍不接，躬身說道：「陽前教主的遺書上寫得明白：『乾坤大挪移心法暫由謝遜接掌，日後轉奉新教主。』這份心法，自當由教主掌管。」

眾人傳閱陽頂天的遺書，盡皆慨嘆，說道：「那料到陽教主一世神勇睿智，竟因夫婦之情而致走火歸天。咱們若得早日見此遺書，何致有今日的一敗塗地。」各人想到死難同伴之慘、自己狼狽逃命之辱，無不咬牙切齒的痛罵成崑。

楊逍道：「這成崑雖是陽教主夫人的師兄、是金毛獅王的師父，可是我們以前都未能見他一面，可見此人心計之工。原來數十年前，他便處心積慮的要摧毀本教。」周顛道：「楊左使、韋蝠王，你們都墮入了他的道兒而不覺，也可算得無能。」他本想扯上殷天正，礙於教主的情面，將「白眉老兒」四個字嚥入了肚裏。楊逍臉上一紅，說道：「總算天網恢恢，疏而不漏，這成崑惡賊終究命喪野王兄的掌底。」烈火旗掌旗使辛然恨恨的道：「成崑這惡賊作了這麼大的孽，倒給他死得太便宜了。」

衆人議論了一會，其後分別靜坐用功，療養傷勢。

在秘道中過了七八日，張無忌的劍創已好了九成，結了個寸許長的疤，當即爲受了外傷的弟兄治療，雖藥物多缺，但他針灸推拿，當眞著手成春。衆人初時只道這位少年教主武功深不可測，豈知他醫道竟也如此精湛，幾可直追當年的「蝶谷醫仙」胡靑牛。

再過數日，張無忌劍傷全愈，當即運起九陽神功，給楊逍、韋一笑及五散人逼出體內幻陰指的寒毒。三日之間，衆大高手內傷盡去，無不意氣風發，便要衝出秘道，盡殲來攻之敵。張無忌道：「各位傷勢已愈，內力未純，旣已忍耐多日，索性便再等幾天。」

這數日中，人人加緊磨練，武功淺的磨刀礪劍，武功深的練氣運勁，自從六大派圍攻光明頂以來，明教始終挨打受辱，這口怨氣可實在憋得狠了。

這天晚間，楊逍將明教的教義宗旨、教中歷代相傳的規矩、明教在各地支壇的勢力、教中首要人物的才能性格，一一向張無忌詳爲稟告。

只聽得鐵鍊叮噹聲響，小昭托了茶盤，送上茶來。張無忌道：「楊左使，這小姑娘近來無甚過犯，請你打開鐵鎖，放了她罷！」楊逍道：「教主有令，敢不遵從。」叫楊不悔進來，說道：「不悔，教主吩咐，你給小昭開了鎖罷。」楊不悔道：「那鑰匙放在我房裏的抽屜中，沒帶下來。」張無忌道：「那也不妨，鑰匙想來也燒不爛。」

楊逍待女兒和小昭退出，說道：「教主，小昭這小丫頭年紀雖小，卻極爲古怪，對她不可不加提防。」張無忌問道：「這小姑娘來歷如何？」楊逍道：「半年之前，我和不悔下山遊玩，見到她一人在沙漠之中，撫著兩具屍首哭泣。我們上前查問，她說死的二人是她爹娘。她爹爹在中原得罪了官府，一家三口給充軍來到西域，前幾日因不堪蒙古官兵凌辱，逃了出來，她爹娘終於傷發力竭，雙雙斃命。我見她小小一個女孩，孤苦伶仃，雖容貌奇醜，說話倒也不蠢，便給她葬了父母，收留了她，叫她服侍不悔。」

張無忌點了點頭，心想：「原來小昭父母雙亡，身世極是可憐，跟我竟是一般。」

楊逍續道：「我們帶小昭回到光明頂上之後，有一日我教不悔武藝，小昭在旁聽著，怎知我解釋到六十四卦方位之時，不悔尚未領悟，小昭的眼光已射到了正確的方位之上。」張無忌道：「想是她天資聰穎，悟性比不悔妹子快了一點。」

楊逍道：「初時我也這麼想，倒很高興，但轉念一想，起了疑心，故意說了幾句極難的口訣，那是我從未教過不悔的。其時日光西照，地火明夷，水火未濟，我故意說錯了方位，只見她眉頭微蹙，竟發覺了我的錯處。從此我便留上了心，知道這小姑娘曾得高人傳授，身懷上乘武功，到光明頂上非比尋常，乃有所爲而來。」

張無忌道：「或者她父親精通易理，那是家傳之學，亦未可知。」

楊逍道：「教主明鑒：文士所學的易理，和武功中的易理頗有不同。倘若小昭所學竟是她父母所傳，那麼她父母當是武林中的一流高手了，又怎能受蒙古官兵凌辱而死？我其時不動聲色，過了幾日，才閒閒問起她父母的姓名身世。她推得乾乾淨淨，竟不露絲毫痕跡。當時我也不發作，只叮囑不悔暗中留神。有一日我說個笑話，不悔哈哈大笑，小昭在旁聽著，忍不住也笑了起來。其時她站在我和不悔背後，只道我父女瞧不見她，豈知不悔手中正在把玩一柄匕首，那匕首明淨如鏡，將她笑容清清楚楚的映了出來。她卻那裏是個醜丫頭？容貌比之不悔美得多了。而且她的面貌和一人十分相似，這個人和本教卻有大大的干係。待我轉過頭來，她立時又變成了擠眼歪嘴的怪相。」

張無忌微笑道：「要整日假裝這怪樣，當眞不易。」心想：「楊左使是何等精明厲害的人物，小昭這小丫頭在他面前耍花腔，自然瞞他不過。」

楊逍又道：「當下我仍隱忍不言，這日晚間，夜靜人定之後，我悄悄到女兒房中，來窺探小昭動靜。只見這丫頭正從不悔房中出來。她逕往東邊房舍，不知找尋甚麼，每一間房間、每一處隱僻之所，無不細細尋到。我再也忍不住了，現身而出，問她找尋甚麼，是誰派她到光明頂來臥底。她倒也鎮靜，說無人派她，只喜歡到處玩玩，出於好奇之心。我諸般恐嚇勸誘，她始終不露半句口風，我關著她餓了七天七夜，餓得她奄奄一息，她仍不說。於是我將教中舊日留傳的這副玄鐵銬鐐將她銬住，令她行動之時發出叮噹聲響，那便不能暗中加害不悔。

「我所以不即殺她，是想查知她來歷。教主，這小丫頭乃敵人派來臥底，決無可疑，只不過她所相似那人離去已久，陳年舊事，我也沒太放在心上，諒這小小丫頭，礙得甚麼？念在她服侍教主一場，教主慈悲饒恕，那也是她的造化。」當日光明頂上，張無忌給周芷若刺傷，小昭對他情急關懷、他說認了她做妹子，楊逍都瞧在眼裏，知教主與她頗有情誼，原來對她所懷的敵意，便減了不少。

張無忌站起身來，笑道：「咱們在地牢中關了這麼多日，也該出去散散心了罷？」楊逍大喜，問道：「這就出去？」張無忌道：「傷勢未愈的，無論如何不可動手，要立功也不忙在一時。其餘的便都出去。好不好？」楊逍出去傳令，秘道中登時歡聲雷動。

眾人進秘道時是從楊不悔閨房的通道而入，這次出去，走的卻是側門，以便通往後山。張無忌推開阻門巨石，當先出去，待眾人走盡，又將巨石推上。那厚土旗的掌旗使顏垣是明教中第一神力之士，他試著運勁一推那塊小山般的巨石，竟如蜻蜓撼石柱，全沒動靜，不禁伸出了舌頭縮不回去，心中對這位青年教主更加敬佩無已。

眾人出得秘道，生怕驚動了敵人，連咳嗽之聲也半點全無。

張無忌站在一塊大石之上。月光瀉將下來，只見天鷹教人眾排在西首賓位，天微、紫微、天市三堂，青龍、白虎、玄武、朱雀、神蛇五壇，各有統率，整整齊齊的排著。原來壇主白龜壽等多已去世，早另行立了新壇主。東首是明教五旗：銳金、巨木、洪水、烈火、厚土，各旗正副掌旗使率領本旗弟兄，分五行方位站定。中間是楊逍屬下天、地、風、雷四門門主所統的光明頂教眾。那天字門所屬是中原男子教眾；地字門所屬是女子教眾；風字門是釋道等教出家人，明教雖爲拜火之獨特教派，但門戶寬大，釋、道、景、回各教徒眾均可入教，不必捨棄原來教門；雷字門則是西域諸外族人氏的教眾。雖然連日激戰，五旗四門無不傷殘甚眾，但此刻人人精神振奮。青翼蝠王韋一笑及冷謙等五散人站在張無忌身後衛護。人人肅靜，只候教主令下。

張無忌緩緩說道：「敵人來攻本教重地，咱們雖欲善罷，亦不可得。但本人實不願多所殺傷，務希各位體念此意，得饒人處便饒人。天鷹教由殷教主率領，自西攻擊。五行旗由巨木旗掌旗使聞蒼松總領，自東攻擊。楊左使率領天字門、地字門，自北攻擊。五散人率領風字門、雷字門，自南攻擊。韋蝠王與本人居中策應。」眾人一齊躬身應命。

張無忌左手一揮，低聲道：「去罷！」四隊教眾分從東南西北四方包圍光明頂。

張無忌向韋一笑道：「蝠王，咱兩個從秘道正門出去，攻他們個措手不及。」韋一笑大喜，說道：「妙極！」兩人重行回入秘道，從楊不悔閨房的入口處鑽了出來。

其時上面已堆滿了瓦礫、焦木，費了好大力氣才走出來，撲鼻盡是焦臭之氣。其時明教人衆距離尚遠，但光明頂上留著的敵人已然發覺，大呼小叫，相互警告。張無忌和韋一笑相視一笑，均想：「這批傢伙大驚小怪，不必相鬥，勝敗已分。」兩人隱身在倒塌了的半堵磚牆之後，月光下但見黑影來回奔走。

過不多時，說不得和周顛兩人並肩先至，已從南方攻到，衝入人羣。跟著殷天正、楊逍、五行旗人衆齊到，大呼酣鬥。奪得光明頂的本有丐幫、巫山幫、海沙派等十餘個大小幫會，眼見光明頂燒成一片白地，明教人衆無一漏網，只道已大獲全勝。丐幫、巨鯨幫等一大半幫會這幾日都已紛紛下山，光明頂上只剩下神拳門、三江幫、巫山幫、五鳳刀四個幫會門派。明教教衆突然殺出，這四個門派中雖也有若干好手，卻怎是楊逍、殷天正這些人的對手，不到一頓飯工夫，已死傷大半。

張無忌現身而出，朗聲說道：「明教高手此刻聚會光明頂。諸大幫會門派聽了，再鬥無益，一齊拋下兵刃投降，都饒你們性命，好好送你們下山。」

神拳門、三江幫、巫山幫、五鳳刀中的好手已死傷大半，餘下的眼見敵人大集，均無鬥志，紛紛拋下兵刃投降。二十餘名悍勇之徒兀自頑抗，片刻間便已屍橫就地。

這十餘日中，丐幫等人衆已在山頂搭了若干茅棚暫行棲身，這時巨木旗下教衆又再砍伐樹木，搭蓋茅舍。地字門下的女教眾忙著燒水煮飯。

光明頂上燃起熊熊大火，叩謝明尊火聖祐護。

白眉鷹王殷天正站起身來，大聲說道：「天鷹教教下各人聽了：本教和明教同氣連枝，本是一脈。二十餘年之前，本人和明教的夥伴們不和，這才遠赴東南，自立門戶。眼下明教由張大俠出任教主，人人捐棄舊怨，羣策羣力。『天鷹教』這個名字，打從今日起，世上再也沒有了，大夥兒都是明教的教眾，咱們人人聽張教主的分派號令。要是那個不服，快快給我滾下山去罷！」

天鷹教教眾歡聲雷動，都道：「天鷹教源出明教，現今是返本歸宗。咱們大夥兒都入明教，那是何等美事。殷教主和張教主是家人至親，聽那一位教主的號令都是一樣。」殷天正大聲道：「打從今日起只有張教主，那個再叫我一聲『殷教主』，便是犯上叛逆。」

張無忌拱手道：「天鷹教和明教分而復合，眞是天大喜事。先前在下迫於情勢，暫攝教主之位。此刻大敵已除，咱們正該重推教主。教中有這許多英雄豪傑，小子年輕識淺，何敢居長？」

周顚大聲道：「教主，你倒是代大夥兒想想，我們爲了這教主之位，鬧得四分五裂，好容易個個都服了你。你若再推辭，那麼你派個人出來當教主罷。哼，哼！不論是誰，我周顛首先不服。要我周顛當罷，別個兒可又不服。」彭瑩玉道：「教主，倘若你不肯擔此重任，明教又回上了自相殘殺、大起內鬨的老路，難道那時又來求你搭救？」

張無忌心想：「這干人說的也是實情，當此情勢，我確難袖手不顧。可是這個教主，我確是既不會做，又不想做。」於是朗聲道：「各位既如此垂愛，小子不敢推辭，只得暫攝教主重任，只是有三件事要請各位允可，否則小子寧死不肯擔當。」

衆人紛紛說道：「教主有令，莫說三件，便三十件也當遵奉，不敢有違。不知是那三件，請教主示下。」

張無忌道：「本教給人目爲邪魔外道，雖說是教外之人不明本教眞相，但本教教衆人數多了，難免良莠不齊，亦有不肖之徒行爲放縱、殘害無辜。這第一件事，自今而後，從本人以下，人人須得嚴守教規，遵奉『三大令、五小令』，爲善去惡，行俠仗義。本教兄弟之間，務須親愛互助，有如手足，切戒自相爭鬥。」向周顛看了一眼，說道：「吵嘴相罵則可，動手萬萬不行。本人請冷謙冷先生擔任刑堂執法，凡違犯教規，和本教兄弟鬥毆砍殺，一律處以重刑，即令是本人的外公、舅父等尊長，亦無例外。」

衆人躬身說道：「正該如此。」冷謙跨上一步，說道：「奉令！」他不喜多話，這兩個字，便是說應自當竭盡所能，奉行教主命令。

張無忌道：「第二件事說來比較爲難。本教和中原各大門派結怨已深，雙方門人弟子、親戚好友，都互有殺傷。此後咱們既往不咎，前愆盡釋，不再去和各門派尋仇。」
眾人聽了，心頭都氣忿不平，良久無人答話。
周顛道：「倘若各門派再來惹事生非呢？」張無忌道：「那時隨機應變。要是對方一再進逼，咱們自也不能束手待斃。」鐵冠道人道：「好罷！反正我們的性命都是教主救的，教主要我們怎樣，那便怎樣。」彭瑩玉大聲道：「各位兄弟：中原各門派殺了咱們不少人，咱們也殺了各門派不少人，要是雙方仇怨糾纏，循環報復，大家只有越死越多。教主命令咱們不再尋仇，也正是為咱們好。」眾人心想這話不錯，便都答允了。
張無忌心下甚喜，抱拳說道：「各位寬洪大量，實是武林之福，蒼生之幸。」命五行旗各旗使去釋放所俘神拳門、巫山幫等門派幫會的俘虜，向他們申述明教不再與中原各門派幫會為敵之意，任由眾俘下光明頂而去。
張無忌道：「這第三件事，乃依據陽前教主的遺命而來。陽前教主遺書中說道：由覓回聖火令之人接任第三十四代教主之位，他逝世後，教主之位由謝法王暫攝。咱們即當前赴海外，迎歸謝法王，由他攝行教主，然後設法尋覓聖火令。那時小子退位讓賢，各位不得再有異議。」
眾人聽了，不由得面面相覷，均想：「羣龍無首數十年，好容易得了位智勇雙全、仁義豪俠的教主。金毛獅王雖有勇有謀，但脾氣暴躁，恐怕終究不及這位少年教主。日後倘是本教一個碌碌無能之徒無意中拾得聖火令，難道竟由他來當教主？」

楊逍道：「陽前教主的遺言寫於數十年前，其時世局與現今大不相同。謝法王自是要去迎接的，聖火令也是要尋覓的，但若由旁人擔任教主，實難令大眾心服。」

張無忌堅持陽前教主的遺命決不可違。眾人拗不過，只得依了，均想：「金毛獅王只怕早已死了，聖火令失落將近百年，那裏還找得著？且聽他的，將來倘若有變，再作道理。」

這三件大事，張無忌於這十幾日中一直在心頭盤旋思索，此時聽得眾人盡皆遵依，甚是歡喜，命人宰殺牛羊，和眾人歃血爲盟，不可違了這三件約言。

張無忌道：「本教眼前第一大事，是去海外迎歸謝法王。此行非本人親去不可，有那一位願與本人同去？」眾人一齊站起身來，說道：「願追隨教主，同赴海外。」

張無忌初負重任，自知才識俱無，處分大事必難妥善，低聲和楊逍商議了一會，才朗聲道：「前往海外的人手也不必太多，何況此外尚有許多大事需人料理。這樣罷，請楊左使率領天地風雷四門，留鎮光明頂，重建總壇。金木火土四旗分赴各地，招集本教分散了的人眾，傳諭咱們適才約定的三件事。請外公和舅父率領天鷹旗，探聽是否尚有敵人意欲跟本教爲難，再尋訪光明右使和紫衫龍王兩位的下落。請彭瑩玉大師與說不得大師兩位，分別前往六大派掌門人居處，說明本教止戰修好之意，就算不能化敵爲友，也當止息干戈。這件事甚不易辦，但兩位口才極佳，定能克建殊功。至於赴海外迎接謝法王之事，則由本人和韋蝠王、餘下三位散人，以及熟識水性的洪水旗同去。」

此時他是教主之尊，雖言語謙遜有禮，但每一句話即是不可違抗的嚴令，眾人一一接令，無不凜遵。

楊不悔道：「爹，我想到海外去瞧瞧大海冰山。」楊逍微笑道：「你向教主求去，我可作不了主。」楊不悔撅起了小嘴，卻不作聲。

張無忌微微一笑，想起數年前護送楊不悔西來時，一路上她纏著要說故事，自己曾將冰火島上諸般奇景，以及白熊、海豹、怪魚等各種珍異動物說給她聽，這當兒她便想親自去看看了，說道：「不悔妹子，海行甚多凶險，你若不怕，你爹爹又放心你去，那麼楊左使和你一起都隨我到海外去罷。」楊不悔拍手道：「我怕甚麼？爹，咱倆都跟無忌哥哥……無忌教主……教主哥哥一起去！」楊逍不答，望著張無忌，聽他示下。

張無忌道：「既然如此，偏勞冷先生留鎮光明頂，天地風雷四門，暫歸冷先生統率。」冷謙道：「是！」周顛拍手頓足，大叫：「妙極，妙極！」說不得道：「周兄，妙甚麼？」周顛道：「教主如此倚重冷謙，那是咱五散人的面子。再說，大海茫茫，不知要坐幾日幾夜的海船，多了楊左使父女，談談說說，何等快活！我要和人合口吵鬧，也有楊左使做對手。倘若同著冷謙，只不過多了一塊不開口、會吃飯的活木頭罷了。」

眾人一齊大笑。冷謙既不生氣，也不發笑，便似沒聽見。

當日眾人飽餐歡聚，分別休息。張無忌要楊不悔為小昭開了玄鐵銬鐐，但那鑰匙失落在火場的焦木瓦礫之中，再也尋找不著。小昭淡淡的道：「我帶了這叮叮噹噹的鐵鍊，走起路來反而好聽，還是戴著的好。」張無忌安慰她道：「小昭，你安心在光明頂上住著，我接了義父回來，借他的屠龍寶刀給你斬脫銬鐐。小妹子乖乖的等著我回來！」最後這句話說得甚輕，只她一人聽見。小昭淒然搖了搖頭，並不答應。

次日清晨，張無忌率領眾人，和冷謙道別。冷謙道：「教主，保重。」張無忌道：「冷先生坐鎮總壇，多多辛苦。」冷謙向周顛道：「小心，怪魚，吃你！」周顛握著他手，頗為感動。五散人情若兄弟，冷謙今日破例多說了這六個字，那確是十分躭心大海中的怪魚將眾兄弟吃了。

冷謙和天地風雷四門首領直送下光明頂來，這才作別。金木火土四旗和天鷹旗人眾，也隨教主及洪水旗偕赴中原。張無忌見小昭滿眼都是淚水，握著她手輕輕捏了捏，示意安慰。與她分別，心中也真戀戀不捨。

張無忌道：「我爲了救人，只好動粗了，無禮莫怪。」抓起她左腳，扯脫了她鞋襪。趙敏又驚又怒，叫道：「臭小子，你幹甚麼？」張無忌不答，又扯脫了她右足鞋襪。

二十三　靈芙醉客綠柳莊

一行人行出百餘里，在沙漠中就地歇宿。張無忌睡到中夜，忽聽得西首隱隱傳來叮噹、叮噹清脆的金屬撞擊之聲，心中一動，悄悄起身，向聲音來處迎去。奔出里許，只見小小一個人影在月光下移動，他搶步上去，叫道：「小昭，怎麼你也來了？」

那人影正是小昭。她突然見到張無忌，哇的一聲，哭了出來，撲在他懷裏，抽抽噎噎的只是哭泣，卻不說話。張無忌輕拍她肩頭，說道：「小妹子，別哭，別哭！」小昭似乎受盡了委曲，終於得到發洩，哭得更加響了，說道：「你到那裏，我……我也跟到那裏。」張無忌心想：「這小姑娘父母雙亡，又見疑於楊左使父女，十分可憐。想是我對她和言悅色，是以對我甚為依戀。」說道：「好，別哭啦，我也帶你一起到海外去便了。」

小昭大喜，抬起頭來，朦朦朧朧的月光在她可愛秀美的小小臉龐上籠了一層輕紗，晶瑩的淚水尚未擦去，海水般的淡藍眼波中已盡是歡笑。張無忌微笑道：「小妹子，你將來長大了，一定美得不得了。」小昭笑道：「你怎知道？現今不美嗎？」張無忌雙臂輕輕摟住了她，在她臉頰上一吻，說道：「現今好美，將來更加美得不得了！」小昭羞紅了臉，輕聲道：「教主哥哥，我要永遠、永遠跟著你，你肯嗎？」張無忌道：「我肯極了。」小昭道：「你可不能反悔？」

張無忌尚未回答，忽聽得東北角上蹄聲雜沓，有大隊人馬自西而東，奔馳而過。過不多時，韋一笑和楊逍先後奔到，說道：「教主，深夜之中大隊人馬奔馳，說不定又是本教之敵。」張無忌命小昭去和周顛等人會合，自行帶同楊韋二人，奔向蹄聲傳來處查察。

到得近處，果見沙漠中留下一排馬蹄印。韋一笑俯身察看，抓起一把沙子，說道：「有血跡。」張無忌抓起沙子湊近鼻端，登時聞到一陣血腥氣。三人循著蹄印追出數里，楊逍忽見左首沙中插著半截單刀，拾起看時，見刀柄上刻著「馮遠聲」三字，微一沉吟，說道：「這是崆峒派的人物。教主，想是崆峒派在此預備下馬匹，回歸中原。」韋一笑道：「從光明頂下來，已事隔半月有餘，他們尚在這裏，不知搗甚麼鬼？」三人查知是崆峒派，便不放在心上，回歸原地安睡。

行到第五日上，前面草原上來了一行人衆，多數是身穿緇衣的尼姑，另有七八個男子。雙方漸漸行近，一名尼姑尖聲叫道：「是魔教的惡賊！」眾人紛紛拔出兵刃，散開迎敵。張無忌見是峨嵋派人眾，不知何以去而復回，那些人也是從未見過的，朗聲說道：「眾位師太是峨嵋門下嗎？」一名身材瘦小的中年尼姑越眾而出，厲聲道：「魔教惡賊，多問甚麼？上來領死罷！」張無忌道：「師太上下如何稱呼？何以如此動怒？」那尼姑喝道：「惡賊，憑你也配問我名號！你是誰？」

韋一笑疾衝而前，穿入眾人之中，點了兩名男弟子的穴道，抓住兩人後領，猛地發腳，遠遠奔了出去，將兩人摔在地下，隨即又奔回原處。這幾下兔起鶻落，快速無倫。他冷笑一聲，說道：「這位是當世武功第一、天下肝膽無雙的奇男子，統率左右光明使者、四大護教法王、五散人、五行旗、天地風雷四門的明教張教主，趕過峨嵋派下山，奪過滅絕師太手中倚天寶劍，這樣的人物，配來問一聲師太的法名麼？」

他這番話一口氣的說將出來，峨嵋羣弟子盡皆駭然，眼見韋一笑適才露了這麼一手匪夷所思的武功，無人敢再懷疑他的說話。那中年尼姑定了定神，才道：「閣下是誰？」韋一笑道：「在下姓韋，外號青翼蝠王。」峨嵋派中幾個人不約而同的驚呼，便有四人急奔去救護那兩個給他搬到了遠處的同門。原來滅絕師太在抵達光明頂前，就先派遣二名弟子下山，回寺傳達訊息。這兩名弟子正巧在途中與接應隊伍碰上，述說過青翼蝠王殺害靜虛之事。

韋一笑道：「奉張教主號令：明教和六大派止息干戈，釋衍修好，從今而後化敵為友。貴同門運氣好，韋蝠王這次沒吸他們的血。」他自得張無忌以九陽神功療傷，不但驅除了幻陰指寒毒，連以前積下的陰毒也消了大半，不必每次行功運勁，便須吸血抗寒。

那四人抬了兩名給點中穴道的同門回來，正待設法為他們解治，只聽得嗤嗤兩響，兩粒小石子射將過來，帶著破空之聲，直衝二人穴道，登時替他們解開了。卻是楊逍以「彈指神通」反運「擲石點穴」的功夫。

那中年尼姑見對方人數固然不少，而適才兩人稍顯身手，武功委實高得出奇，倘若動手，非吃大虧不可，所謂「釋衍修好，化敵為友」，雖不知眞假，卻但願是眞，便道：「貧尼法名靜空。各位可見到我師父嗎？」張無忌道：「尊師從光明頂下來，已半月有餘，預計此時已進玉門關。各位東來，難道沒遇上麼？」

靜空身後一個三十來歲的女子說道：「師姊別聽他胡說，咱們分三路接應，有信號火箭聯絡，怎會錯過不見？」周顛聽她說話無禮，便要教訓她幾句，說道：「這就奇了……」張無忌低聲道：「周先生不必跟她一般見識。他們尋不著師父，自然著急。」

靜空滿臉懷疑之色，說道：「家師和我們其餘同門是不是落入了明教之手？大丈夫光明磊落，何必隱瞞？」周顛笑道：「老實跟你們說罷，峨嵋派不自量力，來攻明教，自滅絕師太以下，個個遭擒，現下正打在水牢之中，教他們思過待罪，先關他個十年八年，放不放那時再說。」彭瑩玉忙道：「各位莫聽這位周兄說笑。滅絕師太神功蓋世，門下弟子個個武藝高強，怎能失陷於明教之手？此刻貴我雙方已罷手言和，各位回去峨嵋，自然見到。」靜空將信將疑，猶豫不定。

韋一笑道：「這位周兄愛說笑話。難道本教教主堂堂之尊，也會騙你們小輩不成？」那中年女子道：「魔教向來詭計多端，奸詐狡猾，說話如何能信？」

洪水旗掌旗使唐洋左手一揮，突然之間，五行旗遠遠散開，隨即合圍，巨木在東、烈火在南、銳金在西、洪水在北、厚土在外遊走策應，將一干峨嵋弟子團團圍住了。

殷天正大聲道：「老夫是白眉鷹王，只須我一人出手，就將你們一干小輩都拿下了。明教今日手下留情，年輕人以後說話可得好生檢點。」這幾句話轟轟雷動，震得峨嵋羣弟子耳朵嗡嗡作響，心神動盪，難以自制，眼見他白鬚白眉，神威凜凜，眾人無不駭然。

張無忌一拱手，說道：「多多拜上尊師，便說明教張無忌問她老人家安好。」當先向東便去。唐洋待韋一笑、殷天正等一一走過，這才揮手召回五行旗。

峨嵋弟子瞧了這等聲勢，暗暗心驚，眼送明教人眾遠去，個個目瞪口呆。

彭瑩玉道：「教主，我瞧這事其中必有蹊蹺。滅絕師太諸人東還，不該和這干門人錯過。各門各派沿途均有聯絡記號，那有影蹤不見之理？」眾人邊走邊談，都覺峨嵋派這許多人突然在大漠中消失，其理難明。張無忌更掛念周芷若的安危，卻又不便和旁人商量。

這日行到傍晚，厚土旗掌旗使顏垣忽道：「這裏有些古怪！」奔向左前方的一排矮樹之間察看，從一名部屬手裏接過一把鐵鏟，在地下挖掘，過不多時，赫然露出一具屍體。屍首已然腐爛，面目殊不可辨，但從身上衣著看來，顯是崑崙派弟子。厚土旗教衆一齊動手挖掘，不久掘出一個大坑，坑中橫七豎八的堆著十六具屍體，盡是崑崙派弟子。若是他們本派掩埋，決不致如此草草，顯是敵人所爲。再查那些屍體，人人身上有傷。張無忌命厚土旗將各具屍體好好分開，一具具的妥爲安葬。

衆人你瞧瞧我，我瞧瞧你，心頭的疑問都是一樣：「誰幹的？」大家怔了一陣，彭瑩玉才道：「此事倘不查個水落石出，這筆爛帳定然寫在本教頭上。」楊逍朗聲道：「大家聽了，倘若明刀明槍的交戰，大夥兒在教主率領之下，雖不敢說天下無敵，也決不致輸於旁人。但暗箭難防，此後飲水食飯、行路住宿，處處要防敵人下毒暗算。」衆人齊聲答應。

又行一陣，眼見夕陽似血，天色一陣陣的黑了下來，衆人正要覓地休息，只見東北角天邊四頭兀鷹不住在天空盤旋。突然間一頭兀鷹俯衝下去，立即又急飛而上，羽毛紛落，啾啾哀鳴，顯是給下面甚麼東西擊中，吃了大虧。

銳金旗的掌旗使莊錚死在倚天劍下之後，副旗使吳勁草承張無忌之命升任了正旗使，這時見兀鷹古怪，說道：「我去瞧瞧。」帶了兩名弟兄，急奔過去。過了一會，一名教衆先行奔回，向張無忌稟報：「稟告教主，武當派殷六俠摔在沙谷之中。」張無忌大吃一驚，道：「殷六叔？受了傷麼？」那人道：「似乎是受了重傷，吳旗使見是殷六俠，命屬下急速稟報教主。吳旗使已下谷救援去了……」

張無忌心急如焚，不等他說完，已發足急奔。楊逍、殷天正等隨後跟來。到得近處，只見是個大沙谷，足有十餘丈深，吳勁草左手抱著殷梨亭，一步一陷，正十分吃力的上來。張無忌沿著沙壁搶了下去，一手抓住吳勁草右臂空袖，另一手便去探殷梨亭的鼻息，察覺尚有呼吸，略感寬心，接過他身子，幾個縱躍便出了沙谷，將他橫放在地，定神看時，不禁又驚又怒，又覺難過。但見他膝、肘、踝、腕、足趾、手指，所有四肢的關節盡數讓人折斷了，氣息奄奄，動彈不得，對方下手之毒辣，委實罕見罕聞。

殷梨亭神智尚未迷糊，見到張無忌，臉上微露喜色，吐出了口中的兩顆石子。原來他受傷後給人推下沙谷，仗著內力精純，一時不死，兀鷹想來吃他，給他側頭咬起地下石子，噴石射擊，如此苦苦撐持，已有數日。楊逍見那四頭兀鷹尚自盤旋未去，似想等衆人拋下殷梨亭後，便飛下來啄食他屍體，從地下拾起四粒小石，嗤嗤連彈，四頭兀鷹應聲落地，每一隻的腦袋都爲小石打得粉碎。

張無忌先給殷梨亭服下止痛護心的藥丸，再詳加查察，但見他四肢共有二十來處斷折，每處斷骨均是給重手指力捏碎，沒法接續。殷梨亭低聲道：「跟三哥一樣，是少林派……金剛指力……指力所傷……」

張無忌登時想起當年父親所說三師伯俞岱巖受傷的情形，他也是給少林派的金剛指力捏碎骨節，從此難以行動。其時自己父母尚未相識，不料事隔多年，又有一位師叔傷在少林金剛指之下。他定了定神，說道：「六叔不須煩心，這件事交給了姪兒，定教奸人難逃公道。那是少林派中何人所爲，六叔可知麼？」殷梨亭搖了搖頭，他數日來苦苦掙命，早已筋疲力盡，此刻心頭一鬆，再也支持不住，暈了過去。

張無忌想起自己身世，父母所以自盡，全是爲了對不起三師伯，今日六師叔又遭此難，再不勒逼少林派交出這罪魁禍首，如何對得起俞殷二位？又如何對得起死去的父母？見殷梨亭雖然昏暈，性命該當無礙，只斷肢難續，多半也要和俞岱巖同一命運。

他閱歷有限，見事不快，須得靜下來細細思量，於是負著雙手，遠遠走開，走上一個小丘坐了下來，心中兩個念頭不住交戰：「要不要上少林寺去，找到那罪魁禍首，跟爹爹、媽媽、三師伯、六師叔報此大仇？倘若少林派肯坦率承認，交出行兇之人，自然再好不過，否則豈非明教要和武當派聯手，共同對付少林？我已和衆兄弟立下盟誓，決不再向各門派幫會尋仇生事，但事情一鬧到自己頭上，便立時將誓言拋諸腦後，又如何能夠服衆？禍端既開，此後怨怨相報，只怕又要世世代代的流血不止，不知要傷殘多少英雄好漢的性命？」

其時天已全黑，明教衆人點起燈火，埋鍋造飯。張無忌兀自坐在小丘之上，眼見明月升起，才這麼決定：「且到少林寺去見掌門空聞神僧，說明前因後果，要他給個公道。」轉念又想：「但若把話說僵了，非動手不可，那便如何？」他嘆了口氣，站起身來，心想：「我年紀輕輕，初當大任，立即便遭逢這件極棘手的難題，一心想要止戰息爭，但兇殺血仇，卻一件件迫人而來。我接下了明教教主的重任，推不掉、甩不脫，此後煩惱艱困，定然無窮無盡！若能不做教主，可有多好？」

他回到燈火之旁，衆人雖然肚餓，卻誰都沒動筷吃飯，恭敬肅穆的站起。張無忌好生過意不去，忙道：「各位以後自管用飯，不必等我。」去看殷梨亭時，見楊不悔已用熱水爲他洗淨了創口，正在餵他飲湯。

殷梨亭神智仍然迷糊，突然雙眼發直，目不轉睛的瞪著楊不悔，大聲說道：「曉芙妹子，我想得你好苦，你知道麼？」楊不悔滿臉通紅，神色尷尬，右手拿著匙羹，低聲道：「你再喝幾口湯。」殷梨亭道：「你答允我，永遠不離開我。」楊不悔道：「好啦，好啦！你先喝了這湯再說。」殷梨亭甚爲高興，登時滿臉歡容，張口把湯喝了。

次日張無忌傳下號令，各人暫且不要分散，齊上嵩山少林寺去，問明打傷殷梨亭的原委再說。韋一笑、周顛等眼見殷梨亭如此重傷，個個心中不平，聽教主說要去少林問罪，齊聲喝采。楊逍爲了紀曉芙之事，一直對殷梨亭極爲抱憾，口中雖不言，心裏卻立定主意，決意竭全力爲他報仇，更命女兒好好照顧服侍，稍補自己前過。

此後一路沒再遇上異事。殷梨亭時昏時醒，張無忌問起他受傷的情形，殷梨亭茫然難言，只說：「少林派的和尚，五個圍攻我一個。是少林派的武功，決計錯不了。」

這日衆人進了玉門關，賣了駱駝，改乘馬匹，生怕惹人耳目，買了商販的衣服換上。有的更趕著騾車，裝了皮貨藥材等物。

這日清晨動身，在甘涼大路上趕道，驕陽如火，天氣熱了起來。行了兩個多時辰，眼見前面一排二十來棵柳樹，衆人心中甚喜，催趕坐騎，奔到柳樹下休息。

到得近處，見柳樹下已有九個人坐著。八名大漢均作獵戶打扮，腰跨佩刀，背負弓箭，還帶著五六頭獵鷹，墨羽利爪，模樣神駿。另一人卻是個年輕公子，身穿寶藍綢衫，輕搖摺扇，掩不住一副雍容華貴之氣。

張無忌翻身下馬，向那年輕公子瞥了一眼，見他相貌俊美異常，雙目黑白分明，炯炯有神，手中摺扇白玉爲柄，握著扇柄的手，白得和扇柄竟無分別。

但衆人隨即不約而同的都瞧向那公子腰間，只見黃金爲鉤、寶帶爲束，懸著一柄長劍，劍柄上赫然鏤著「倚天」兩個篆文。看這劍的形狀長短，正是滅絕師太持以大屠明教教衆、周芷若用以刺得張無忌重傷幾死的倚天劍。明教衆人大爲愕然，周顛忍不住要開口相詢。便在此時，只聽得東邊大路上馬蹄雜沓，一羣人亂糟糟的乘馬奔來。

這羣人是一隊元兵，約莫五六十人，另有一百多名婦女，給元兵用繩縛了拖著行走。這些婦女大都小腳伶仃，如何跟得上馬匹，有的跌倒在地，便給繩子拉著隨地拖行。所有婦女都是漢人，顯是這羣元兵擄掠來的百姓，其中半數都已衣衫給撕得稀爛，有的更裸露了大半身，哭哭啼啼，極是悽慘。元兵有的手持酒瓶，喝得半醉，有的則揮鞭抽打眾女。這些蒙古兵一生長於馬背，鞭術精良，馬鞭抽出，回手一拖，便捲下了女子身上一大片衣衫。餘人歡呼喝采，喧聲笑嚷。

蒙古人侵入中國，將近百年，素來把漢人當作牲口也還不如，但這般在光天化日之下大肆淫虐欺辱，卻也極為少見。明教眾人無不目眥欲裂，只待張無忌一聲令下，便即衝上殺兵救人。

忽聽得那少年公子說道：「吳六破，你去叫他們放了這干婦女，如此胡鬧，成甚麼樣子！」話聲清脆，又嬌又嫩，竟似女子。

一名大漢應道：「是！」解下繫在柳樹上的一匹黃馬，翻身而上，馳將過去，以蒙古話大聲說道：「喂，大白天這般胡鬧，你們沒官長管束麼？快把眾婦女放了！」

元兵隊中一名軍官騎馬越眾而出，臂彎中摟著一個少女，斜著醉眼，哈哈大笑，說道：「你這死囚活得不耐煩了，來管老爺的閒事！」那大漢冷冷的道：「天下盜賊四起，都是你們這班不恤百姓的官兵鬧出來的，乘早給我規矩些罷。」

那軍官打量柳蔭下的眾人，心下微感詫異，暗想尋常老百姓一見官兵，遠遠躲開尚自不及，怎地這羣人吃了豹子膽、老虎心，竟敢管起官軍的事來？瞥眼之間，見那少年公子頭巾上兩粒龍眼般大的明珠瑩然生光，貪心登起，大笑道：「兔兒相公，跟了老爺去罷！有得你享福的！」說著雙腿一夾，催馬向那少年公子衝來。

那公子本來和顏悅色，瞧著眾元兵的暴行似乎也不生氣，待見這軍官如此無禮，秀眉微蹙，說道：「別留一個活口。」這「口」字剛說出，颼的一聲響，一支羽箭射出，在那軍官身上洞胸而過，乃是那公子身旁一個獵戶所發。此人發箭手法之快，勁力之強，幾乎已是武林中的一流好手，尋常獵戶豈能有此本事？

只聽得颼颼颼連珠箭發，八名獵戶一齊放箭，當眞是百步穿楊，箭無虛發，每一箭便射死一名元兵。眾元兵雖變起倉卒，大吃一驚，但個個弓馬嫻熟，大聲吶喊，便即還箭。餘下七名獵戶也即上馬衝去，一箭一個，一箭一個，頃刻之間，射死了三十餘名元兵。其餘元兵見勢頭不對，連聲呼哨，丟下眾婦女回馬便走。那八名獵戶胯下都是駿馬，風馳電掣般追將上去，八枝箭射出，便有八名元兵倒下，追出不到一里，蒙古官兵盡數就殲。

那少年公子牽過坐騎，縱馬而去，更不回頭再望一眼。他號令部屬在瞬息間屠滅五十餘名蒙古官兵，便似家常便飯一般，竟絲毫不以為意。周顛叫道：「喂，喂！慢走，我有話問你！」那公子更不理會，在八名獵戶擁衛之下，遠遠去了。

張無忌、韋一笑等倘若施展輕功追趕，原也可以追及奔馬，向那少年公子問個明白，但見那八名獵戶神箭殲敵，俠義為懷，心下均存敬佩之意，不便貿然冒犯。眾人紛紛議論，都猜不出這九人來歷。楊逍道：「那少年公子明明是女扮男裝，這八個獵戶打扮的高手卻對她恭謹異常。這八人箭法如此神妙，不似是中原那個門派的人物。」

這時楊不悔和厚土旗下眾人過去慰撫一眾被擄的女子，問起情由，知是附近村鎮中的百姓，於是從元兵的屍體上搜出金銀財物，分發眾女，命她們各自從小路返家。

此後數日之間，羣豪總是談論著那箭殲元兵的九人，心中都起了惺惺相惜之意，恨不得能與之訂交為友。

周顛對楊逍道：「楊兄，令愛本來也算得是個美女，可是和那位男裝打扮的小姐一比，那就比下去啦。」楊逍道：「不錯。他們若肯加入本教，那八位獵戶的排名，就該在『五散人』之上。」周顛怒道：「放你娘的臭屁！騎射功夫有甚麼了不起？你叫他們跟周顛比劃比劃。」楊逍沉吟道：「比之周兄自然稍有不如，但以武功而論，看來比冷謙兄要略勝半籌。」明教五散人中武功以冷謙為冠，眾所周知。

楊逍和周顛素來不睦，雖不再明爭，但周顛一有由頭，便要和楊逍鬥幾句口，這時聽他說八獵戶的武功高於冷謙，顯是把五散人壓了下去，心頭愈怒，正待反唇相稽，彭瑩玉笑道：「周兄又上了楊左使的當，他有意想激你生氣呢！」周顛哈哈大笑，說道：「我偏不生氣，你奈何得我？」但過不多時，又大聲指摘楊逍騎術不佳。羣豪相顧莞爾。

殷梨亭每日在張無忌醫療之下，神智已然清醒，說起那日從光明頂下來，心神激盪，竟在大漠中迷了路，越走越遠，在戈壁中摸索了八九日。待得覓回舊路，已和武當派師兄弟們失了聯絡。這日突然遇到五名少林僧人，那些和尚一言不發，便即上前動手。五僧武功都極強，殷梨亭雖打倒了二僧，但寡不敵衆，終於身受重傷。他說這五僧的武功是少林一派，確然無疑，只是未在光明頂上會過，想來是後援的人衆，何以對他忽下毒手，確實猜想不透。他對他們言語有禮，又曾自報姓名，決非認錯了人。

一路之上，楊不悔對他服侍十分周到，她知自己父母負他良多，又見他情形如此悽慘，不禁憐惜之心大起。

這天黃昏，羣豪過了永登，加緊催馬，要趕到江城子投宿。正行之間，前方馬蹄聲響，大路上兩騎並肩馳來，奔到十餘丈外便即下馬，牽馬候在道旁，神態甚爲恭敬。那二人獵戶打扮，正是箭殲元兵的八雄中人物。羣豪大喜，紛紛下馬迎上。

那兩人走到張無忌跟前，躬身行禮。一人朗聲道：「敝上仰慕明教張教主仁俠高義，羣豪英雄了得，命小人邀請各位赴敝莊歇馬，以表欽敬之忱。」張無忌還禮道：「豈敢！不知貴上名諱如何稱呼？」那人道：「敝上姓趙，閨名不敢擅稱。」衆人聽他直認那少年公子是女扮男裝，足見相待之誠，心中均喜。

張無忌道：「自見諸位弓箭神技，每日裏讚不絕口，得蒙不棄下交，幸何如之。只恐叨擾不便。」那人道：「各位是當世英豪，敝上心儀已久，今日路過敝地，豈可不奉三杯水酒，聊盡地主之誼。」張無忌正想結識這幾位英雄人物，又要打聽倚天劍的來龍去脈，便道：「既然如此，卻之不恭，自當造訪寶莊。」

那二人大喜，上馬先行，在前領路。行不出一里，前面又有二人馳來，遠遠的便下馬相候，又是神箭八雄中的人物；再行里許，神箭八雄的其餘四人也並騎來迎。明教羣豪見對方禮數周到，盡皆喜慰。

順著青石板大路來到一所大莊院前，莊子周圍小河環繞，河邊滿是綠柳，在甘涼一帶竟能見到這等江南風景，羣豪都爲之胸襟一爽。只見莊門大開，吊橋早已放下，那位姓趙的小姐穿一件淡青色長袍，仍作男裝打扮，站在門口迎接。

趙小姐上前行禮，朗聲道：「明教諸位豪俠今日駕臨綠柳山莊，當眞蓬蓽生輝。張教主請！楊左使請！殷老前輩請！韋蝠王請……」她對明教羣豪竟個個相識，不須引見，便隨口道出名號，而且教中地位誰高誰下，也順著次序全說得無誤，連五散人、五行旗使的排名次序也均了然。衆人愕然心奇。周顛忍不住便問：「大小姐，你怎地知道我們的姓名？難道你有未卜先知的本領麼？」

趙小姐微笑道：「明教羣俠名滿江湖，誰不知聞？近日光明頂一戰，張教主以絕世神功威懾六大派，更已轟傳武林。各位東赴中原，一路上不知將有多少武林朋友仰慕接待，豈獨小女子爲然？」

衆人一想不錯，心下甚喜，但口中自是連連謙遜，問起那神箭八雄的姓名師承時，一個身裁高大的漢子道：「在下是趙一傷，這是錢二敗，這是孫三毀，這是李四摧。」再指著另外四人道：「這是周五輸，這是吳六破，這是鄭七滅，這是王八衰。」明教羣豪聽了，無不啞然，心想這八人的姓氏依著「百家姓」上「趙錢孫李、周吳鄭王」排列，已十分奇詭，所用的名字更個個不吉，至於「王八衰」云云，直是匪夷所思了。但江湖中人遠禍避仇，隨便取個假名，事屬尋常，便不再多問。

趙小姐親自領路，將衆人讓進大廳。羣豪見大廳上高懸匾額，寫著「綠柳山莊」四個大字。中堂一幅趙孟頫繪的「八駿圖」，八駒姿態各不相同，匹匹神駿風發。左壁懸著一幅大字，文曰：「白虹座上飛，青蛇匣中吼，殺殺霜在鋒，團團月臨紐。劍決天外雲，劍衝日中斗，劍破妖人腹，劍拂佞臣首。潛將辟魑魅，勿但驚妾婦。留斬泓下蛟，莫試街中狗。」詩末題了一行小字：「夜試倚天寶劍，洵神物也，雜錄說劍詩以讚之。

汴梁趙敏。」

張無忌書法是不行的，但曾隨朱九眞練過字，書法的好壞倒也識得一些，見這幅字筆勢縱橫，然頗有嫵媚之致，顯是出自女子手筆，知是這位趙小姐所寫。他除醫書之外沒讀過多少書，但這首詩並不艱深，一誦即明，心想：「原來她是汴梁人氏，單名一個『敏』字。」便道：「趙姑娘文武全才，佩服，佩服。原來姑娘是中州舊京世家。」

那趙小姐趙敏微微一笑，說道：「張教主的尊大人號稱『銀鉤鐵劃』，自是書法名家。張教主家學淵源，小女子待會尚要求懇一幅法書。」

張無忌一聽此言，臉上登時紅了，他十歲喪父，未得跟父親習練書法，此後學醫學武，於文字一道實淺薄之至，便道：「姑娘要我寫字，那可要了我的命啦。在下不幸，先父謝世甚早，未得繼承先父之學，十分慚愧。」

說話之間，莊丁已獻上茶來，只見雨過天青的瓷杯之中，飄浮著嫩綠的龍井茶葉，淸香撲鼻。羣豪暗暗奇怪，此處和江南相距數千里之遙，如何能有新鮮的龍井茶葉？這位姑娘實在處處透著奇怪。趙敏端起茶杯先喝了一口，意示無他，等羣豪用過茶後，說道：「各位遠道光降，敝莊諸多簡慢，尚請恕罪。各位旅途勞頓，請到這邊先用些酒飯。」說著站起身來，引著羣豪穿廊過院，到了一座大花園中。

園中山石古樸醜拙，溪池淸澈，花卉不多，卻甚雅致。張無忌未能領略園子的勝妙之處，楊逍卻已暗暗點頭，心想這花園的主人實非庸夫俗流，胸中大有丘壑。水閣中已安排了兩桌酒席。趙敏請張無忌等入座。趙一傷、錢二敗等神箭八雄則在邊廳陪伴明教其餘教衆。殷梨亭無法起身，由楊不悔在廂房裏餵他飲食。

趙敏斟了一大杯酒，一口乾了，說道：「這是紹興女貞酒，說是一十八年的陳紹，各位請嘗嘗酒味如何？」楊逍、韋一笑、殷天正等雖見這位趙小姐乃俠義之輩，又與朝廷官兵作對，但仍處處小心，細看酒壺、酒杯均無異狀，趙小姐又喝了第一杯酒，便去了疑忌之心，放懷飲食。明教教規本來所謂「食菜事魔」，禁酒忌葷，自總壇遷入崑崙山中之後，已革除了這些飲食上的禁忌。西域蔬菜難得，貴於牛羊肉食，兼之氣候嚴寒，倘不食油脂酒漿，內力稍差者便抵受不住。

水閣四周池中種著七八株水仙一般的花卉，似水仙而大，花作白色，香氣幽雅。羣豪臨清芬，飲美酒，和風送香，甚爲暢快。

那趙小姐談吐甚健，說起中原各派的武林軼事，竟有許多連殷天正父子也不知道的。她於少林、峨嵋、崑崙諸派武功頗少許可，但提到張三丰和武當七俠時卻推崇備至，對明教諸大豪的武功門派也極盡稱譽，出言似乎漫不經意，但一褒一讚，無不洞中竅要。羣豪又歡喜，又佩服，但問到她自己的武功師承時，趙敏卻笑而不答，將話題岔了開去。

酒過數巡，趙敏酒到杯乾，極盡豪邁，每一道菜上來，她總是搶先夾一筷吃了，眼見她臉泛紅霞，微帶酒暈，容光更增麗色。自來美人，若非溫雅秀美，便屬嬌豔姿媚，這位趙小姐卻於十分美麗之中，更帶著三分英氣，三分豪態，同時雍容華貴，自有一副端嚴之致，令人肅然起敬，不敢逼視。

張無忌道：「趙姑娘，承蒙厚待，敝教上下無不感激。在下有一句言語想要動問，只不敢出口。」趙敏道：「張教主何必見外？我輩行走江湖，所謂『四海之內，皆兄弟也』，各位倘若不棄，便交了小妹這個朋友。有何吩咐垂詢，自當竭誠奉告。」張無忌道：「既是如此，在下想要請問，姑娘這柄倚天劍從何處得來？」

趙敏微微一笑，解下腰間倚天劍，放在桌上，說道：「小妹自和各位相遇，各位目光灼灼，不離此劍，不知是何緣故，可否見告？」張無忌道：「實不相瞞，此劍原為峨嵋派掌門滅絕師太所有，敝教弟兄喪身在此劍之下者實不在少。在下自己，也曾為此劍穿胸而過，險喪性命，是以人人關注。」

趙敏道：「張教主神功無敵，聽說曾以乾坤大挪移手法從滅絕師太手中奪得此劍，何以反為此劍所傷？又聽說劍傷張教主者，乃峨嵋派中一個年輕女弟子，武功也只平平，小妹對此殊為不解。」說話時盈盈妙目凝視張無忌臉上，絕不稍瞬，口角之間，似笑非笑。

張無忌臉上一紅，心道：「她怎知道得這般清楚？」便道：「對方來得過於突兀，在下未及留神，至有失手。」趙敏微笑道：「那位周芷若周姊姊定是太美麗了，是不是？」張無忌更加滿臉通紅，道：「姑娘取笑了。」端起酒杯，想要飲一口掩飾窘態，那知左手微顫，竟潑出幾滴酒來，濺上了衣襟。

趙敏微笑道：「小妹不勝酒力，再飲恐有失儀，現下說話已不知輕重了。我進去換件衣服，片刻即回。諸位請各自便，不必客氣。」說著站起身來，學著男子模樣，團團一揖，走出水閣，穿花拂柳的去了。那柄倚天劍仍平放桌上，並不取去。

侍候的家丁繼續不斷送上菜肴。羣豪便不再食，等了良久，不見趙敏回轉。周顛道：「她把寶劍留在這裏，倒放心咱們。」說著便拿起劍來，托在手中，突然「噫」的一聲，說道：「怎地這般輕？」抓住劍柄抽了出來，劍一出鞘，羣豪一齊站起，無不驚愕。這那裏是那柄斷金切玉、鋒銳絕倫的倚天寶劍？竟是一把木製的長劍。各人隨即聞到一股淡淡的香氣，但見劍刃色作淡黃，竟是檀香木所製。

周顛一時不知所措，將木劍又還入劍鞘，喃喃的道：「楊……楊左使，這……這是甚麼玩意兒？」他雖和楊逍成日鬥口，但心中其實佩服他見識卓超，此刻遇上了疑難，不自禁脫口便向他詢問。

楊逍臉色鄭重，低聲道：「教主，這趙小姐十九不懷好意。此刻咱們身處危境，急速離開爲是。」周顛道：「怕她何來？她敢有甚舉動，憑著咱們這許多人，還不殺他個落花流水？」楊逍道：「自進這綠柳山莊，只覺處處透著詭異，似正非正，似邪非邪，實捉摸不到是何門道。咱們何必留在此地，事事爲人所制？」張無忌點頭道：「楊左使所言不錯。咱們已用過酒菜，如此告辭便去。」說著便即離座。

鐵冠道人道：「那眞倚天劍的下落，教主便不尋訪了麼？」彭瑩玉道：「依屬下之見，這趙小姐故布疑陣，必是有所爲而來。咱們便不去尋她，她自會再找上來。」張無忌道：「不錯，咱們有事在身，不必多生枝節。日後以逸待勞，一切看明白了再說。」

各人出了水閣，回到大廳，命家丁通報小姐，說多謝盛宴，便此告辭。

趙敏匆匆出來，身上已換了一件淡黃綢衫，更顯得瀟洒飄逸，容光照人，說道：「才得相會，如何便去？莫非嫌小女子接待太簡慢了麼？」張無忌道：「多謝姑娘厚賜，怎說得上『簡慢』二字。我們俗務纏身，未克多待。日後相會，當再討教。」趙敏嘴角邊似笑非笑，直送出莊來。神箭八雄恭恭敬敬的站在道旁，躬身送客。

羣豪抱拳而別，一言不發的縱馬疾馳，眼見離綠柳山莊已遠，四下裏一片平野，更無旁人。周顚大聲說道：「這位趙大小姐未必安著甚麼壞心眼兒，她拿一柄木劍跟教主開個玩笑，那是女孩兒家胡鬧，當得甚麼眞？楊左使，這一次你可走了眼啦！」楊逍沉吟道：「到底是甚麼道理，我也說不上來，只覺得不對勁。」周顚笑道：「大名鼎鼎的楊左使在光明頂一戰之後，變成了驚弓之……啊喲！」身子一晃，倒撞下馬。

說不得和他相距最近，忙躍下馬背，搶上扶起，說道：「周兄，怎麼啦？」周顛笑道：「沒……沒甚麼，想是多喝了幾杯，有些兒頭暈。」他一說起「頭暈」兩字，羣豪相顧失色，原來自離綠柳山莊後，一陣奔馳，各人都微覺頭暈，均以爲酒意發作，誰也沒在意，但以周顛武功之強，酒量之宏，喝幾杯酒怎能倒撞下馬？其中定有蹊蹺。

張無忌仰起了頭，思索王難姑《毒經》中所載，有那一種無色、無味、無臭的毒藥，能使人服後頭暈；遍思諸般毒藥皆不相符，而且自己飲酒食菜與羣豪絕無分別，何以絲毫不覺有異？突然之間，腦海中猶如電光般一閃，猛地裏想起一事，不由得大吃一驚，叫道：「在水閣中飲酒的各位一齊下馬，就地盤膝坐下，千萬不可運氣調息，一任自然。」又下令道：「五行旗和天鷹旗下弟兄，分布四方，嚴密保護諸位首領，不論有誰走近，一概格殺！」

衆人聽得教主頒下嚴令，轟然答應，立時抽出兵刃，分布散開。

張無忌叫道：「不等我回來，不得離散。」羣豪一時不明所以，只感微微頭暈，絕無其他異狀，何以教主如此驚慌？張無忌又再叮囑：「不論心頭如何煩惡難受，總之是不可調運內息，否則毒發無救。」羣豪吃了一驚：「怎地中了毒啦？」

張無忌身形微晃，已竄出十餘丈外，他嫌騎馬太慢，當下施展輕功，疾奔綠柳山莊而去。他焦急異常，心知楊逍、殷天正等人這次所中劇毒，發作起來只不過一時三刻之命，決不似中了「幻陰指」後那麼可遷延時日，若不及時搶到解藥，衆人性命休矣。這二十餘里途程片刻即至，到得莊前，一個起落，身子已如一枝箭般射了進去。守在莊門前的衆莊丁眼睛一花，似見有個影子閃過，竟沒看淸有人闖進莊門。

張無忌直衝後園，搶到水閣，只見一個身穿嫩綠綢衫的少女左手持杯，右手執書，坐著飲茶看書，正是趙敏。這時她已換了女裝。

她聽得張無忌腳步之聲，回過頭來，微微一笑。張無忌道：「趙姑娘，在下向你討幾棵花草。」也不等她答話，左足一點，從池塘岸畔躍向水閣，身子平平飛渡，猶如點水蜻蜓一般，雙手已將池中七八株像水仙般的花草盡數拔起。正要踏上水閣，只聽得嗤嗤聲響，幾枚細微的暗器迎面射到，張無忌右手袍袖拂動，將暗器捲入衣袖，左袖拂出，攻向趙敏。

趙敏斜身相避，只聽得呼呼風響，桌上茶壺、茶杯、果碟等物齊爲袖風帶出，越過池塘，摔入花叢，片片粉碎。張無忌身子站定，看手中花草時，見每棵花的根部都有深紫色長鬚，一條條鬚上生滿了珍珠般小球，碧綠如翡翠，心中大喜，知解藥已得，當即揣入懷內，說道：「多謝了，告辭！」

趙敏笑道：「來時容易去時難！」投擲書卷於桌，雙手順勢從書中抽出兩柄薄如紙、白如霜的短劍，直搶上來。

張無忌掛念殷天正衆人的毒患，不願戀戰，右袖拂出，釘在袖上的十多枚金針齊向她射去。趙敏斜身閃出水閣，右足在台階上一點，重行回入，就這麼一出一進，十餘枚金針都落入了池塘。張無忌讚道：「好身法！」但見她左手前，右手後，兩柄短劍斜刺而至，心想：「這丫頭心腸如此毒辣，我若不是練過九陽神功，讀過胡師母的《毒經》，今日明教已不明不白的傾覆在她手中。」雙手探出，挾手便去奪她短劍。

趙敏皓腕倏翻，雙劍如閃電般削他手指。張無忌這一奪竟然無功，心下暗奇，但他神功變幻，何等奧妙，雖沒奪下短劍，但手指拂處，已拂中了她雙腕穴道。她雙劍再也拿揑不住，乘勢擲出，張無忌頭一側，登登兩響，兩柄短劍都釘上了水閣的木柱，餘勁不衰，兀自顫動。張無忌心頭微驚，以武功而論，她還遠不到楊逍、殷天正、韋一笑等人的地步，但機警靈敏，變招既快且狠，雙劍雖把揑不住，仍要脫手傷人。

趙敏雙劍出手，右腕翻處，抓住套著倚天劍劍鞘的木劍，卻不拔劍出鞘，揮鞘往張無忌腰間砸來。張無忌左手食中兩指疾點她左肩「肩貞穴」，待她側身相避，右手探出，乾坤大挪移心法豈能再度無功，已將木劍挾手奪過。

趙敏站穩腳步，笑吟吟的道：「張公子，你這是甚麼功夫？便是乾坤大挪移神功麼？我瞧也平平無奇。」張無忌左掌攤開，掌中一朶珠花輕輕顫動，正是她插在鬢邊之物。

趙敏臉色微變，張無忌摘去鬢邊珠花，她竟絲毫不覺，倘若他當摘下珠花之時，順手在她左邊太陽穴上一戳，這條小命早就不在了。她隨即寧定，淡然一笑，說道：「你喜歡我這朵珠花，送了給你便是，也不須動手強搶。」

張無忌倒給她說得有些不好意思，左手輕揚，將珠花擲過，說道：「還你！」轉身便出水閣。

趙敏伸手接住珠花，叫道：「且慢！」張無忌轉過身來，只聽她笑道：「你怎麼偷了我珠花上兩粒最大的珍珠？」張無忌道：「我沒功夫跟你說笑。」趙敏將珠花高高舉起，正色道：「你瞧，可不是少了兩粒珍珠麼？」

張無忌一瞥，果見珠花中有兩根金絲的頂上沒了珍珠，料知她是故意摘去，想引得自己走近身去，又施詭計，只哼了一聲，不加理會。

趙敏手按桌邊，厲聲說道：「張無忌，你有種就走到我身前三步之地。」

張無忌不受她激，說道：「你說我膽小怕死，也由得你。」說著又跨下了兩步台階。

趙敏見激將之計無效，花容變色，慘然道：「罷啦，罷啦。今日我栽到了家，有何面目去見我師父？」反手拔下釘在柱上的一柄短劍，叫道：「張教主，多謝你成全！」

張無忌回過頭來，只見白光一閃，她已挺短劍往自己胸口插落。張無忌冷笑道：「我才不上你……」下面那「當」字還沒說出，只見短劍當眞插入了她胸口，她慘呼一聲，倒在桌邊。張無忌這一驚著實不小，那料到她居然會如此烈性，數招不勝，便即揮劍自戕，心想這一劍若非正中心臟，或可有救，當即轉身，回來看她傷勢。

他走到離桌三步之處，正要伸手去扳她肩頭，突然間腳底一軟，登時空了，身子直墮下去。他暗叫不好，雙手袍袖運氣下拂，下墮之勢微微一頓，伸掌往桌邊搭去，這一下只要搭中了，便能借力躍起，不致落入腳底陷阱。那知趙敏自殺固然是假，這著也早料到，右掌運勁揮出，不讓他手掌碰到桌子。

這幾下兔起鶻落，事生一瞬，雙掌甫交，張無忌身子已落下了半截，百忙中手腕疾翻，抓住了趙敏右手四根手指。她手指滑膩，立時便要溜脫。張無忌只須有半分可資著力處，便有騰挪餘地，手臂暴長，已抓住了她上臂，只是他下墮之勢甚勁，一拉之下，兩人一齊跌落。眼前一團漆黑，身子不住下墮，但聽得啪的一響，頭頂翻板已然合上。

這一跌下，直有四五丈深，張無忌雙足著地，立即躍起，施展「壁虎游牆功」沿牆游到陷阱頂上，伸手去推翻板。觸手堅硬冰涼，竟是一塊巨大鐵板，給機括扣得牢牢地。他雖具乾坤大挪移神功，但身懸半空，不似站在地下那樣可將力道挪來移去，力推之下，鐵板紋絲不動，身子已然落下。

趙敏格格笑道：「上邊八根粗鋼條扣住了，你人在下面，力氣再大，又怎推得開？」張無忌惱她狡獪奸詐，不去理她，在陷阱四壁摸索，尋找脫身之計。四壁摸上去都冷冰冰的甚爲光滑，堅硬異常。

趙敏笑道：「張公子，你的『壁虎游牆功』當眞了得。這陷阱是純鋼所鑄，打磨得滑不留手，連細縫也沒一條，你居然游得上去，嘻嘻，嘿嘿！」

張無忌怒道：「你也陪我陷身在這裏，有甚麼好笑？」突然想起：「這丫頭奸滑之極，這陷阱中必有出路，別要讓她獨自逃了出去。」當即上前兩步，抓住了她手腕。趙敏驚道：「你幹甚麼？」張無忌道：「你別想獨個兒出去，你要活命，乘早開了翻板。」

趙敏笑道：「你慌甚麼？咱們總不會餓死在這裏。待會他們尋我不見，自會放咱們出去。最擔心的是，我手下人若以爲我出莊去了，那就糟糕。」

張無忌道：「這陷阱之中，沒有出路的機括麼？」趙敏笑道：「瞧你生就一張聰明面孔，怎地問出這等笨話來？這陷阱又不是造來自己住著好玩的。那是用以捕捉敵人的，難道故意在裏面留下開啓的機括，好讓敵人脫身麼？」

張無忌心想倒也不錯，說道：「有人落入陷阱，外面豈能不知？你快叫人來打開翻板。」趙敏道：「我的手下人都派出去啦，你剛才見到水閣中另有旁人沒有？明天這時候，他們便回來了。你不用心急，好好休息，剛才吃過喝過，也不會就餓了。」

張無忌大怒，心想：「我多待一會兒不要緊，可是外公他們還有救麼？」五指收緊，使上了二成力，喝道：「你不立刻放我出去，我先殺了你再說。」趙敏笑道：「你殺了我，那你就永遠別想出這鋼牢了。喂，男女授受不親，你握著我手幹麼？」

張無忌讓她一說，不自禁的放脫了她手腕，退後兩步，靠壁坐下。這鋼牢方圓不過數尺，兩人最遠也只能相距一步，他又憂急，又氣惱，聞到她身上少女氣息，加上懷中花香，不禁心神一蕩，站起身來，怒道：「我明教衆人和你素不相識，無怨無仇，你何故處心積慮，要置我們個個於死地？」

趙敏道：「你不明白的事情太多，既然問起，待我從頭說來。你可知我是誰？」

張無忌心想不對，雖頗想知道這少女的來歷和用意，但若等她從頭至尾的慢慢說來，殷天正等人已毒發斃命，何況怎知她說的是眞是假，倘若她揑造一套謊話來胡說八道一番，枉然耗費時刻，眼前更無別法，只有逼她叫人開啓翻板，便道：「我不知你是誰，這當兒也沒功夫聽你說。你到底叫不叫人來放我？」趙敏道：「我沒人可叫。再說，在這裏大喊大叫，上面也聽不到。你若不信，不妨喊上幾聲試試。」

張無忌怒極，伸左手去抓她手臂。趙敏驚叫一聲，出手撑拒，立時便給點中脅下穴道，動彈不得。張無忌左手扠住她咽喉，道：「我只須輕輕使力，你這條性命便沒了。」這時兩人相距極近，只覺她呼吸急促，吐氣如蘭，張無忌將頭仰起，和她臉孔離開得遠些。趙敏突然嗚嗚咽咽的哭了起來，泣道：「你欺侮我，你欺侮我！」

這一著又大出他意料之外，一愕之下，放開了左手，說道：「我又不是想欺侮你，只要你放我出去。」趙敏哭道：「我又不是不肯，好，我叫人啦！」提高嗓子，叫道：「喂，喂！來人哪！快開翻板，我落在鋼牢中啦。」她不斷叫喊，外面毫無動靜。

趙敏笑道：「你瞧，有甚麼用？」張無忌氣惱之極，說道：「也不羞！又哭又笑的，成甚麼樣子？」趙敏道：「你自己才不羞！一個大男人家，卻來欺侮弱女子？」張無忌道：「你是弱女子麼？你詭計多端，比十個男子漢還要厲害。」趙敏笑道：「多承張大教主誇讚，小女子愧不敢當。」

張無忌心想事勢緊急，倘若不施辣手，明教便全軍覆沒，一咬牙，伸過手去，嗤的一聲，將她裙子撕下了一片。趙敏以爲他忽起歹念，這才眞的驚惶起來，叫道：「你……你做甚麼？」張無忌道：「你若肯放我出去，那便點頭。」趙敏道：「爲甚麼？」

張無忌不去理她，吐些唾液將那片綢子浸濕了，說道：「得罪了，我這是迫不得已。」將濕綢封住了她口鼻。趙敏立時呼吸不得，片刻之間，胸口氣息窒塞，說不出的難過。她卻也眞硬氣，竟不肯點頭，熬到後來，身子扭了幾下，暈了過去。

張無忌搭她手腕，只覺脈息漸漸微弱，便揭開封住她口鼻的濕綢。過了半晌，趙敏悠悠醒轉，呻吟了幾聲。張無忌道：「這滋味不大好受罷？你放不放我出去？」趙敏恨恨的道：「我便再暈一百次，也仍不放，要麼你就乾脆殺了我。」伸手抹抹口鼻，呸了幾聲，說道：「你的唾沫，呸！臭也臭死了！」

張無忌見她如此硬挺，一時倒也束手無策，又僵持片刻，心下焦急，道：「我為了救人，只好動粗了，無禮莫怪。」抓起她左腳，扯脫了她鞋襪。趙敏又驚又怒，叫道：「臭小子，你幹甚麼？」張無忌不答，又扯脫了她右足鞋襪，伸雙手食指點在她兩足掌心的「湧泉穴」上，運起九陽神功，一股暖氣便在「湧泉穴」上來回遊走。

「湧泉穴」在足心陷中，乃「足少陰腎經」的起端，感覺最是敏銳。平時兒童嬉戲，以手指爬搔遊伴足底，便令對方周身酸麻。張無忌此刻以九陽神功的暖氣擦動她「湧泉穴」，比之用羽毛絲髮搔癢更加難當百倍。只擦得數下，趙敏忍不住格格嬌笑，想要縮腳閃避，苦於穴道受點，怎動彈得半分？這份難受遠甚於刀割鞭打，便如幾千萬隻跳蚤同時在五臟六腑、骨髓血管中爬動咬嚙一般，只笑了幾聲，便難過得哭了出來。

張無忌忍心不理，繼續施為。趙敏一顆心幾乎從胸腔中跳了出來，連周身毛髮也癢得似要根根脫落，罵道：「臭小子……賊……小子，總有一天，我……我將你千刀……千刀萬剮……好啦，好啦，饒……饒了我罷……張……張公子……張教……教主……嗚嗚……嗚嗚……」張無忌道：「你放不放我？」趙敏哭道：「我……放……快……停手……」張無忌這才放手，說道：「得罪了！」在她背上推拿數下，解開了她穴道。

趙敏喘了一口長氣，罵道：「賊小子，給我著好鞋襪！」張無忌拿起羅襪，一手便握住她左足，剛才一心脫困，全無別念，這時一碰到她溫膩柔軟的足踝，心中不禁一蕩。趙敏將腳一縮，羞得滿面通紅，幸好黑暗中張無忌也沒瞧見，她一聲不響的自行穿好鞋襪，在這一霎時之間，心中起了異樣的感覺，似乎只想他再來摸一摸自己的腳。卻聽張無忌厲聲喝道：「快，快！快放我出去。」

趙敏一言不發，伸手摸到鋼壁上刻著的一個圓圈，倒轉短劍劍柄，在圓圈中忽快忽慢、忽長忽短的敲擊七八下，敲擊之聲甫停，豁喇聲響，一道亮光從頭頂照射下來，翻板登時開了。這鋼壁的圓圈處有細管和外邊相連，她以約定的訊號敲擊，管機關的人便立即打開翻板。

張無忌沒料到說開便開，竟如此直截了當，不由得一愕，說道：「咱們走罷！」趙敏低下了頭，站在一邊，默不作聲。張無忌心想她是個女孩兒家，自己一再折磨於她，好生過意不去，躬身一揖，說道：「趙姑娘，適才在下實迫於無奈，這裏跟你謝罪了。」趙敏索性將頭轉過，向著牆壁，肩頭微微聳動，似在哭泣。

她奸詐毒辣之時，張無忌跟她鬥智鬥力，殊無雜念，這時內愧於心，又見她背影婀娜苗條，後頸中肌膚瑩白勝玉，秀髮蓬鬆，不由得微生憐惜，說道：「趙姑娘，我走了，張某多多得罪。」趙敏的背脊微微扭了一下，仍不肯回過頭來。

張無忌不敢再行躭擱，又即施展「壁虎游牆功」一路游上，待到離那陷阱之口尚有丈餘，右足在鋼壁上一點，沖天竄出，袍袖拂起，護住頭臉，生怕有人伏在阱口突加偷襲。身子尚未落下，遊目四望，水閣中不見有人，那柄木製假倚天劍卻兀自橫放在桌。張無忌將木劍插入腰帶，便越過圍牆，抄小徑奔回明教羣豪停歇之處。眼見夕陽在山，剛才在陷阱中已躭了大半個時辰，不知殷天正等性命如何，心中憂急，奔得更快，不多時已離原處不遠，不由得大吃一驚。

只見大隊蒙古騎兵奔馳來去，將明教羣豪圍在中間，衆元兵彎弓搭箭，一箭箭向人圈中射去。張無忌心想：「本教首領人物齊齊中毒，無人指揮禦敵，如何抵擋得住大隊敵兵圍攻？」腳下加快，搶上前去。

剛奔到近處，只聽得人叢中一個清脆的女子聲音叫道：「銳金旗攻東北方，洪水旗至西南方包抄。」正是小昭的聲音。她呼喝之聲甫歇，明教中一隊白旗教衆向東北方衝殺過去，一隊黑旗教衆兜至西南包抄。元兵分隊抵敵，突然間黃旗的厚土旗、青旗的巨木旗教衆從中間並肩殺出，猶似一條黃龍、一條青龍捲將出來。元兵陣腳受衝，一陣大亂，當即退後。

張無忌幾個起落，已奔到教衆身前，衆人見教主回轉，齊聲吶喊，精神大振。張無忌見殷天正、楊逍、周顛等人以及五行旗的正副掌旗使都團團坐在地下，小昭卻手執小旗，站在土丘上指揮教衆禦敵。五行旗、天鷹旗各路教衆都是武藝高強之士，但首領中毒，登時亂了，一經小昭以八卦之術布置守禦，元兵竟久攻不進。

小昭喜叫：「教主，請你來指揮。」張無忌道：「我不成。還是你指揮得好。待我去衝殺一陣，殺他幾個帶兵的軍官。」只聽得颼颼數聲，幾枝箭向他射來，張無忌從教眾手裏接過一枝長矛，一一撥落來箭，手臂挺振，長矛便如一枝箭般飛了出去，在一名元兵百夫長身上穿胸而過，將他釘在地下。眾元兵大聲叫喊，又退出了數十步。

突聽得號角嗚嗚響起，十餘騎奔馳而至。張無忌見當先是趙敏手下的「神箭八雄」，不禁眉頭微蹙，暗想：「這八人箭法太強，若任得他們發箭，只怕眾弟兄損傷非小，須得先下手爲強！」

卻見那「神箭八雄」中爲首的趙一傷搖動一根金色龍頭短杖，叫道：「主人有令，立即收兵。」帶兵的元兵千夫長大聲叫了幾句蒙古話，眾元兵撥轉馬頭，疾馳而去。

錢二敗端著一隻托盤，下馬走到張無忌身前，躬身道：「我家主人請教主收下留念。」但見托盤中鋪著一塊黃色錦緞，緞上放著一隻黃金盒子，鏤刻精致。張無忌也不怕他弄甚麼鬼，伸手拿了。錢二敗躬身行禮，倒退三步，轉身上馬而去。

張無忌將黃金盒子順手交給了小昭，他掛念著眾人病勢，也無暇去看盒中是何物事，當即從懷中取出花枝，命人取過清水，揑碎深紫色的根鬚和碧綠小球莖，調入清水，分別給殷天正、楊逍以及五行旗各正副掌旗使等人服下。這一役中，凡赴水閣飲宴之人，除了張無忌有九陽神功護體、諸毒不侵之外，所有明教首腦，無不中毒。只楊不悔陪著殷梨亭在外，小昭及諸教衆在廂廳中飲食，各人遵從教主號令，於各物沾口之前均悄悄以銀針試過，倒沒中毒。

解毒之物甚是對症，不到個半時辰，羣豪體內毒性消解，不再頭暈眼花，只周身乏力而已，當即問起中毒和解藥的原委。

張無忌嘆道：「咱們已處處提防，酒水食物之中有無毒藥，我當可瞧得出來。豈知那趙姑娘下毒的心機委實匪夷所思。這種水仙模樣的花叫作『醉仙靈芙』，雖極難得，本身卻無毒性。這柄假倚天劍是用海底的『奇鯪香木』所製，本身也是無毒，可是這兩股香氣混在一起，便成劇毒之物了。」

周顛拍腿叫道：「都是我不好，誰叫我手癢，去拔出這倚天劍來瞧他媽的勞什子。」張無忌道：「她既處心積慮的設法陷害，周兄便不去動劍，她也會差人前來拔劍下毒，那是防不了的。」周顛道：「走！咱們一把火去把那綠柳山莊燒了！」

他剛說了那句話，只見來路上黑煙衝天而起，紅燄閃動，正是綠柳山莊的方向。

羣豪面面相覷，說不出話來，心中同時轉念：「這趙姑娘事事料敵機先，早就算到咱們毒解之後，定會前去燒莊，她便先行放火將莊子燒了。此人年紀雖輕，又是女流之輩，卻實是勁敵。」

周顛拍腿叫道：「她燒了莊子便怎地？咱們還是趕去，追殺她個落花流水。」楊逍道：「她既連莊子都燒了，自是事事有備，料想未必追趕得上。」周顛道：「楊兄，你的武功也還罷了，講到計謀，總算比周顛稍勝半籌。」楊逍笑道：「豈敢，豈敢！周兄神機妙算，小弟如何能及？」張無忌笑道：「兩位不必太謙。咱們這次沒受多大損傷，只十三四位弟兄受了箭傷，也算天幸，這就趕路罷。」

羣豪在道上請問張無忌，如何能想到各人中毒的原因。張無忌道：「我記得《毒經》中有一條說道：『奇鯪香木』如與芙蓉一類花香相遇，往往能使人沉醉數日，以該花之球莖和水而飲可解。如不即解，毒性大損心肺。這『醉仙靈芙』的性子比之尋常芙蓉還更厲害。因此我要各位不可運息用功，否則毒性侵入各處經脈，實有性命之憂。」

韋一笑道：「想不到小昭這小丫頭居然建此奇功，若不是她在危急之際挺身而出，指揮得當，攻守俱佳，一旦給蒙古兵殺近身來，大夥兒死傷必重。」楊逍本來認定小昭來歷有異，必定對明教不利，只礙著教主面子，才對她暫且放任，但今日一役，她卻成了明教的功臣，實令他大出意料之外，一時也想不透其中原由。

衆人沿途談論趙敏的來歷，誰都摸不著端倪。張無忌將雙雙跌入陷阱、自己搔她腳底脫困等情隱去不說，雖心中無愧，但當衆談論，總覺難以啓齒。

當晚衆人一早投客店歇宿，大隊人衆分別在廟宇祠堂等處借宿。小昭倒了洗臉水，端到張無忌房中。張無忌道：「小妹子，你今日建此奇功，以後不用再做這些丫頭的賤役了。」小昭嫣然一笑，道：「我服侍你很是高興，那又是甚麼賤役不賤役了？」待他盥洗已畢，將那隻黃金盒子取了出來，道：「不知盒中有沒藏著毒蟲毒藥、毒箭暗器之類？」

張無忌道：「不錯，該當小心才是。」將盒子放在桌上，拉著她走得遠遠地，取出一枚銅錢，揮手擲出，叮的一聲響，打在金盒子的邊緣，那盒蓋彈了開來，並無異狀。他走近看時，只見盒中裝的是一朵珠花，兀自微微顫動，正是他從趙敏鬢邊摘下來過的，趙敏所除去的兩粒大珠已重行穿在金絲之上。他不由得呆了，想不出她此舉是何用意。

小昭笑道：「教主哥哥，這位趙姑娘可對你好得很啊，巴巴的派人來送你這麼貴重的一朵珠花。」張無忌道：「我是男人，要這種姑娘們的首飾何用？小妹子，你拿去戴罷。」小昭連連搖手，笑道：「那怎麼成？人家對你一片情意，我怎麼敢收？」

張無忌左手三指拿著珠花，笑道：「著！」珠花擲出，手勢不輕不重，剛好插在小昭頭髮上，珠花下的金針卻沒碰到她肌膚。小昭伸手想去摘下來，張無忌搖手道：「小妹子，難道我送你一點玩物也不成麼？」小昭雙頰紅暈，低聲道：「那可多謝啦。就怕小姐見了生氣。」

張無忌道：「今日你幹了這番大好事，楊左使父女那能對你再存甚麼疑心？」小昭滿心歡喜，說道：「我見你去了很久不回來，心中急得甚麼似的，又見韃子來攻，不知怎樣，忽然大著膽子呼喝起來。這時候自己想想，當眞害怕。請你跟五行旗和天鷹旗的各位爺們說說，小昭大膽妄爲，無禮之極，請他們不可見怪。」張無忌微笑道：「他們多謝你還來不及呢，怎會見怪？」

不一日來到河南境內。其時天下大亂，四方羣雄並起，蒙古官兵的盤查更加嚴緊。明教大隊人馬，成羣結隊的行走不便，便改了裝，分批到嵩山腳下會齊，這才同上少室山。由巨木旗掌旗使聞蒼松持了張無忌等人的名帖，投入少林寺。

張無忌知此次來少林問罪，雖不欲再動干戈，但結果殊難逆料，倘若少林僧人蠻不講理的竟要動武，明教卻也不得不起而應戰，於是傳下號令，各首領先行入寺，五行旗和天鷹旗下各路教衆在寺外四下守候，若聽得自己三聲淸嘯，便即攻入接應。諸教衆接令，分頭而去。

過不多時，寺中一名老年的知客僧隨同聞蒼松迎下山來，說道：「本寺方丈和諸長老閉關靜修，恕不見客。」羣豪聽了，盡皆變色。

周顚怒道：「這位是明教教主，親自來少林寺拜山，老和尚們居然不見，未免忒也托大。」那知客僧低首垂眉，滿臉愁苦，說道：「不見！」

周顛大怒，伸手去抓他胸口衣服，說不得舉手擋開，說道：「周兄不可莽撞。」彭瑩玉道：「方丈既然坐關，那麼我們見見空智、空性兩位神僧，也是一樣。」那知客僧雙手合什，冷冰冰的道：「不見。」彭瑩玉道：「那麼達摩堂首座呢？羅漢堂首座呢？」那知客僧仍愛理不理的道：「不見！」

殷天正猶如霹靂般一聲大喝：「到底見是不見？」雙掌排山倒海般推出，轟隆一聲，將道旁的一株大松樹推爲兩截，上半截連枝帶葉，再帶著三個烏鴉巢，㖞喇喇的倒將下來。那知客僧至此始有懼色，說道：「各位遠道來此，本當禮接，只是諸位長老盡在坐關，各位下次再來罷！」說著合什躬身，轉身去了。

韋一笑身形晃動，已攔在他身前，問道：「大師上下如何稱呼？」那知客僧道：「小僧法名，不說也罷。」韋一笑伸手在他肩頭輕拍兩下，笑道：「很好，很好！你擅說『不見』兩字，原來是『不見神僧』，是空見神僧的師兄。只不知閻羅王招請佛駕，你『不見神僧』見是不見？」那知客僧給他這麼一拍，一股冷氣從肩頭直傳到心口，全身立時寒戰，牙齒互擊，格格作響。他強自忍耐，側身從韋一笑身旁走過，一路不停的抖索，踉蹌上山。韋一笑道：「這傢伙帶藝投師，身上內功不是少林派的。」

張無忌當即想起了圓眞，心想帶藝投師之事，少林派中甚爲尋常，說道：「韋蝠王拍了他這兩下寒冰綿掌，他師祖、師父焉能置之不理？咱們上去，瞧大和尚們是否當眞不見？」

眾人料想一場惡鬥已然難免，少林派素來是武林中的泰山北斗，千年來江湖上號稱「長勝不敗門派」，今日這場大戰，且看明教和少林派到底誰強誰弱。各人精神百倍，快步上山，想到少林寺中高手如雲，眼前這一戰，激烈處自是非同小可。

不到一盞茶時分，已到了寺前石亭。張無忌想起昔年隨太師父上山，在這亭中和少林派三大神僧相見，今日重來，雖前後不過數年，但昔年是個瘦骨伶仃的病童，生死難知，今日卻是明教教主之尊，緬懷舊事，當眞恍若隔世。

只見那石亭有兩根柱子斷折了，亭中石桌也掀倒在地。說不得笑道：「少林和尚好勇鬥狠，這兩根柱子是新斷的，多半前幾天剛跟人打過了一場大架，還來不及修理。」周顛道：「待會大戰得勝之後，咱們將這亭子一古腦兒的拆了。」

羣豪在亭中等候，料想寺中必有大批高手出來，決當先禮後兵，責問何以對殷梨亭如此痛下毒手，眾僧若蠻不講理，那時只好動武。豈知等了半天，寺中竟全無動靜。

又過一會，遙見一行人從寺後奔向後山，遠遠望去，約有四五十人。彭瑩玉道：「哼，他們在調兵遣將，四下埋伏。」

張無忌道：「進寺去！」當下楊逍、韋一笑在左，殷天正、殷野王在右，鐵冠道人、彭瑩玉、周顛、說不得四散人在後，擁著張無忌進了寺門。來到大雄寶殿，但見佛像前的供桌倒在一旁，香爐也掉在地下，滿地都是香灰，卻不見人。說不得冷笑道：「少林派一見咱們到來，竟然心慌意亂，手足無措，連香爐也打翻了，可笑啊可笑！」

張無忌朗聲說道：「明教張無忌，會同敝教楊逍、殷天正、韋一笑諸人前來拜山，求見方丈大師。」他話聲並不甚響，但內力渾厚，殿旁高懸的銅鐘大鼓受到話聲激盪，同時嗡嗡嗡的響了起來。

楊逍、韋一笑等相互對望一眼，均想：「教主內力之深，實駭人聽聞，當年陽教主在世，也遠有不及。今日之戰，本教可期必勝。」

張無忌這幾句話，少林寺前院後院，到處都可聽見，但等了半晌，寺內竟無一人出來。周顛喝道：「喂，少林寺的和尚老哥老弟們，這般躲起來成甚麼樣子？扮新娘子麼？」他話聲可比張無忌響得多了，但殿上鐘鼓卻無應聲。

羣豪又等片刻，仍不見有人出來。

彭瑩玉道：「我心中忽有異感，只覺這寺中陰氣沉沉，大大不祥。」周顛笑道：「少林派鬼鬼祟祟，本就陰氣沉沉，有甚麼奇怪？」鐵冠道人忽道：「咦，這裏有柄斷頭禪杖。」說不得道：「啊！這裏好大一攤血漬！」周顛笑道：「想必光明頂一戰，教主威名遠揚，少林寺高掛免戰牌啦！你瞧他們逃得慌慌張張的，連兵器都拋下了。」鐵冠道人搖頭道：「不是的。」周顛道：「為甚麼不是？」鐵冠道人道：「那麼這攤血是甚麼意思？」周顛道：「多半是他們嚇得連手也割傷……」說到這裏便住了口，自知太也難以自圓其說。

便在此時，一陣疾風颳過，只吹得衆人袍袖飛揚。周顛喜道：「好涼快！」猛聽得西邊喀喇喇一聲響，數十丈外的一株大松樹倒了下來。羣豪一驚，同時躍起，奔到斷樹之處，只見那株松樹生於一座大院子的東南角上，院子中並無一人，卻不知如何，偌大一株松樹竟會給風一吹便即折斷，壓塌了半堵圍牆。衆人走近松樹斷截處看時，只見脈絡交錯斷裂，顯是給人以重手法震碎，而樹絡斷裂處略現乾枯，並非適才所爲。

羣豪細察周遭，紛紛說道：「咦，不對！」「啊，這裏動過手。」「好厲害，傷了不少人啊！」大院子中到處都有激烈戰鬥的遺跡，地下青石板上、旁邊樹枝幹上、圍牆石壁上，留著不少兵刃砍斬、拳掌劈擊的印記。到處濺滿了血漬，可見那一場拚鬥委實慘烈異常。地下還有許多深淺的腳印，乃高手比拚內力時所留下。

張無忌叫道：「快抓那個知客僧來問個明白。」韋一笑、說不得等人分頭去找，那知客僧卻已躲得不知去向。五行旗四下搜索。過得小半個時辰，各旗掌旗使先後來報，說道寺中無人，但到處都有激鬥過的痕跡。許多殿堂中都有血漬，也有斷折的兵刃，卻沒發見屍首。

張無忌道：「楊左使，你說如何？」楊逍道：「這場激鬥，當是在兩三日之前。難道少林派全軍覆沒，竟給殺得一個不存？」說不得道：「剛才不是有幾十人奔向後山嗎？」楊逍道：「那多半是少林派的對頭，留守在這裏的，見到咱們大隊人馬到來，便溜之大吉了。」

彭瑩玉道：「依事勢推斷，必當如此。剛才那個知客僧就是冒充的，只可惜沒能截他下來。可是少林派的對頭之中，那有這樣厲害的一個幫會門派？莫非是丐幫？」周顛道：「丐幫勢力雖大，高手雖多，總也不能一舉便把少林寺的衆光頭殺得一個不剩。除非是咱們明教才有這等本事，可是本教明明沒幹這件事啊？」鐵冠道人道：「周顛，你少說幾句廢話成不成？本教有沒有幹這事，難道咱們自己不知？」

厚土旗掌旗使顏垣來報：「啓稟教主，羅漢堂中的十八尊羅漢佛像曾給人移動過，不知其中有無蹊蹺。」羣豪知顏垣精於土木構築之學，他既生疑心，必有所見，都道：「咱們瞧瞧去。」來到羅漢堂中，只見牆上濺了不少血漬，戒刀禪杖丟滿了一地。

周顛問道：「顏兄，這十八羅漢有甚古怪？」顏垣道：「每一尊羅漢像都給人推動過，本來兄弟疑心後面另有門戶道路，但查察牆壁，卻無密門祕道。」

楊逍沉吟半晌，道：「咱們再把羅漢像推開來瞧瞧。」顏垣跳上神座，將長眉羅漢推在一旁，露出牆壁，果然並無異狀。楊逍也躍上神像，細看那長眉羅漢，突然「咦」的一聲，道：「羅漢背後寫得有字。」將那尊羅漢像扳轉身來。

羣豪赫然見到一個斗大的「滅」字。羅漢像本是金身，這時金光燦爛的背心上給人用利器劃出了一個大大的「滅」字，深入逾寸，筆劃中露出了泥土。印痕甚新，顯是刻劃不久。

周顛道：「這個『滅』字，是甚麼意思？啊，是了，原來峨嵋派挑了少林寺，滅絕師太留字示威。」羣豪都覺此事太也不近情理，盡皆搖頭。

說話之間，羣豪已將十八尊羅漢像都扳轉身來，除了最右首的降龍羅漢、最左首的伏虎羅漢外，餘下十六尊羅漢背後各劃了一字，自右至左排去，十六個大字赫然是：

「先誅少林，再滅武當，惟我明教，武林稱王！」

殷天正、鐵冠道人、說不得等人不約而同的一齊叫了出來：「這是移禍江東的毒計！」羣豪見這十六個大字張牙舞爪，形狀可怖，想到少林寺羣僧慘遭橫禍，這筆帳卻要算到明教頭上，無不慼然有憂。

周顛叫道：「咱們快把這些字刮去了，免得做冤大頭。」楊逍道：「敵人用心惡毒，單是刮去這十六個字，未必有用。」這次周顛覺他說得有理，不再跟他鬥口，只問：「那怎麼辦？」說不得道：「這其實是個證據。咱們找到了使這移禍毒計之人，拿他來與這十六個字對質。」楊逍點頭稱是。

彭瑩玉道：「小僧尚有一事不明，要請楊左使指教。刻下這十六字之人，既存心嫁禍本教，使本教承擔毀滅少林派的大罪名，好讓天下武林羣起而攻，然則他何以仍讓羅漢像背向牆壁？不將這十六個大字向著外面？若非顏旗使細心，豈不是誰也不知羅漢像背上有字麼？」

楊逍臉色凝重，道：「猜想起來，這些羅漢像是另外有人給轉過去的，多半暗中有人在相助本教。咱們已領了人家極大的情。」羣豪齊問：「此人是誰？楊左使從何得知？」楊逍嘆道：「這其中的原委曲折，我也猜想不透……」

他這句話還沒說完，張無忌突然「啊」的一聲，大叫起來，說道：「『先誅少林，再滅武當』，只怕……只怕武當派即將遭難。」

韋一笑道：「咱們義不容辭，立即赴援，且看到底是那一批狗奴才幹的好事。」殷天正也道：「事不宜遲，大夥兒立即出發。這羣奸賊已先走了一兩天。」

張三丰接過木劍，右手持劍，左手捏劍訣，雙手成環，緩緩抬起，這起手式一展，跟著三環套月、大魁星、燕子抄水、左攔掃、右攔掃……一招招的演將下來。

二十四　太極初傳柔克剛

張無忌心想宋大師伯等不知是否已從西域回山，這一路上始終沒聽到他們的音訊，倘若途中有甚躭擱變故，留守本山的只太師父和若干第三代弟子，三師伯俞岱巖殘廢在床，強敵猝至，如何抵擋？想到此處，不由得憂心如焚，朗聲道：「各位前輩、兄長，武當派乃先父出身之所，太師父對我恩重如山。今當大難，救兵如救火，早到一刻好一刻。現請韋蝠王陪同本人，先行赴援，各位陸續分批趕來，一切請楊左使和外公指揮安排。」說著雙手一拱，閃身出了山門。

韋一笑展開輕功，和他並肩而行。羣豪答應之聲未出，兩人已到了少林寺外。這兩人輕功之佳、奔馳之速，當世再沒第三人及得上。

兩人足不停步，急奔了數十里。韋一笑初時毫不落後，但時刻一長，顯得內力漸漸不繼。張無忌心想：「到武當山路程尚遠，終不能如這般奔跑不休，何況強敵在前，尚須留下精力大戰。」對韋一笑道：「咱們到前面市鎮上去買兩匹坐騎，歇一歇力。」韋一笑早有此意，只不便出口，便道：「教主，買賣坐騎，太耗辰光。」

過不多時，見迎面五六乘馬馳來，韋一笑縱身而起，將兩個乘者提起，輕輕放在地下，叫道：「教主，上罷！」張無忌遲疑停步，心想如此攔路劫馬，豈非和強盜無異？韋一笑叫道：「處大事者不拘小節，那顧得這許多？」呼喝聲中又將兩名乘者提下馬來。

那幾人也會一點武功，紛紛喝罵，抽出兵刃便欲動手。韋一笑雙手勒住四匹馬，將那些人的兵刃踢得亂飛。只聽一個喝道：「逞兇行劫的是那一路好漢，快留下萬兒來！」張無忌心想糾纏下去，只有更得罪人，縱身躍上馬背，和韋一笑各牽一馬，絕塵而去。那些人破口大罵，卻不敢追趕。

張無忌道：「咱們雖迫於無奈，但焉知人家不是身有急事，此舉究屬於心不安。」韋一笑笑道：「教主，這些小事，何足道哉？昔年明教行事，那才稱得上『肆無忌憚、橫行不法』呢！」說著哈哈大笑。

張無忌心想：「明教給人目爲邪魔異端，其來有由。可是到底何者爲正，何者爲邪，卻也難下確論。陽教主傳下聖火大令三條、小令五條，將來務須遵從。」想起身負教主重任，但見識膚淺，很多事都拿不定主意，單是眼前奪馬這件小事，便猶豫不決，自己雖武功高強，但天下事豈能盡數訴諸武力？言念及此，心下茫然，只盼早日接得義父歸來，便可卸卻肩頭這副自己既挑不起、又實在不想挑的重擔。

便在此時，突見人影晃動，兩名漢子攔在當路，手中均執鋼杖。

韋一笑喝道：「讓開！」馬鞭攔腰捲去，縱馬便衝。一人舉杖擋開馬鞭，另一人大聲唿哨，左手一揚。韋一笑的坐騎受驚，人立起來。便在此時，樹叢中又竄出四個黑衣漢子，看各人身法，竟都是硬手。韋一笑叫道：「教主只管趕路，待屬下跟鼠輩糾纏。」

張無忌見這些人意在阻截武當派的救兵，用心惡毒，可想而知，武當派處境實是極險，心知韋一笑的輕功武技並臻佳妙，與這一干人周旋，縱然不勝，至少也足以自保，當下雙腿一夾，催馬前衝。兩名黑衣人橫過鋼杖，攔在馬前，張無忌俯身向外，掀手便將兩根鋼杖奪過，順手擲出，只聽得啊啊兩聲慘呼，兩名黑衣漢子已給鋼杖分別打斷了大腿骨，倒在地下。他見纏住韋一笑的那四人武功不弱，只怕自己走後，韋一笑更增強敵，於是幫他料理了兩個。

嵩山和武當山一在豫西，一在鄂北，其實相距不遠。一過馬山口後，向南一路都是平野，馬匹奔跑迅速，中午時分，過了內鄉。張無忌腹中饑餓，便在一處市集上買些麵餅充饑，忽聽得背後牽著的坐騎一聲悲嘶，回過頭來，見馬肚上已給插了一柄明晃晃的尖刀，一個人影在街口一晃，立即隱去。

張無忌飛身過去，一把抓起那人，只見又是一名黑衣漢子，前襟上濺滿了馬血。張無忌喝問：「你是何人手下？那一個幫會門派？你們大隊人馬已去了武當山沒有？」連問數聲，那人只閉目不答。張無忌不敢多有躭擱，心想一切到了武當山上自能明白，伸手閉了他的「大椎穴」，叫他周身酸痛難當，苦挨三日三夜方罷。

他縱馬疾行，一口氣奔到三官殿，渡漢水而南。船至中流，望著滔滔江水，想起那日太師父攜同自己在少林寺求醫不得而歸，在漢水上遇到常遇春、又救了周芷若的事來。腦海中現出她的麗容倩影，光明頂上脈脈關注的眼波，不由得出神。

過漢水後，催馬續向南行。此時天色早黑，眼前一片朦朧，再行得一個時辰，更是星月無光，那坐騎疲累已極，再也沒法支持，跪倒在地。他拍拍馬背，說道：「馬兒，馬兒，你在這兒歇歇，自行去罷！」展開輕功疾奔。

行到四更時分，忽聽得前面隱隱有馬蹄之聲，顯是有大幫人衆，他加快腳步，從這羣人身旁掠過。他身法既快且輕，又在黑夜之中，竟無人知覺。瞧這羣人的方向，正是往武當山而去，二十餘人不發一言，沒法探知是甚來頭，但隱約可見均攜有兵刃，此去是和武當派爲敵，決無可疑。他心中反寬：「畢竟將他們追上了，武當派該當尚未受攻。」

再行不到半個時辰，前面又有一羣人往武當山而去。如此前後一共遇到五批，每批多則三十幾人，少則十餘人。待看到第五批人後，他忽又憂急：「卻不知已有幾批人上了山去？是否已有人和本派中人動上了手？」他雖非武當派弟子，但因父親的淵源，向來便將武當派當作是自己的門派。這麼一想，奔得更加快了。

不久便即上山，幸好沒再遇到敵人。將到半山，忽見前面一人發足急奔，光頭大袖，是個僧人，腳下輕功了得。張無忌遠遠跟隨，察看他動靜。

那僧人一路上山，將到山頂時，只聽得有人喝道：「是那一路的朋友，深夜光降武當？」喝聲甫畢，山石後閃出四個人來，兩道兩俗，當是武當派的第三四代弟子。

那僧人合什說道：「少林僧人空相，有急事求見武當張眞人。」張無忌微微一怔：「原來他是少林派『空』字輩的前輩大師，和空聞方丈、空智、空性三大神僧是師兄弟輩。他不辭艱辛的上武當山來，自是前來報訊。」

武當派的一名道人說道：「大師遠來辛苦，請移步敝觀奉茶。」說著在前引路。空相除下腰間戒刀，交給另一名道人，以示不敢攜帶兵刃進觀。

張無忌見那道人將空相引入紫霄宮三清殿，便蹲在長窗之外。只聽空相大聲道：「請道長立即稟報張眞人，事在緊急，片刻延緩不得！」那道人道：「大師來得不巧，敝師祖自前年坐關，至今一年有餘，本派弟子亦已久不見他老人家慈範。」空相道：「如此則便請通報宋大俠。」那道人道：「大師伯率同家師及諸位師叔，和貴派聯盟，遠征明教未返。」

張無忌聽得「遠征明教未返」，暗暗吃驚，原來宋遠橋等在歸途中也遇上了阻難。只聽空相長嘆一聲，道：「如此說來，武當派也和我少林派一般，今日難逃此劫了。」那道人不明其意，說道：「敝派事務，現由靈虛子師兄主持，小道即去通報，請他出來參見大師。」空相道：「靈虛道長是那一位的弟子？」那道人道：「是俞三師叔門下。」空相長眉一軒，道：「俞三俠手足有傷，心下卻是明白，老僧這幾句話跟俞三俠說了罷。」那道人道：「是，謹遵大師吩咐。」轉身入內。

那空相在廳上踱來踱去，顯得甚爲不耐，時時側耳傾聽，當是躭心敵人攻上山來。過不多時，那道人快步走出，躬身道：「俞三師叔有請。俞三師叔言道，請大師恕他不能出迎。」這時那道人的神態舉止比先前更加恭謹，想是俞岱巖聽得「空」字輩的少林僧駕臨，已囑咐他必須禮貌加倍周到。空相點了點頭，隨著他走向俞岱巖臥房。

張無忌尋思：「三師伯四肢殘廢，耳目只有加倍靈敏，我到他窗外竊聽，只怕爲他發覺。」走到離俞岱巖臥房數丈之處，便停住了腳步。

過了約莫一盞茶時分，那道人匆匆從俞岱巖房中出來，低聲叫道：「清風、明月！到這邊來。」便有兩個道僮走到他身前，叫了聲：「師叔！」那道人道：「預備軟椅，三師叔要出來。」兩名道僮答應了。

張無忌在武當山上住過數年，那知客道人是俞蓮舟新收的弟子，他不相識，卻識得清風、明月兩個道僮，知道俞岱巖有時出來，便坐了軟椅由道僮抬著行走。見二僮走向放軟椅的廂房，悄悄跟隨在後，一等二僮進房，突然叫道：「清風、明月，認得我麼？」二僮嚇了一跳，凝目瞧他時，依稀有些面熟，一時卻認不出來。張無忌笑道：「我是無忌小師叔啊，你們忘了麼？」二僮登時憶起舊事，心中大喜，叫道：「啊，小師叔，你回來啦！你的病好了？」三人年紀相若，當年常在一處玩耍。

張無忌道：「清風，讓我來假扮你，去抬三師伯，瞧他知不知道。」清風躊躇道：「這個……不大好罷！」張無忌道：「三師伯見我病愈歸來，喜出望外，高興還來不及，怎會責罵你？」二僮素知自張三丰祖師以下，武當六俠個個對這小師叔極其寵愛，他病愈歸山，那是天大喜事，他要開個小小玩笑，逗俞岱巖病中一樂，自無傷大雅。

明月笑道：「小師叔怎麼說，就怎麼辦罷！」清風笑嘻嘻的脫下道袍、鞋襪，給張無忌換上了。明月幫他挽起個道髻。片刻之間，已宛然便是個小道僮。

明月道：「你要冒充清風，相貌不像，就說是觀中新收的小道僮，清風跌傷了腿，由你去替他。」張無忌笑道：「好極了……」只聽那道人在房外喝罵：「兩個小傢伙，嘻嘻哈哈的搗甚麼鬼，半天不見人過來。」張無忌和明月伸了伸舌頭，抬起軟椅，逕往俞岱巖房中。

兩人扶起俞岱巖坐入軟椅。俞岱巖臉色鄭重，也沒留神抬他的道僮是誰，說道：「到後山小院，見祖師爺爺去！」明月應道：「是！」轉過身去，抬著軟椅前端，張無忌抬了後端。俞岱巖只瞧見明月的背影，更瞧不見張無忌。空相隨在軟椅之側，同到後山。那知客道人不得俞岱巖召喚，便不敢同去。

張三丰閉關靜修的小院在後山竹林深處，修篁森森，綠蔭遍地，除了偶聞鳥語之外，竟半點聲息也無。明月和張無忌抬著俞岱巖來到小院之前，停下軟椅。俞岱巖正要開聲求見，忽聽得隔門傳出張三丰蒼老的聲音道：「少林派那一位高僧光臨寒居，老道未克遠迎，還請恕罪。」呀的一聲，竹門推開，張三丰緩步而出。空相臉露訝色，他聽張三丰竟知來訪的是少林僧人，大感詫異，但隨即料想必是那知客道人已遣人先行稟報。俞岱巖卻知師父武功越來越精深，從空相的腳步聲中，已可測知他的武學門派、修為深淺。

張無忌的內功遠在空相之上，由實返虛，不論舉止、眼光、腳步、語聲，處處深藏不露，張三丰反聽不出來。他見太師父雖紅光滿面，但鬚眉俱白，比之當年分手之時，著實已蒼老了幾分，心中又歡喜，又悲傷，忍不住眼淚便要奪眶而出，忙轉過了頭。

空相躬身合什，道：「小僧少林空相，參見武當前輩張真人。」張三丰合什還禮，道：「不敢，大師不必多禮，請進說話。」五人一起進了小院。但見板桌上一把茶壺，一隻茶杯，地下一個蒲團，壁上掛著一柄木劍，此外一無所有。桌上地下，積滿灰塵。

空相道：「張眞人，少林派慘遭千年未遇的浩劫，魔教突施偷襲，本派自方丈空聞師兄以下，或殉寺戰死，或力屈遭擒，僅小僧一人拚死逃脫。魔教大隊人衆正向武當而來，今日中原武林存亡榮辱，全繫於張眞人一人之手。」說著放聲大哭。

張無忌心頭大震，他明知少林派已遇上災劫，卻也萬萬想不到竟會全派覆沒。饒他張三丰百年修爲，猛地裏聽到這個噩耗，也大吃一驚，半晌說不出話來，定了定神，才道：「魔教竟如此猖獗，少林寺高手如雲，不知如何竟會遭了魔教毒手？」

空相道：「空智、空性兩位師兄率同門下弟子，和中原五大派結盟西征，圍攻光明頂。留寺僧衆，日日靜候好音。這日山下報道，遠征人衆大勝而歸。方丈空聞師兄得訊大喜，率同合寺弟子，迎出山門，果見空智、空性兩位師兄帶領西征弟子，回進寺來，另外還押著數百名俘虜。衆人到得大院之中，方丈問起得勝情由。空智師兄唯唯否否。空性師兄忽地叫道：『師兄留神，我等落入人手，衆俘虜盡是敵人……』方丈驚愕之間，衆俘虜抽出兵刃，突然動手。本派人衆一來措手不及，二來多數好手西征陷敵，留守本寺的力道弱了，大院子的前後出路均已讓敵人堵死，一場激鬥，終於落得個一敗塗地，空性師兄當場殉難……」說到這裏，已泣不成聲。

張三丰心下黯然，說道：「魔教如此歹毒，行此惡計，又有誰能提防？」

空相伸手解下背上的黃布包袱，打開包袱，裏面是一層油布，再打開油布，赫然露出一顆首級，環眼圓睜，臉露憤怒之色，正是少林三大神僧之一的空性大師。張三丰和張無忌都識得空性面目，一見之下，不禁「啊」的一聲，一齊叫了出來。

空相泣道：「小僧捨命搶得空性師兄的法體。張眞人，你說這大仇如何得報？」說著將空性的首級恭恭敬敬放在桌上，伏地拜倒。張三丰淒然躬身，合什行禮。

張無忌想起光明頂上比武較量之際，空性神僧慷慨磊落，豪氣過人，實不愧爲堂堂少林的一代宗師，不意慘遭奸人戕害，落得身首分離，甚是難過。

張三丰見空相伏地久久不起，哭泣甚哀，便伸手相扶，說道：「空相師兄，少林武當本是一家，此仇非報不可……」他剛說到這個「可」字，冷不防砰的一聲，空相雙掌一齊擊上他小腹。

這一下變故突如其來，張三丰武功之深，雖已到了從心所欲、無不如意的最高境界，但那能料到這位身負血仇、遠來報訊的少林高僧，竟會對自己忽施襲擊？在一瞬之間，他還道空相悲傷過度，以致心智迷糊，昏亂之中將自己當作了敵人，但隨即知道不對，小腹上所中掌力，竟是少林派外門神功「金剛般若掌」，但覺空相竭盡全身之勁，將掌力不絕的催送過來，見他臉白如紙，嘴角卻帶獰笑。

張無忌、俞岱巖、明月三人驀地見此變故，也都驚得呆了。俞岱巖苦在身子殘廢，不能上前相助師父一臂之力。張無忌年輕識淺，在這一剎那間，還沒領會到空相竟是意欲立斃太師父於掌底。兩人只驚呼了一聲，便見張三丰左掌揮出，啪的一聲輕響，擊在空相的天靈蓋上。這一掌其軟如綿，其堅勝鐵，空相登時腦骨粉碎，如一堆濕泥般癱了下來，一聲也沒哼出，便即斃命。

俞岱巖忙道：「師父，你……」剛說了一個「你」字，便即住口。只見張三丰閉目坐下，片刻之間，頭頂冒出絲絲白氣，猛地裏口一張，噴出幾口鮮血。

張無忌大驚，知太師父受傷著實不輕，倘若他吐出的是紫黑瘀血，憑他深厚無比的內功，三數日即可平復，但他所吐的卻是鮮血，又是狂噴而出，那麼臟腑已受重傷。霎時之間，他心中遲疑難決：「是否立即表明身分，相救太師父？還是怎地？」

便在此時，只聽得腳步聲響，有人到了門外，聽他步聲急促，顯是十分慌亂，卻不敢貿然進來，也不敢出聲。俞岱巖道：「是靈虛麼？甚麼事？」靈虛道人道：「稟報師父，魔教大隊到了宮外，要見祖師爺爺，口出污言穢語，說要踏平武當派……」

俞岱巖喝道：「住口！」他生怕張三丰分心，激動傷勢。

張三丰緩緩睜眼，說道：「少林派的金剛般若掌果然非同小可，看來非得靜養三月，傷勢難愈。」張無忌心想：「原來太師父所受之傷，比我所料的更重。」只聽張三丰又道：「明教大舉上山。唉，不知遠橋、蓮舟他們平安否？岱巖，你說該當如何？」

俞岱巖默然不答，心知山上除師父和自己之外，其餘三四代弟子的武功都不足道，出而禦敵，只徒然送死，今日之事，惟有自己捨卻一命，和敵人敷衍周旋，讓師父避地養傷，日後再復大仇，朗聲道：「靈虛，你去跟那些人說，我便出來相見，讓他們在三清殿上等著。」靈虛答應著去了。

張三丰和俞岱巖師徒相處日久，心意相通，聽他這麼說，已知其意，說道：「岱巖，生死勝負，無足介懷，武當派的絕學卻不可因此中斷。我坐關十八月，於一套太極拳和太極劍，終於前後貫通、一氣呵成，此刻便傳了你罷。」

俞岱巖一呆，心想自己殘廢已久，那還能學甚麼拳法劍術？何況此時強敵已經入觀，怎有餘暇傳習武功，只叫了聲：「師父！」便說不下去了。

張三丰淡淡一笑，說道：「我武當開派以來，行俠江湖，多行仁義之事，以大數而言，決不該自此而絕。我這套太極拳和太極劍，跟自來武學之道全然不同，講究以靜制動、後發制人。你師父年過百齡，縱使不遇強敵，又能有幾年好活？所喜者能於垂暮之年，創制這套武功出來。遠橋、蓮舟、松溪、梨亭、聲谷都不在身邊，第三四代弟子之中，除青書外並無傑出人材，何況他也不在山上。岱巖，你身負傳我生平絕藝的重任。武當派一日的榮辱，有何足道？只須這套太極拳能傳至後代，我武當派大名必能垂之千古。」說到這裏，神采飛揚，豪氣彌增，竟似渾沒將壓境強敵放在心上。

俞岱巖唯唯答應，已明白師父要自己忍辱負重，以接傳本派絕技爲第一要義。

張三丰緩緩站起身來，雙手下垂，手背向外，手指微舒，兩足分開平行，接著兩臂慢慢提起至胸前，左臂半環，手掌與臉面對成陰掌，右掌翻過成陽掌，說道：「這是太極拳的起手式。」跟著一招一式的演了下去，口中叫著招式的名稱：攬雀尾、單鞭、提手上勢、白鶴亮翅、摟膝拗步、手揮琵琶、進步搬攔錘、如封似閉、十字手、抱虎歸山……

張無忌目不轉睛的凝神觀看，初時還道太師父故意將姿式演得特別緩慢，使俞岱巖可以看得清楚，但看到第七招「手揮琵琶」之時，只見他左掌陽、右掌陰，目光凝視左手手臂，雙掌慢慢合攏，竟是凝重如山，卻又輕靈似羽。張無忌突然之間領悟：「這是以慢打快、以靜制動的上乘武學，想不到世間竟會有如此高明的功夫。」他武功本就極高，一經領會，越看越入神，但見張三丰雙手圓轉，每一招都含著太極式的陰陽變化，精微奧妙，實開闢了武學中從所未有的新天地。

約莫一頓飯時分，張三丰使到上步高探馬，上步攬雀尾，單鞭而合太極，神定氣閒的站在當地，雖在重傷之後，一套拳法練完，精神反見健旺。他雙手抱了個太極式的圓圈，說道：「這套拳術的訣竅是『虛靈頂勁、涵胸拔背、鬆腰垂臀、沉肩墜肘』十六個字，純以意行，最忌用力。形神合一，是這路拳法的要旨。」再行細細解釋。

俞岱巖一言不發的傾聽，心知時勢緊迫，無暇發問，雖中間不明白之處極多，但只有硬生生的記住，倘若師父有甚不測，這些口訣招式總是由自己傳了下去，日後再由聰明才智之士去推究其中精奧。張無忌所領略的可就多了，張三丰的每一句口訣、每一記招式，都令他有初聞大道、喜不自勝之感。

張三丰見俞岱巖臉有迷惘之色，問道：「你懂了幾成？」俞岱巖道：「弟子愚魯，只懂得三四成，但招式和口訣都記住了。」張三丰道：「那也難爲你了。若蓮舟在此，當能懂得五成。唉，你五師弟悟性最高，相信倉卒之間，他能懂得六七成。可惜他不幸早亡，我若有三年功夫，好好點撥於他，當可傳我這門絕技。」張無忌聽他提到自己父親，心中不禁酸痛。

張三丰道：「這拳勁首要在似鬆非鬆，將展未展，勁斷意不斷……」正要往下解說，只聽得前面三清殿上遠遠傳來一個蒼老悠長的聲音：「張三丰老道既縮頭不出，咱們把他徒子徒孫先行宰了。」另一個粗豪的聲音道：「好啊！先一把火燒了這道觀再說。」又有一個尖銳的聲音道：「燒死老道，那是便宜了他。咱們擒住了他，綁到各處門派中遊行示衆，讓大家瞧瞧這武學泰斗老而不死的模樣。」

後山小院和前殿相距二里有餘，但這幾個人的語聲都淸楚傳至，足見敵人有意炫示功力，而功力確亦不凡。

俞岱巖聽到這等侮辱師尊的言語，心下大怒，眼中如要噴出火來。張三丰道：「岱巖，我叮囑過你的言語，怎麼轉眼便忘了？不能忍辱，豈能負重？」俞岱巖道：「是，謹奉師父教誨。」張三丰道：「你全身殘廢，敵人不會對你提防，千萬戒急戒躁。倘若我苦心創制的絕藝不能傳之後世，那你便是我武當派的罪人了。」俞岱巖只聽得全身出了一陣冷汗，知道師父此言的用意，不論敵人對他師徒如何淩辱欺侮，總之是要苟免求生，忍辱傳藝。

張三丰從身邊摸出一對鐵鑄的小小羅漢，交給俞岱巖道：「這空相說道少林派已經殞滅，也不知是眞是假，此人是少林派高手，連他也投降敵人，前來暗算於我，那麼少林派必遭大難無疑。這對鐵羅漢是百年前郭襄郭女俠贈送於我的。你日後送還給少林傳人。就盼從這對鐵羅漢身上，留傳少林派的一項絕藝！」說著大袖一揮，走出門去。

俞岱巖道：「抬我跟著師父。」明月和張無忌二人抬起軟椅，跟在張三丰後面。

四人來到三淸殿上，只見殿中或坐或站，黑壓壓的都是人頭，總有三四百人之衆。

張三丰居中一站，打個問訊爲禮，卻不說話。俞岱巖大聲道：「這位是我師尊張眞人。各位來到武當山，有何見教？」

張三丰大名威震武林，一時人人目光盡皆集於其身，但見他身穿一襲污穢的灰布道袍，鬚眉如銀，身裁甚爲高大，此外也無特異情狀。

張無忌看這干人時，只見半數穿著明教教衆的服色，爲首的十餘人卻各穿本服，想是自高身分，不願冒充旁人。高矮僧俗，數百人擁在殿中，一時也難以細看各人面目。

便在此時，忽聽得門外有人傳呼：「教主到！」殿中衆人立時肅靜無聲，爲首的十多人搶先出殿迎接，餘人也跟著快步出殿。霎時之間，大殿中數百人走了個乾乾淨淨。

只聽得十餘人的腳步聲自遠而近，走到殿外停住。張無忌從殿門中望去，不禁一驚，只見八個大漢抬著一座黃緞大轎，另有七八人前後擁衛，停在門口，那抬轎的八個轎夫，正是綠柳山莊的「神箭八雄」。

張無忌心中一動，雙手在地下抹滿灰土，跟著便胡亂塗在臉上。明月只道他眼見大敵到來，害怕得狠了，扮成了這副模樣，一時驚惶失措，便依樣葫蘆的以灰土抹臉。兩個小道僮登時變成了灶君菩薩一般，再也瞧不出本來面目。

轎門掀起，轎中走出一個少年公子，一身白袍，袍上繡著個血紅的火燄，輕搖摺扇，正是女扮男裝的趙敏。張無忌心道：「原來一切是她在搗鬼，難怪少林派一敗塗地。」

只見她走進殿中，有十餘人跟進殿來。一個身裁魁梧的漢子踏上一步，躬身說道：「啓稟教主，這個就是武當派的張三丰老道，那個殘廢人想必是他的第三弟子俞岱巖。」

趙敏點點頭，上前幾步，收攏摺扇，向張三丰長揖到地，說道：「晚生執掌明教張無忌，今日得見武林中泰山北斗，幸也何如！」

張無忌大怒，心中罵道：「你這賊丫頭冒充明教教主，那也罷了，居然還冒用我姓名，來欺騙我太師父。」

張三丰聽到「張無忌」三字，大感奇怪：「怎地魔教教主是如此年輕俊美的一個少女，名字偏又和我那無忌孩兒相同？」合什還禮，說道：「不知教主大駕光臨，未克遠迎，還請恕罪！」趙敏道：「好說，好說！」

知客道人率領火工道僮，獻上茶來。趙敏一人坐在椅中，她手下衆人遠遠的垂手站在其後，不敢走近她身旁五尺之內，似乎生怕不敬，冒瀆於她。

張三丰百載的修爲，謙沖恬退，早已萬事不縈於懷，但師徒情深，對宋遠橋等人的生死安危，卻十分牽掛，說道：「老道的幾個徒兒不自量力，曾赴貴教討教高招，迄今未歸，不知彼等下落如何，還請張教主明示。」

趙敏嘻嘻一笑，說道：「宋大俠、俞二俠、張四俠、莫七俠四位，目下是在本教手中。每個人受了點兒傷，性命卻是無礙。」張三丰道：「受了點兒傷？不會罷！多半是中了點兒毒。」趙敏笑道：「張眞人對武當絕學可也當眞自負得緊。你既說他們中毒，就算是中毒罷。」張三丰深知幾個徒兒盡是當世一流好手，就算衆寡不敵，總能有幾人脫身回報，倘眞一鼓遭擒，定是中了敵人無影無蹤、難以防避的毒藥。趙敏見他猜中，也就坦然承認。

張三丰又問：「我那姓殷的小徒呢？」趙敏嘆道：「殷六俠中了少林派的埋伏，便和這位俞三俠一模一樣，四肢爲大力金剛指折斷。死是死不了，要動可也動不得了！」張三丰鑒貌辨色，情知她此言非虛，心頭一痛，哇的一聲，噴出一口鮮血。

趙敏背後衆人相顧色喜，知道己方派去之人偷襲得手，這位武當高人已受重傷，他們所懼者本來只張三丰一人，此時便無所忌憚了。

趙敏說道：「晚生有一句良言相勸，不知張眞人肯俯聽否？」張三丰道：「請說。」趙敏道：「普天之下，莫非王土，率土之濱，莫非王臣。我蒙古皇帝威加四海。張眞人若能效順，皇上立頒殊封，武當派自當大蒙榮寵，就如當年我太祖皇帝榮封全眞教長春眞人一般，敕管天下道教。而宋大俠等人人無恙，更不在話下。」

張三丰抬頭望著屋樑，冷冷的道：「明教雖多行不義，胡作非爲，卻向來跟蒙古人作對。是幾時投效了朝廷啦？老道倒孤陋寡聞得緊。」

趙敏道：「棄暗投明，自來識時務者爲俊傑。少林派自空聞、空智神僧以下，個個投效，盡忠朝廷。本教也不過見大勢所趨，追隨天下賢豪之後而已，何足奇哉？」

張三丰雙目如電，直視趙敏，說道：「元人殘暴，多害百姓，方今天下羣雄並起，正爲了驅逐胡虜，還我河山。凡我黃帝子孫，無不存著個驅除韃子之心，這才是大勢所趨。老道雖是方外之人，卻也知大義所在。空聞、空智乃當世神僧，豈能爲勢力所屈？

你這位姑娘何以說話如此顛三倒四？」

趙敏身後突然閃出一條大漢，大聲喝道：「兀那老道，言語不知輕重！武當派轉眼全滅。你老道不怕死，難道這山上百餘名道人弟子，個個都不怕死麼？」這人說話中氣充沛，身高膀闊，形相極是威武。

張三丰長聲吟道：「人生自古誰無死，留取丹心照汗青！」這是文天祥的兩句詩，蒙古鐵騎南下、文天祥慷慨就義之時，張三丰年歲尚輕，對這位英雄丞相極是欽仰，後來常嘆其時武功未成，否則必當捨命去救他出難，此刻面臨生死關頭，自然而然的吟了出來。他頓了一頓，又道：「說來文丞相也不免有所拘執，但求我自丹心一片，管他日後史書如何書寫！」望了俞岱巖一眼，心道：「我卻盼這套太極拳得能流傳後世，又何嘗不是和文丞相一般，顧全身後之名？其實但教行事無愧天地，何必管他太極拳劍能不能傳、武當派能不能存！」

趙敏白玉般的左手輕輕一揮，那大漢躬身退開。她微微一笑，說道：「張眞人既如此固執，暫且不必說了。就請各位一起跟我走罷！」說著站起身來，她身後四個人身形晃動，團團將張三丰圍住。這四人一個便是那魁梧大漢，一個鶉衣百結，一個是身形瘦削的和尚，另一個虬髯碧眼，乃西域胡人。

張無忌見這四人身法或凝重、或飄逸，個個非同小可，心頭一驚：「這趙姑娘手下，怎地竟有如許高手？」眼見太師父若不隨去，那四人便要出手，張無忌心想：「敵方高手甚衆，這一班人又盡是奸詐無恥、不顧信義之輩，非圍攻光明頂的六大派可比。我實不易保護太師父和三師伯平安。就算擊敗了其中數人，他們也決不服輸，勢必一擁而上。事已至此，也只有竭力一拚，最好是能將趙姑娘擒了過來，脅迫對方。」

他正要挺身而出，喝阻四人，忽聽得門外陰惻惻一聲長笑，一個青色人影閃進殿來，這人身法如鬼如魅，如風如電，倏忽欺身到那魁梧漢子身後，揮掌拍出。那大漢更不轉身，反手還掌，意欲和他互拚硬功。那人不待此招打老，左手已拍到那西域胡人肩頭。那胡人閃身躲避，飛腿踢他小腹。那人早已攻向那瘦和尚，跟著斜身倒退，左掌拍向那身穿破爛衣衫之人。瞬息之間，他連出四掌，攻擊了四名高手，雖然每一掌都沒打中，但手法迅捷無比。這四人心知遇到了勁敵，各自躍開數步，凝神接戰。

那青衣人並不理會敵人，躬身向張三丰拜了下去，說道：「明教張教主座下晚輩韋一笑，參見張眞人！」這人正是韋一笑。他擺脫了途中敵人的糾纏，兼程趕至。

張三丰聽他自稱是「明教張教主座下」，還道他也是趙敏一黨，伸手擊退四人，多半另有陰謀，冷冷的道：「韋先生不必多禮，久仰青翼蝠王輕功絕頂，世所罕有，今日一見，果然名不虛傳。」

韋一笑大喜，他少到中原，素來聲名不響，豈知張三丰居然也知自己輕功了得，躬身說道：「張眞人武林北斗之望，晚輩得蒙眞人稱讚一句，當眞是榮於華袞，喜出望外。」他轉過身來，指著趙敏道：「趙姑娘，你鬼鬼祟祟的冒充明教，敗壞本教聲名，到底是何用意？是男子漢大丈夫，何必如此陰險毒辣？」

趙敏格格一笑，說道：「我本就不是男子漢大丈夫，陰險毒辣了，你便怎樣？」

韋一笑第一句便說錯了，給她駁得無言可對，一怔之下，說道：「各位先攻少林，再擾武當，到底是何來歷？各位倘若和少林、武當有怨有仇，明教原本不該多管閒事，但各位冒我明教之名，喬扮本教教衆，我韋一笑可不能不理！」

張三丰原本不信百年來爲朝廷死敵的明教竟會投降蒙古，聽了韋一笑這幾句話，這才明白：「原來這女子是冒充的。魔教雖聲名不佳，遇上這等大事，畢竟毫不含糊。」

趙敏向那魁梧大漢道：「聽他吹這等大氣！你去瞧瞧他有甚麼眞才實學。」

那大漢躬身道：「是！」收了收腰間的鸞帶，穩步走到大殿中間，說道：「韋蝠王，在下領教你的寒冰綿掌功夫！」韋一笑不禁一驚：「這人怎地知道我的寒冰綿掌？他明知我有此技，仍上來挑戰，倒也不可輕敵。」雙掌一拍，說道：「請教閣下萬兒？」那人道：「我們旣冒充明教而來，難道還能以眞名示人？蝠王這一問，未免太笨。」趙敏身後的十餘人一齊大笑。

韋一笑冷冷的道：「不錯，是我問得笨了。閣下甘作朝廷鷹犬，做異族奴才，還是不說姓名的好，沒的辱沒了祖宗。」那大漢臉上一紅，怒氣上升，呼的一掌，便往韋一笑胸口拍去，竟是中宮直進，逕取要害。

韋一笑腳步錯動，早已避過，身形閃處，伸指戳向他背心，他不先出寒冰綿掌，要先探一探這大漢的深淺虛實。那大漢左臂後揮，守中含攻。數招一過，大漢掌勢漸快，掌力凌厲。韋一笑的內傷雖經張無忌治好，不必再像從前那樣，運功一久，便須飲熱血抑制體內陰毒，但傷愈未久，即逢強敵，又是在張三丰這等大宗師面前出手，實絲毫不敢怠慢，當即使動寒冰綿掌功夫。兩人掌勢漸緩，逐步到了互較內力的境地。

突然間呼的一聲，大門中擲進一團黑黝黝的巨物，猛向那大漢撞去。這團物事比一大袋米還大，天下居然有這等龐大暗器，當眞奇了。那大漢左掌運勁拍出，將這團物事擊出丈許，著手之處，只覺軟綿綿地，也不知是甚麼東西。但聽得「啊」的一聲慘呼，原來有人藏在袋中。此人中了那大漢勁力凌厲無儔的一掌，焉有不筋折骨斷之理？

那大漢一愕，一時手足無措。韋一笑無聲無息的欺到身後，在他背心「大椎穴」上拍了一記「寒冰綿掌」。那大漢驚怒交集，急轉身軀，奮力發掌往韋一笑頭頂擊落。

韋一笑哈哈一笑，竟然不避不讓。那大漢掌到中途，手臂已酸軟無力，這掌雖擊在對方天靈蓋上，卻那裏有半點勁力，不過有如輕輕一抹。韋一笑知寒冰綿掌一經著身，對方勁力立卸，但高手對戰，竟敢任由強敵掌擊腦門，膽氣之豪，實在從所未聞，旁觀眾人無不駭然。倘若那大漢竟有抵禦寒冰綿掌之術，勁力一時不去，這掌打在頭頂，豈不腦漿迸裂？韋一笑一生行事希奇古怪，越是旁人不敢為、不肯為、不屑為之事，他越加幹得興高采烈。他乘那大漢分心之際出掌偷襲，本有點不夠光明正大，可是跟著便以腦門坦然受對方一掌，卻又光明正大過了火，委實膽大妄為、視生死有如兒戲。

那身穿破爛衣衫之人扯破布袋，拉出一個人來，只見他滿臉血紅，早在那大漢一擊之下斃命。此人身穿黑衣，正是他們一夥，不知如何，卻讓人裝在布袋中擲了進來。那人大怒，喝道：「是誰鬼鬼祟祟……」一語未畢，一隻白茫茫的袋子已兜頭罩到。他提氣後躍，避開了這一罩，只見一個胖大和尚笑嘻嘻的站在身前，正是布袋和尚說不得。

說不得的乾坤一氣袋遭張無忌在光明頂上迸破後，沒了趁手兵器，只得胡亂做幾隻布袋應用，畢竟不如原來那隻刀劍不破的乾坤寶袋厲害。他輕功雖不及韋一笑，但造詣也是極高，加之中途沒受阻撓，前腳後腳的便趕到了。

說不得也躬身向張三丰行禮，說道：「明教張教主座下，遊行散人布袋和尚說不得，參見武當掌教祖師張真人。」張三丰還禮道：「大師遠來辛苦。」說不得道：「敝教教主座下光明使者、白眉鷹王，以及四散人、五旗使，各路人馬，都已上了武當。張真人你且袖手旁觀，瞧明教上下，跟這批冒名作惡的無恥之徒一較高低。」

他這番話只虛張聲勢，明教大批人眾未能這麼快便都趕到。但趙敏聽在耳裏，不禁秀眉微蹙，心想：「他們居然來得這麼快，是誰洩漏了機密？」忍不住問道：「你們張教主呢？叫他來見我。」說著向韋一笑望了一眼，目光中有疑問之色，顯是問他教主到了何處。

韋一笑哈哈一笑，說道：「這會兒你不再冒充了嗎？」心下卻也在想：「教主必已到來，卻不知此刻在那裏。」張無忌一直隱身在明月之後，知道韋一笑和說不得迄未認出自己，眼見到了這兩個得力幫手，極是喜慰。

趙敏冷笑道：「一隻毒蝙蝠，一個臭和尚，成得甚麼氣候？」

一言甫畢，忽聽得東邊屋角上一人長笑問道：「說不得大師，楊左使到了沒有？」這人聲音響亮，蒼勁豪邁，正是白眉鷹王殷天正到了。說不得尚未回答，楊逍的笑聲已在西邊屋角上響起。只聽他笑道：「鷹王，畢竟是你老當益壯，先到了一步。」殷天正笑道：「楊左使不必客氣，咱二人同時到達，仍分不了高下。只怕你還是瞧在張教主份上，讓了我三分。」楊逍道：「當仁不讓！在下已竭盡全力，仍不能快得鷹王一步。」

他二人途中較勁，比賽腳力，殷天正內力較深，楊逍步履輕快，竟是並肩出發，平頭齊到。長笑聲中，兩人齊從屋角縱落。

張三丰久聞殷天正的名頭，何況他又是張翠山的岳父，楊逍在江湖上也是個大有來頭的人物，當下走上三步，拱手道：「張三丰恭迎殷兄、楊兄的大駕。」心中卻頗不解：「殷天正明明是天鷹教教主，又說甚麼『瞧在張教主份上』？」

殷楊二人躬身行禮。殷天正道：「久仰張眞人清名，無緣拜見，今日得睹芝顏，三生有幸。」張三丰道：「兩位均是一代宗師，大駕同臨，洵是盛會。」

趙敏心中愈益惱怒，眼見明教的高手越來越多，張無忌雖尚未現身，只怕說不得所言不虛，確是在暗中策劃，布置下甚麼厲害陣勢，自己安排得妥妥貼貼的計謀，看來今日已難成功，但好容易將張三丰打得重傷，這是千載難逢、決無第二次的良機，今日若不乘此機會收拾了武當派，日後待他養好了傷，那便棘手之極了，一雙漆黑溜圓的眼珠轉了兩轉，冷笑道：「江湖上傳言武當乃正大門派，豈知耳聞不如目見，原來武當派暗中跟魔教勾勾搭搭，全仗魔教撐腰，本門武功可說不值一哂。」

說不得道：「趙姑娘，你這可是婦人之見、小兒之識了。張眞人威震武林之時，只怕你祖父都尚未出世，小孩兒懂得甚麼？」

趙敏身後的十餘人一齊踏上一步，向他怒目而視。說不得洋洋自若，笑道：「你們說我這句話說不得麼？我名字叫做『說不得』，說話卻向來是說得又說得，諒你們也奈何我不得。」趙敏手下那瘦削僧人怒道：「主人，待屬下將這多嘴多舌的和尚料理了！」說不得叫道：「妙極！你是野和尚，我也是野和尚，咱們來比拚比拚，請武當宗師張眞人指點一下不到之處，勝過咱們苦練十年。」說著雙手揮動，從懷中又抖了一隻布袋出來。旁人見他布袋一隻又一隻，取之不盡，不知他僧袍底下到底還有多少隻布袋。

趙敏微微搖頭，道：「今日我們是來討教武當絕學，武當派不論那一位下場，我們都樂於奉陪。武當派到底確有眞才實學，還是浪得虛名，今日一戰便可天下盡知。至於明教和我們的過節，日後再慢慢算帳不遲。張無忌那小鬼奸詐狡猾，我不抽他的筋、剝他的皮，難消心頭之恨，可也不忙在一時。」

張三丰聽到「張無忌那小鬼」六個字時，心中大奇：「明教的教主難道眞的也叫做張無忌？怎地又是『小鬼』了？」

說不得笑嘻嘻的道：「本教張教主少年英雄，你趙姑娘只怕比我們張教主還小著幾歲。趙姑娘花容月貌，不如嫁了我們教主，我和尚看來倒也相配……」他話未說完，趙敏身後衆人已轟雷般怒喝起來：「胡說八道！」「住嘴！」「野和尚放狗屁！」

趙敏紅暈雙頰，容顏嬌艷無倫，神色之中只有三分薄怒，倒有七分靦腆，一個呼叱羣豪的大首領，霎時之間變成了忸怩作態的小姑娘。但這神氣也只瞬息間的事，她微一凝神，臉上便如罩了一層寒霜，向張三丰道：「張眞人，你若不肯露一手，那便留一句話下來，只須說武當派欺世盜名，我們大夥兒拍手便走。便將宋遠橋、俞蓮舟這批小子們放還給你，又有何妨？」

便在此時，鐵冠道人張中和殷野王先後趕到，不久周顚和彭瑩玉也到了山上，明教這邊又增了四個好手。

趙敏估量形勢，雙方決戰，未必能操勝算，最躭心的還是張無忌在暗中作甚手腳。她眼光在明教諸人臉上掃了轉，心想：「張三丰所以成爲朝廷心腹之患，乃因他威名太盛，給武林中人奉爲泰山北斗，他既與朝廷爲敵，中原武人便也都不肯歸附。其實以他這等風燭殘年，還能活得多少時候？今日也不須取他性命，只要折辱他一番，令武當派聲名墮地，此行便算大功告成。」冷冷的道：「我們造訪武當，只是想領教張眞人的武功眞假，若要去剿滅明教，難道我們不認得光明頂的道路麼？又何必在武當山比武，莫非天下只你張眞人一人，方能品評高下勝負？這樣罷，我這裏有三個家人，一個練過幾天殺豬屠狗的劍法，一個會得一點粗淺內功，還有一個學過幾招三腳貓的拳腳。阿大、阿二、阿三，你們站出來，張眞人只須將我這三個不中用的家人打發了，我們佩服武當派的武功確然名下無虛。要不然嘛，江湖上自有公論，也不用我多說。」說著雙手一拍。

她身後緩步走出三個人來。

那阿大是個精乾枯瘦的老者，雙手捧著一柄長劍，赫然便是那柄倚天寶劍。這人身裁瘦長，滿臉皺紋，愁眉苦臉，似乎剛才給人痛毆了一頓，要不然便是新死了妻子兒女，旁人只要瞧他臉上神情，幾乎便要代他傷心落淚。那阿二同樣的枯瘦，身形略矮，頭頂心滑油油地，禿得不剩半根頭髮，兩邊太陽穴凹了進去，深陷半寸。那阿三卻精壯結實，虎虎有威，臉上、手上、項頸之中，凡可見到肌肉處，盡皆盤根虯結，似乎周身都是精力，脹得要爆炸出來，他左頰上有顆黑痣，黑痣上生著一叢長毛。張三丰、殷天正、楊逍等人見了這三人情狀，心下都是一驚。

周顛說道：「趙姑娘，這三位都是武林中第一流的好手，我周顛便一個也鬥不過，怎地不識羞的喬裝了家人，來跟張眞人開玩笑麼？」趙敏道：「他們是武林中第一流的好手？我倒不知道。他們叫甚麼名字啊？」周顛登時語塞，隨即打個哈哈，說道：「這位是『一劍震天下』皺眉神君，這位是『丹氣霸八方』禿頭天王。至於這一位嘛，天下無人不知，那個不曉，嘿嘿，乃是……那個……『神拳蓋世』大力尊者。」

趙敏聽他瞎說八道的胡謅，不禁噗哧一笑，說道：「我家裏三個煮飯烹茶、抹桌掃地的家人，甚麼神君、天王、尊者的？張眞人，你先跟我家的阿三比比拳腳罷。」

那阿三踏上一步，抱拳道：「張眞人請！」左足一蹬，喀喇一聲響，蹬碎了地下三塊方磚。著腳處的青磚給他蹬碎並不希奇，難在鄰近的兩塊方磚竟也讓這一腳之力震得粉碎。

楊逍和韋一笑對望一眼，心中都道：「好傢伙！」

阿大、阿二兩人緩緩退開，低下了頭，向眾人一眼也不瞧。這三人自進殿後，一直跟在趙敏身後，始終垂目低頭，神情猥葸，誰也沒加留神，不料就這麼向前一站，登時如淵停嶽峙，儼然大宗匠氣派，但退回去時，卻又是一副畏畏縮縮、傭僕廝養的模樣。

武當派的靈虛道人一直在爲太師父的傷勢憂心，這時忍不住大聲道：「我太師父剛才受傷嘔血，你們沒瞧見麼？你們怎麼……怎麼……」說到這裏，語聲中已帶哭音。

殷天正心想：「原來張眞人曾受傷嘔血，卻不知是爲何人所傷。他就算不傷，這麼大的年紀，怎能跟這等人比拚拳腳？瞧此人武功，純是剛猛一路，且讓我來接他的。」朗聲說道：「張眞人何等身分，豈能跟低三下四之輩動手過招？這不是天大笑話麼？別說是張眞人，就算我姓殷的，哼哼，諒這些奴才也不配受我一拳一腳。」他明知阿大、阿二、阿三決非庸流，但偏要將他們說得十分不堪，好將事情攬到自己身上。

趙敏道：「阿三，你最近做過甚麼事？說給他們聽聽，且看配不配和武當高人動手過招。」她言語之中，始終緊緊的扣住了「武當」二字。

那阿三道：「小人最近也沒做過甚麼事，只是在西北道上曾跟少林派一個名叫空性的和尚過招，指力對指力，破了他的龍爪手，隨即割下了他首級。」

此言一出，大廳上盡皆聳動。空性神僧在光明頂上以龍爪手與張無忌拆招，一度曾大佔上風，明教衆高手人人親睹，想不到竟命喪此人之手。以他擊斃少林神僧的身分，自己足可和張三丰一較高下。

殷天正大聲道：「好！你連少林派的空性神僧也打死了，讓姓殷的來鬥上一鬥，倒是件快事。」說著搶上兩步，雙手拉開了架子，白眉上豎，神威凜凜。

阿三道：「白眉鷹王，你是邪魔外道，我阿三是外道邪魔。咱倆一鼻孔出氣，自己人不打自己人。你要打，咱們另揀日子來比過。今日主人有命，只令小人試試武當派功夫的虛實。」轉頭向張三丰道：「張眞人，你如眞不想下場，只須說一句話便可交代，我們也不會動蠻硬逼。武當派只須服輸，難道還眞要了你的老命不成？」

張三丰微微一笑，心想自己雖然身受重傷，但若施出新創太極拳中「以虛御實」的上乘武學法門，未必便輸於他，所難對付者，倒是擊敗阿三之後，那阿二便要上前比拚內力，這卻絲毫取巧不得，但火燒眉毛，且顧眼下，只有打發了這阿三再說。當下緩步走到殿心，向殷天正道：「殷兄美意，貧道心領。貧道近年來創了一套拳術，叫作『太極拳』，自覺和一般武學頗有不同之處。這位施主定要印證武當派功夫，殷兄將他打敗了，諒他也心有不甘。貧道就以太極拳中的招數和他拆幾手，正好乘機將貧道的多年心血就正於各位方家。」

殷天正聽了又歡喜，又擔憂，聽他言語中對這套「太極拳」頗具自信，張三丰是何等樣人，既出此言，自有把握，否則豈能輕墮一世威名？但他適才曾重傷嘔血，只怕拳技雖精，終究內力難支，當下不便多言，只得抱拳道：「晚輩恭觀張眞人神技。」

阿三見張三丰竟飄然下場，心下倒生了三分怯意，轉念又想：「今日我便和這老道拚個兩敗俱傷，那也是聳動武林的盛舉了。」當下屏息凝神，雙目盯住在張三丰臉上，內息暗暗轉動，周身骨骼噼噼啪啪，不絕發出輕微的爆響之聲。衆人又均一愕，知道這是佛門正宗的最上乘武功，自外而內，不帶半分邪氣，乃金剛伏魔神通。

張三丰見到他這等神情，也悚然一驚：「此人來歷不小啊！不知我這太極拳是否對付得了？」雙手緩緩舉起，要讓那阿三進招。

忽然俞岱巖身後走出一個蓬頭垢面的小道僮來，說道：「太師父，這位施主要見識我武當派拳技，又何必勞動太師父大駕？待弟子演幾招給他瞧瞧，也就是了。」

這滿臉塵垢的小道僮正是張無忌。殷天正、楊逍等人和他分手不久，雖然他此刻衣服形貌全都改變，但一聽聲音，立即認了出來。明教羣豪見教主早已在此，盡皆大喜。

張三丰和俞岱巖卻怎猜想得到？張三丰一時瞧不清他面目，見到他身上衣著，只道便是清風，說道：「這位施主身具少林派金剛伏魔的外門神通，想是西域少林一支的高手。你小孩兒一招之間便給他打得筋折骨裂，豈同兒戲？」

張無忌左手牽住張三丰衣角，右手拉著他左手輕輕搖晃，說道：「太師父，你教我的太極拳法從未用過，也不知我學得成不成。難得這位施主是外家高手，讓弟子來試試以柔克剛、運虛御實的法門，那不很好麼？」說話之間，將一股極渾厚、極柔和的九陽神功，從手掌上向張三丰體內傳了過去。

張三丰於剎那之間，只覺掌心中傳來的這股力道雄強無比，雖因自己練功數十載，積力深厚，來力尚不及自己內力的精純醇正，但汩汩然、綿綿然，其勢無止無歇、無窮無盡。一驚之下，定睛往張無忌臉上瞧去，只見他目光中不露光華，卻隱隱然有一層溫潤晶瑩之意，顯得內功已臻絕頂之境，生平所遇人物，只本師覺遠大師、大俠郭靖、神鵰俠楊過等寥寥數人，才有這等修為，至於當世高人，除自己之外，實想不起再有第二人能達此境界。霎時之間，心中轉過了無數疑端，然而這少年的內力沛然而至，顯是在助自己療傷，決無歹意，乃可斷定，於是微笑道：「我衰邁昏庸，能有甚麼好功夫教你？你要領教這位施主的絕頂外家功夫，那也是好的，務須小心在意。」他只道這小道僮是那一派的高手少年趕來赴援，因此言語中極是謙沖客氣。

張無忌道：「太師父，你待孩兒恩重如山，孩兒便粉身碎骨，也不足以報太師父和眾位師伯師叔的大恩。我武當派功夫雖不敢說天下無敵，但也決不致輸於西域少林的手下。太師父儘管放心。」他這幾句話說得懇摯無比，幾句「太師父」純出自然，決計做作不來，連張三丰也大為奇怪：「難道他竟是本門弟子，暗中潛心修為，就如昔年本師覺遠大師一般？」緩緩放下張無忌的手，退了回去，坐在椅中，斜目瞧俞岱巖時，見他也是一臉迷惘。

那阿三見張三丰居然遣這小道僮出戰，對自己之輕蔑藐視可說已到了極處，但想我一拳先將這小道僮打死了，激得老道心浮氣粗，再和他動手，當更有制勝把握，當下也不多言，只說：「小孩兒，發招罷！」

張無忌道：「我新學的這套拳術，是我太師父張眞人多年心血所創，乃武當派的絕詣，叫作『太極拳』。晚輩初學乍練，未必即能領悟拳法中的精要，三十招之內，恐怕不能將你擊倒。但那是我學藝未精，並非這套拳術不行，這一節你須得明白。」

阿三不怒反笑，轉頭向阿大、阿二道：「大哥、二哥，天下竟有這等狂妄小子。」阿二縱聲大笑。阿大卻已瞧出這小道僮不是易與之輩，說道：「三弟，不可輕敵。」

阿三踏上一步，呼的一拳，便往張無忌胸口打到，這一招神速如電，拳到中途，左手拳更加迅捷的追上，後發先至，撞擊張無忌面門，招術詭異，實所罕見。

張無忌自聽張三丰演說「太極拳」之後，一個多時辰中，始終在默想這套拳術的拳理，見阿三左拳擊到，當即使出太極拳中一招「攬雀尾」，右腳實，左腳虛，運起「擠」字訣，黏連黏隨，右掌已搭住他左腕，橫勁發出。阿三身不由主的向前一衝，跨出了兩步，方始站定。旁觀衆人見此情景，齊聲驚噫。

這一招「攬雀尾」，乃天地間自有太極拳以來首次和人過招動手。張無忌身具九陽神功，精擅乾坤大挪移之術，突然使出太極拳中的「黏」法，雖所學還不到兩個時辰，卻已如畢生研習一般。阿三給他這麼一擠，自己這一拳中千百斤的力氣猶似打入了汪洋大海，無影無蹤，無聲無息，身子卻遭自己的拳力帶得斜移兩步。他一驚之下，怒氣塡膺，快拳連攻，臂影晃動，便似有數十條手臂、數十個拳頭同時擊出一般。

衆人見了他這等狂風驟雨般的攻勢，盡皆心驚：「無怪以空性大師這等高強的武功，也喪身於他手下。」除了趙敏手下衆人之外，無不爲張無忌躭心。

張無忌有意要顯揚武當派的威名，自己本身武功一概不用，招招都使張三丰所創太極拳的拳招，單鞭、提手上勢、白鶴亮翅、摟膝拗步，待使到一招「手揮琵琶」時，右捺左收，霎時間悟到了太極拳旨中的精微奧妙之處，這一招使得猶如行雲流水，瀟洒無比。

阿三只覺上盤各路已全處在他雙掌的籠罩之下，無可閃避，無可抵禦，只得運勁於背，硬接他這一掌，同時右拳猛揮，只盼兩人各受一招，成個兩敗俱傷之局。不料張無忌雙手一圈，如抱太極，一股雄渾無比的力道組成了一個旋渦，只帶得他在原地急轉七八下，如轉陀螺，如旋紡錘，好容易使出「千斤墜」之力定住身形，卻已滿臉脹得通紅，狼狽萬狀。

明教羣豪大聲喝采。楊逍叫道：「武當派太極拳功夫如此神妙，眞令人大開眼界。」周顚笑道：「阿三老兄，我勸你改個名兒，叫做『阿轉』！」殷野王道：「多轉幾個圈兒也不算丟臉，古人不是說『三十六著，轉爲上著』麼？」說不得道：「當年梁山泊好漢中有個黑旋風，那旋風嘛，原是要轉的！」

阿三只氣得臉色自紅轉靑，大聲怒吼，縱身撲上，左手或拳或掌，變幻莫測，右手卻純是手指功夫，拿抓點戳、勾挖拗挑，五根手指如判官筆，如點穴橛，如刀似劍，如槍似戟，攻勢淩厲之極。張無忌太極拳拳招未熟，登時手忙腳亂，應付不來，突然間嗤的一聲，衣袖給撕下了一截，只得展開輕功，急奔躲閃，暫且避讓這從所未見的五指功夫。阿三吆喝追趕，卻那裏及得上對手輕功的飄逸，接連十餘抓，盡數落空。

張無忌一面躱閃，心下轉念：「我只逃不鬥，豈不是輸了？這太極拳我還不大會使，且以挪移乾坤的功夫，跟他鬥上一鬥。」當下不退迴身，雙手擺一招太極拳「野馬分鬃」的架式，左手卻已使出乾坤大挪移手法。阿三右手一指戳向對方肩頭，卻不知如何給他挪帶，噗的一響，竟戳中了自己左手上臂，只痛得眼前金星直冒，一條左臂幾乎提不起來。楊逍瞧出這不是太極拳功夫，卻搶先叫道：「太極拳當眞了得！」

阿三又痛又怒，喝道：「這是妖法邪術，甚麼太極拳了？」唰唰唰連攻三指。張無忌縱身避開，眼見阿三又長臂疾伸，雙指戳到，他再使挪移乾坤心法，牽引推移，托的一響，阿三的兩根手指揷進了殿上一根大木柱之中，深至指根。衆人又吃驚，又好笑。

衆人轟笑聲中，俞岱巖厲聲喝道：「且住！你這是少林派金剛指力？」

張無忌縱身躍開，一聽到「少林派金剛指力」七個字，立時想起，俞岱巖爲少林派金剛指力所傷，二十年來，武當派上下都爲此深怨少林派，看來眞兇卻是眼前此人。

只聽阿三冷冷的道：「是金剛指力便怎樣？誰教你硬充好漢，不肯說出屠龍刀的所在？這二十年殘廢的滋味可好受麼？」

俞岱巖厲聲道：「多謝你今日言明眞相，原來我一身殘廢，是你西域少林派下的毒手。只可惜……只可惜了我的好五弟、好兄弟！」說到最後一句，不禁哽咽。要知當年張翠山自刎而死，乃爲了俞岱巖傷於殷素素的蚊鬚針之下、無顏以對師兄之故。其實俞岱巖中了蚊鬚針之後，殷素素託龍門鏢局運回武當，醫治月餘，自會痊愈，他四肢爲人折斷，實出於大力金剛指的毒手，倘若當日找到了這罪魁禍首，張翠山夫婦也不致慘死了。俞岱巖既悲師弟無辜喪命，又恨自己成爲廢人，滿腔怨毒，眼中如要噴出火來。

張無忌聽了兩人之言，立即明白了一切前因後果。他幼時曾聽父親說過，少林寺火工頭陀偷學武藝，擊死達摩堂首座苦智禪師，少林派中各高手大起爭執，以致苦慧禪師遠走西域，開創了西域少林一派，看來這人是當年苦慧的傳人。

果然聽得張三丰道：「施主心腸忒也歹毒，我們可沒想到當年苦慧禪師的傳人之中，竟有施主這等人物。」阿三獰笑道：「苦慧是甚麼東西？」

張三丰一聽，恍然大悟。當年俞岱巖爲大力金剛指所傷後，武當派遣人前往質問少林，少林派掌門方丈堅決不認，便疑心到西域少林一派，但多年打聽，得知西域少林已然式微，所傳弟子只精研佛學，不通武功，此刻聽了阿三這句「苦慧是甚麼東西」，心知他若是西域少林傳人，決無辱罵開派祖師之理，便朗聲說道：「怪不得，怪不得！施主是火工頭陀的傳人，不但學了他的武功，也盡數傳了他狠戾陰毒的性子！那個空相甚麼的，是施主的師兄弟罷？」

阿三道：「不錯！他是我師弟，他可不叫空相，法名剛相。張眞人，我『金剛門』的金剛般若掌，跟你武當派的掌法比起來怎樣？」

俞岱巖厲聲道：「遠遠不如！他頭頂挨了我師一掌，早已腦漿迸裂。陰險偷襲，班門弄斧，死有餘辜！」阿三大吼一聲，撲將上來。

張無忌一招太極拳「如封似閉」，將他擋住，說道：「阿三，拿『黑玉斷續膏』來！」說著伸出了右掌。阿三大吃一驚：「本門的續骨妙藥秘密之極，連本門尋常子弟也不知其名，這小道僮卻從何處聽來？」

他那知蝶谷醫仙胡青牛的《醫經》之中，有言說道，西域有一路外家武功，疑是少林旁支，手法極其怪異，斷人肢骨，無藥可治，僅其本門祕藥「黑玉斷續膏」可救，然此膏如何配製，卻其方不傳。張無忌想到此節，順口說了出來，本來也只隨便一試，待見他臉色陡變，即知所料無誤，朗聲說道：「拿來！」他想起了父母之死，以及俞殷兩位師伯叔的慘遭荼毒，恨不得立時置之於死地，實不願跟他多說一句。

阿三適才和他交手，雖吃了一點小虧，但見自己的大力金剛指使將出來之時，他只有躲閃逃避，並無還手之力，只須留神他古裏古怪的牽引手法，鬥下去可操必勝，踏上一步，喝道：「小傢伙，你跪下磕三個響頭，那就饒你，否則這姓俞的便是榜樣。」

張無忌決意要取他的「黑玉斷續膏」，然而如何對付他的金剛指，一時卻無善策，乾坤大挪移之法雖可傷他，卻不能逼得他交出藥來，正自沉吟，張三丰道：「孩子，你過來！」張無忌道：「是！太師父。」走到他身前。

張三丰道：「用意不用力，太極圓轉，無使斷絕。當得機得勢，令對手其根自斷。一招一式，務須節節貫串，如長江大河，滔滔不絕。」他適才見張無忌臨敵使招，已頗得太極三昧，只是他原來武功太強，拳招中稜角分明，招招有勁，未能體會太極拳那「圓轉不斷」之意。

張無忌武學所知已深，關鍵處一點便透，聽了太師父這幾句話，登時便有領悟，心中虛想著那太極圖圓轉不斷、陰陽變化之意。

阿三冷笑道：「臨陣學武，未免遲了罷？」張無忌雙眉上揚，說道：「剛來得及，正好叫閣下試招。」說著轉過身來，右手圓轉向前，朝阿三面門擠去，正是太極拳中一招「高探馬」。阿三右手五指併攏，成刀形斬落，張無忌「雙風貫耳」，連消帶打，雙手成圓形捺出，這一下變招，果然體會了太師父所教「圓轉不斷」四字的精義。隨即左圈右圈，一個圓圈跟著一個圓圈，大圈、小圈、平圈、立圈、正圈、斜圈，一個個太極圓圈發出，登時便套得阿三跌跌撞撞，身不由主的立足不穩，猶如中酒昏迷。

突然之間，阿三五指猛力戳出，張無忌使出一招「雲手」，左手高，右手低，一個圓圈已將他手臂套住，九陽神功的剛勁使出，喀喇一聲，阿三的右臂上下臂骨齊斷。九陽神功有陰有陽，剛柔並重，其勁好不厲害，阿三一條手臂的臂骨立時斷成了六七截，骨骼碎裂，不成模樣。以這份勁力而論，卻遠非以柔勁爲主的太極拳所及。

張無忌恨他歹毒，「雲手」使出時連綿不斷，有如白雲行空，一個圓圈未完，第二個圓圈已生，跟著喀喇一響，阿三的左臂亦斷，接著喀喀喀幾聲，他左腿右腿也給一一絞斷。張無忌生平和人動手，從未下過如此重手，但此人是害死父母、害苦三師伯、六師叔的大兇手，若非要著落在他身上取到「黑玉斷續膏」，早已取了他性命。

阿三一聲悶哼，已然摔倒。趙敏手下早有一人搶出，將他抱起退開。

旁觀衆人見到張無忌如此神功，盡皆駭然，連明教衆高手也忘了喝采。

那禿頭阿二閃身而出，右掌疾向張無忌胸口劈來，掌尖未至，張無忌已覺氣息微窒，當下一招「斜飛勢」，將他掌力引偏。這禿頭老者一聲不出，下盤凝穩，如牢釘在地，專心致志，一掌一掌的劈出，內力雄渾無比。

張無忌見他掌路和阿三乃一派相傳，看年紀當是阿三的師兄，武功輕捷不及，卻遠爲沉穩，當下運起太極拳中黏、引、擠、按等招式，想將他身子帶歪，不料這人內力太強，反黏得自己跌出了一步。張無忌雄心陡起，心想：「我倒跟你比拚比拚，瞧是你的西域少林內功厲害，還是我的九陽神功厲害。」見他揮掌劈到，便也發掌劈出，那是硬碰硬的蠻打，絲毫沒取巧餘地，雙掌相交，砰的一聲巨響，兩人身子都是一晃。

張三丰「噫」的一聲，心中叫道：「不好！這等蠻打，力強者勝，正和太極拳拳理相反。這禿頭老者內力渾厚，武林罕見，只怕這一掌之下，小孩兒便受重傷。」就在此時，兩人第二掌再度相交，砰的一聲，那阿二身子稍晃，退了一步，張無忌卻神定氣閒的站在當地。

九陽神功和少林派內功練到最高境界，可說難分高下。但西域「金剛門」的創派祖師火工頭陀是從少林寺中偷學的武藝。拳腳兵刃固可偷學，內功一道卻講究體內氣息運行，便眼睜睜的從早到晚瞧著旁人打坐練功，瞧上十年八年，又怎知他內息如何調勻、周天如何搬運？因此外功可以偷學，內功卻偷學不來。「金剛門」外功極強，不輸於少林正宗，內功卻遠遠不及了。這阿二是「金剛門」中的異人，天生神力，由外而內，居然另闢蹊徑，練成了一身深厚內功，造詣已遠遠超過了當年的祖師火工頭陀，可說乃是天授。在他雙掌之下，極少有人接得住三招，此時蠻打硬拚，卻給張無忌的掌力震得退出了一步，不由得既驚且怒，深吸一口氣，雙掌齊出，同時向張無忌劈去。

張無忌叫道：「殷六叔，你瞧我給你出這口惡氣。」原來這時殷梨亭已在楊不悔、小昭等人陪同之下，由兩名明教教眾用軟兜抬著，到了武當山上。

張無忌一聲斷喝，右拳揮出，砰的一聲大響，那禿頭阿二連退三步，雙目鼓起，胸口氣血翻湧。張無忌叫道：「殷六叔，圍攻你的眾人之中，可有這禿頭在內麼？」殷梨亭道：「不錯！此人正是首惡。」

只聽那禿頭阿二周身骨節噼噼啪啪的發出響聲，正自運勁。俞岱巖知他內力剛猛，這一運功勁，掌力非同小可，實所難擋，叫道：「渡河未濟，擊其中流！」意思叫張無忌不待阿二運功完成，便搶先上前攻他個措手不及。

張無忌應道：「是！」踏上一步，卻不出擊。阿二雙臂振出，一股強勁排山倒海般推將過來。張無忌吸一口氣，體內眞氣流轉，右掌揮出，迎拒推送，將對方掌力盡行碰了回去。這兩股巨力加在一起，阿二大叫一聲，身子猶似發石機射出的一塊大石，喀喇一聲巨響，撞破牆壁，衝了出去。

眾人駭然失驚之際，忽見牆壁破洞中閃進一人，提著阿二的身子放在地下。此人矮矮胖胖，圓如石鼓，模樣可笑，身手卻極靈活，正是明教厚土旗掌旗使顏垣。那禿頭阿二雙臂臂骨、胸前肋骨、肩頭鎖骨，已盡數遭他自己剛猛雄渾的掌力震斷。顏垣放下阿二，向張無忌一躬身，又從牆洞中鑽了出去，倏來倏去，便如是頭肥肥胖胖的土撥鼠。

趙敏見這小道僮連敗自己手下兩個一流高手，早已起疑，見顏垣向他行禮，妙目流盼，立時認出，暗罵自己：「該死，該死！我先入爲主，一心以爲小鬼在外布置，沒想到他竟假裝道僮，在此搗鬼，壞我大事。」細聲細氣的道：「張無忌你這小鬼頭，怎地如此沒出息，假扮起小道僮來？滿口太師父長、太師父短，也不害羞！」

張無忌見她認出了自己，朗聲道：「先父翠山公正是太師父座下第五弟子，我不叫『太師父』，卻叫甚麼？有甚麼害羞不害羞？」轉身向張三丰跪下磕頭，說道：「孩兒張無忌，叩見太師父和三師伯。事出倉卒，來不及稟明，還請恕孩兒欺瞞之罪。」

張三丰和俞岱巖驚喜交集，說甚麼也想不到這個力敗西域少林二大高手的少年，竟是當年那個病得死去活來的孩童。張三丰呵呵大笑，伸手扶起，說道：「好孩子，你沒死，翠山可有後了。」張無忌武功卓絕，猶在其次，張三丰最歡喜的是，只道他早已身亡，卻原來尚在人世，一時當眞喜從天降，心花怒放，轉頭向殷天正道：「殷兄，恭喜你生了這麼一個好外孫。」殷天正笑道：「張眞人，恭喜你教出來這麼一位好徒孫。」

趙敏罵道：「甚麼好外孫、好徒孫！兩個老不死，養了個奸詐狡獪的小鬼出來。阿大，你去試試他的劍法。」

那滿臉愁苦之色的阿大應道：「是！」唰的一聲，拔出倚天劍來，各人眼前青光閃閃，隱隱只覺寒氣侵人，端的是口好劍。

張無忌道：「此劍是峨嵋派所有，何以到了你手中？」趙敏啐道：「小鬼，你懂得甚麼？滅絕老尼從我家中盜得此劍，此刻物歸原主，倚天劍跟峨嵋派有甚干係？」

張無忌原不知倚天劍的來歷，給她反口一問，竟答不上來，便岔開話題，道：「趙姑娘，請你取『黑玉斷續膏』給我，治好了我三師伯、六師叔的斷肢，大家便既往不咎。」趙敏道：「哼！既往不咎？說來倒容易。你可知少林派空聞、空智，武當派宋遠橋、俞蓮舟他們，此刻都在何處？」張無忌搖頭道：「我不知道。還請姑娘見示。」

趙敏冷笑道：「我幹麼要跟你說？不將你碎屍萬段，難抵當日綠柳莊鐵牢中，對我輕薄羞辱之罪！」說到「輕薄羞辱」四字，想起當日情景，不由得滿臉飛紅，又惱又羞。

張無忌聽她說及「輕薄羞辱」四字，臉上也是一紅，那日爲了解救明教羣豪所中劇毒，事在緊急，才不得不出此下策，以內力搔她腳底，其實並無絲毫輕薄之意，不過男女授受不親，雖說從權，此事並沒和旁人說過，倘若衆人當眞以爲自己調戲少女，那可糟了，眼下無從辯白，只得說道：「趙姑娘，這『黑玉斷續膏』你到底給是不給？」

趙敏俏目一轉，笑吟吟的道：「你要黑玉斷續膏，那也不難，只須你依我三件事，我便雙手奉上。」張無忌道：「那三件事？」趙敏道：「眼下我可還沒想起。日後待我想到了，我說一件，你便跟著做一件。」張無忌道：「那怎麼成？難道你要我自殺，要我做豬做狗，也須依你？」趙敏笑道：「我不會要你自殺，更不會叫你做豬做狗，嘻嘻，就是你肯做，也做不來呢！」張無忌道：「你先說將出來，倘若不違俠義之道，而我又做得到的，那麼依你自也不妨。」

趙敏正待接口，轉眼看到小昭鬢邊插著一朵珠花，正是自己送給張無忌的那朵，不禁大惱，又見小昭明眸皓齒，桃笑李妍，年紀雖稚，卻出落得猶如曉露芙蓉，十分惹人憐愛，心下更恨，一咬牙，對阿大道：「去把這姓張的小子兩條臂膀斬了下來！」

阿大應道：「是！」一振倚天劍，走上一步，說道：「張教主，主人有命，叫我斬下你的兩條臂膀。」

周顛早已憋了很久，這時再也忍不住了，破口罵道：「放你娘的狗臭屁！你不如斬下自己的雙臂！」阿大滿臉愁容，苦口苦面的道：「那也說得有理。」周顛這下子可就樂了，大聲道：「那你快斬啊！」阿大道：「也不必忙。」

張無忌暗暗發愁，這口倚天寶劍鋒銳無匹，任何兵刃碰上即斷，惟一對策，只有以乾坤大挪移法空手奪他兵刃，然而伸手到這等鋒利的寶劍之旁，只要對方劍招稍奇，變化略有不測，自己一條手臂自指尖以至肩頭，不論那一處給劍鋒一帶，立時削斷，如何對敵，倒頗費躊躇。忽聽張三丰道：「無忌，我創的太極拳，你已學會了，另有一套太極劍，不妨現下傳了你，可以用來跟這位施主過過招。」張無忌喜道：「多謝太師父。」

轉頭向阿大道：「這位前輩，我劍術太差，須得請太師父指點一番，再來跟你過招。」

那阿大對張無忌原本暗自忌憚，自己雖有寶劍在手，佔了便宜，究屬勝負難知，聽說他要新學劍招，那就再好不過，心想新學的劍招儘管精妙，總不免生疏。劍術之道，講究輕翔靈動，至少也得練上一二十年，臨敵時方能得心應手，熟極而流。他點了點頭，說道：「你去學招罷，我在這裏等你。學兩個時辰夠了嗎？」

張三丰道：「不用到旁的地方，我在這兒教，無忌在這兒學，即炒即賣，新鮮熱辣。不用半個時辰，一套太極劍法便能教完。」

他此言一出，除張無忌外，人人驚駭，幾乎不相信自己耳朵，均想：就算武當派的太極劍法再奧妙神奇，但在這裏公然教招，敵人瞧得明明白白，還有甚麼祕奧可言？

阿大道：「那也好。我在殿外等候便是。」他竟不欲佔這個便宜，以傭僕身分，卻行武林宗師之事。張三丰道：「那也不必。我這套劍法初創，也不知管用不管用。閣下是劍術名家，正要請你瞧瞧，指出其中的缺陷破綻。」

楊逍心念一動，突然想起，朗聲道：「閣下原來是『八臂神劍』方長老，閣下以堂堂丐幫長老之尊，何以甘爲旁人廝僕？」明教羣豪聽得，都吃了一驚。周顛道：「你不是死了麼？怎麼又活轉了，這……這怎麼可以？」

那阿大悠悠歎了口氣，低頭說道：「老朽百死餘生，過去的事說他作甚？我早不是丐幫的長老了。」老一輩的人都知八臂神劍方東白是丐幫四大長老之首，劍術精奇，名動江湖，只因他出劍奇快，有如生了七八條手臂一般，因此上得了這個外號。十多年前聽說他身染重病身亡，當時人人都感惋惜，不意他竟尚在人世。

張三丰道：「老道這路太極劍法能得八臂神劍指點幾招，榮寵無量。無忌，你有佩劍麼？」小昭上前幾步，呈上張無忌從綠柳山莊取來的那柄木製假倚天劍。張三丰接在手裏，笑道：「是木劍？老道這不是用來畫符捏訣、驅邪捉鬼麼？」站起身來，右手持劍，左手捏個劍訣，雙手成環，緩緩抬起，這起手式一展，跟著三環套月、大魁星、燕子抄水、左攔掃、右攔掃……一招招的演將下來，使到第五十三式「指南針」，雙手同時畫圓，復成第五十四式「持劍歸原」。張無忌不記招式，只細看他劍招中「神在劍先、綿綿不絕」之意。

張三丰一路劍法使完，竟無一人喝采，各人盡皆詫異：「這等慢吞吞、軟綿綿的劍法，如何用來對敵過招？」轉念又想：「料來張眞人有意放慢了招數，好讓他瞧得明白。」

只聽張三丰問道：「孩兒，你看清楚了沒有？」張無忌道：「看清楚了。」張三丰道：「都記得了沒有？」張無忌道：「已忘記了一小半。」張三丰道：「好，那也難爲了你。你自己去想想罷。」張無忌低頭默想。過了一會，張三丰問道：「現下怎樣了？」張無忌道：「已忘記了一大半。」

周顛失聲叫道：「糟糕！越來越忘記得多了。張眞人，你這路劍法十分深奧，看一遍怎記得了？請你再使一遍給我們教主瞧瞧罷。」

張三丰微笑道：「好，我再使一遍。」提劍出招，演將起來。衆人只看了數招，心下大奇，原來第二次所使，跟第一次使的竟沒一招相同。周顛叫道：「糟糕，糟糕！這可更叫人胡塗啦。」張三丰畫劍成圈，問道：「孩兒，怎樣啦？」張無忌道：「還有三招沒忘記。」張三丰點點頭，收劍歸座。

張無忌在殿上緩緩踱了一個圈子，沉思半晌，又緩緩踱了半個圈子，抬起頭來，滿臉喜色，叫道：「這我可全忘了，忘得乾乾淨淨的了。」張三丰道：「不壞，不壞！忘得眞快，你這就請八臂神劍指教罷！」說著將手中木劍遞了給他。張無忌躬身接過，轉身向方東白道：「方前輩請。」周顛抓耳搔頭，滿心擔憂。

方東白問道：「閣下使木劍嗎？」張無忌道：「是，請指教！」方東白猱身進劍，說道：「有僭了！」一劍刺到，青光閃處，發出嗤嗤聲響，內力之強，實不下於那禿頭阿二。衆人凜然而驚，心想他手中所持莫說是砍金斷玉的倚天寶劍，便是一根廢銅爛鐵，在這等內力運使之下也必威不可當，「神劍」兩字，果然名不虛傳。

張無忌左手劍訣斜引，木劍橫過，畫個半圓，平搭上倚天劍的劍脊，勁力傳出，倚天劍登時一沉。方東白讚道：「好劍法！」抖腕翻劍，劍尖向他左脅刺到。張無忌迴劍圈轉，啪的一聲，雙劍相交，各自飛身而起。方東白手中的倚天寶劍這麼一震，不住顫動，發出嗡嗡之聲，良久不絕。

這兩把兵刃一是寶劍，一是木劍，但平面相交，寶劍和木劍實無分別，張無忌這一招乃是以己之鈍，擋敵之無鋒，實已得了太極劍法的精奧。要知張三丰傳給他的乃是「劍意」，而非「劍招」，要他將所見到的劍招忘得半點不賸，才能得其神髓，臨敵時以意馭劍，千變萬化，無窮無盡。若有一兩招劍法忘不乾淨，心有拘囿，劍法便不能純。這意思楊逍、殷天正等高手已隱約懂得，周顛卻終於遜了一籌，這才空自憂急半天。

這時只聽得殿中嗤嗤之聲大盛，方東白劍招凌厲狠辣，以極渾厚內力，使極鋒銳利劍，出極精妙招術，青光盪漾，劍氣瀰漫，殿上眾人似覺有一個大雪團在身前轉動，發出蝕骨寒氣。張無忌的一柄木劍在這團寒光中畫著一個個圓圈，每一招均以弧形刺出，以弧形收回，他心中竟沒半點渣滓，以意運劍，木劍每發一招，便似放出一條細絲，去纏在倚天寶劍之上，細絲越積越多，似乎積成了一團團絲綿，將倚天劍裹了起來。兩人拆到二百餘招後，方東白的劍招漸見澀滯，手中寶劍便似不斷的增加重量，五斤、六斤……十斤、二十斤……偶爾挺劍刺出，眞力微有不足，便讓木劍帶著轉了幾個圈子。

方東白越鬥越怕，激鬥三百餘招而雙方居然劍鋒不交，那是他生平使劍以來從所未遇之事。對方便如撒出了一張大網，逐步向中央收緊。方東白連換六七套劍術，縱橫變化，奇幻無方，旁觀眾人只瞧得眼都花了。張無忌卻始終持劍畫圓，旁人除張三丰外，沒一個瞧得出他每一招到底是攻是守。這路太極劍法只是大大小小、正反斜直各種各樣的圓圈，要說招數，可說便只一招，然而這一招卻永遠出沒無窮。猛聽得方東白朗聲長嘯，鬚眉皆豎，倚天劍中宮疾進，那是竭盡全身之力的孤注一擲，乾坤一擊！

張無忌見來勢猛惡，迴劍斜擊，方東白手腕微轉，倚天劍側了過來，嚓的一聲輕響，木劍的劍頭已削斷六寸，倚天劍不受絲毫阻撓，直向張無忌胸口刺來。

張無忌一驚，左手翻轉，本來捏著劍訣的食中兩指一張，已夾住倚天劍的劍身，右手半截劍向他右臂斫落。劍雖木製，但在他九陽神功運使之下無殊鋼刃。方東白右手運力回奪，倚天劍讓對方左手兩根手指夾住了，猶如鐵鑄，竟然不動分毫，當此情景，他除了撒手鬆劍，向後躍開，再無他途可循。

只聽張無忌喝道：「快撤手！」方東白一咬牙，竟不鬆手，便在這電光石火的一瞬之間，啪的一聲響，他一條右臂已給木劍打落，便和以利劍削斷一般無異。方東白不肯鬆手，原已存了捨臂護劍之心，左手伸出，不等斷臂落地，已搶著抓住，斷臂雖已離身，五根手指仍牢牢的握著倚天劍。張無忌見他如此勇悍，既感驚懼，且復歉仄，竟沒再去跟他爭劍，說道：「對不住了！」

方東白走到趙敏身前，躬身說道：「主人，小人無能，甘領罪責。」

趙敏點頭道：「快裹臂傷！」朗聲說道：「今日瞧在明教張教主臉上，放過了武當派。」左手一揮，道：「走罷！」她手下部屬抱起方東白、禿頭阿二、阿三這三人，向殿外便走。

張無忌叫道：「且慢！不留下黑玉斷續膏，休想走下武當山。」縱身而上，伸手往趙敏肩頭抓去。手掌離她肩頭尚有尺許，突覺兩股無聲無息的掌風分自左右襲到，事先竟沒半點朕兆，張無忌一驚，雙掌翻出，右手接了從右邊擊來的一掌，左手接了從左邊來的一掌，四掌同時相碰，只覺來勁奇強，掌力中竟夾著一股陰冷無比的寒氣。這股寒氣自己熟悉之至，正是幼時纏得他死去活來的「玄冥神掌」掌力。

張無忌一驚，九陽神功隨念而生，陡然間左脅右脅同時遭兩敵掌力拍中。張無忌一聲悶哼，向後摔出，但見襲擊自己的是兩個身形高瘦的老者。這兩個老者各出一掌和張無忌雙掌比拚，餘下一掌卻無影無蹤的拍到了他身上。

楊逍和韋一笑齊聲怒喝，撲上前去。那兩個老者又各出掌，砰砰兩聲，楊逍和韋一笑騰騰騰退出數步，只感胸口氣血翻湧，寒冷徹骨。兩個老者身子都是一晃，轉過身子，護著趙敏走了。

這日八月十五，蝴蝶谷高壇前燒起熊熊大火。張無忌登壇宣示反元抗胡，重申行善去惡、除暴安良的教旨。是日壇前火光燭天，香播四野，明教之盛，遠邁前代。

二十五　舉火燎天何煌煌

眾人躭心張無忌受傷，顧不得追趕，紛紛圍攏。小昭淚水盈盈，更加焦急。張無忌微微一笑，右手輕輕擺了一下，意示並不妨事，體內九陽神功發動，將玄冥神掌的陰寒之氣逼了出來，頭頂便如蒸籠一般不絕有絲絲白氣冒出。他解開上衣，兩脅各有一個深深的黑色手掌印。在九陽神功運轉之下，兩個掌印自黑轉紫，自紫而灰，終於消失不見。前後不到半個時辰，昔日數年不能驅退的玄冥掌毒，此時頃刻間便消除淨盡。他站起身來，說道：「這一下雖然凶險，可是終究讓咱們認出了對頭的面目。」

玄冥二老和楊逍、韋一笑對掌之時，已先受到張無忌九陽神功的衝擊中和，掌力中陰毒已不到平時二成，但楊韋二人兀自打坐運氣，過了半天才驅盡陰毒。張無忌關心太師父傷勢，張三丰道：「火工頭陀內功不行，外功雖然剛猛，可還及不上玄冥神掌，我的傷不礙事。」張無忌不放心，還是運氣助太師父療傷。

這時銳金旗掌旗使吳勁草進來稟報，來犯敵人已掃數下山。俞岱巖命知客道人安排素席，宴請明教諸人。筵席之上，張無忌才向張三丰及俞岱巖稟告別來情由。說到修習《九陽眞經》的經過時，張三丰回憶起覺遠大師和郭襄的往事，不勝唏噓，而張無忌在光明頂上一戰揚名，欣慰之餘，又想到張翠山早死，見不到愛子成名立業，不禁老淚滂滂而下。

張三丰道：「那一年也是在這三清殿上，我和這人對過一掌，只是當年他假扮蒙古軍官，不知到底是二老中的那一老。說來慚愧，直到今日，咱們還是摸不清對頭的底細。」楊逍道：「那姓趙的少女不知是甚麼來歷，連玄冥二老如此高手，竟也甘心供她驅使。」衆人紛紛猜測，難有定論。

張無忌道：「前赴冰火島之行，咱們只好暫緩。眼下有兩件大事。第一件是去搶奪黑玉斷續膏，好治療俞三伯和殷六叔的傷。第二件是打聽宋大師伯他們的下落。這兩件大事，都要著落在那姓趙的姑娘身上。」俞岱巖苦笑道：「我殘廢了二十年，便眞有仙丹神藥，那也治不好的了，倒是救大哥、治六弟他們要緊。」

張無忌道：「事不宜遲，請楊左使、韋蝠王、說不得大師三位，和我一同下山追蹤敵人。五行旗各派出掌旗副使，分別與少林、峨嵋、華山、崑崙、崆峒五派聯絡，說明情由，打探消息。請外公和舅舅前赴江南，整頓天鷹旗下教衆。鐵冠道長、周先生、彭大師及五行旗掌旗使暫駐武當，稟承我太師父張眞人之命，居中策應。」

他在席上隨口吩咐。殷天正、楊逍、韋一笑等逐一站起，躬身接令。

張三丰初時還疑心他小小年紀，如何能統率羣豪，此刻見他發號施令，殷天正等武林大豪竟一一凜遵，心下甚喜，暗想：「他能學到我的太極拳、太極劍，只不過是內功底子好、悟性強，雖屬難能，還不算是如何可貴。但他能管束明教、天鷹教這些大魔頭，引得他們走上正途，那才是了不起的大事呢。嘿，翠山有後，翠山有後！」想到這裏，忍不住捋鬚微笑。

張無忌和楊逍、韋一笑、說不得等四人草草一飽，便即辭別張三丰，下山去探聽趙敏的行蹤。殷天正等送到山前作別。楊不悔卻依依不捨的跟著父親，又送出里許。楊逍道：「不悔，你回去罷，好好照看著殷六叔。」楊不悔應道：「是。」眼望著張無忌，突然臉上一紅，低聲道：「無忌哥哥，我有幾句話要跟你說。」楊逍、韋一笑、說不得三人心下暗笑：「他二人是青梅竹馬之交，少不得有幾句體己的話兒要說。」當下加快腳步，遠遠的去了。

楊不悔道：「無忌哥哥，你到這裏來。」牽著他手，到山邊的一塊大石上坐下。

張無忌心中疑惑不定：「我和她從小親厚，交情非比尋常，但這次久別重逢，她一直對我冷冷的愛理不理。此刻不知有何話說？」突然之間，腦海中浮現出小昭嬌媚可愛的模樣，跟著是周芷若清麗靈秀的容顏、蛛兒腰身纖細的背影，甚至趙敏那薄怒淺笑的神情也出現了。

只見楊不悔未開言臉上先紅，低下頭半晌不語，過了良久，才道：「無忌哥哥，我媽去世之時，託你照顧我，是不是？」張無忌道：「是啊。」楊不悔道：「你萬里迢迢的，將我從淮北送到西域我爹爹手裏，這中間出死入生，歷盡千辛萬苦，更幾次三番的以自己性命來代我。大恩不言謝，此番恩德，我只深深記在心裏，從來沒跟你提過一句。」張無忌道：「那有甚麼好提的？倘若我不是陪你到西域，我自己也就沒這番遇合，只怕此刻早已毒發而死了。」

楊不悔道：「不，不！你仁俠厚道，自能事事逢凶化吉。無忌哥哥，我從小沒了媽媽，爹爹雖親，可是有些話我不敢對他說。你是我們教主，但在我心裏，我仍當你親哥哥一般，那日在光明頂上，我乍見你無恙歸來，當眞說不出的歡喜，只是我不好意思當面跟你說，你不怪我罷？」張無忌道：「不怪！當然不怪。」

楊不悔又道：「我待小昭很兇，很殘忍，或許你瞧著不順眼。可是我媽媽死得這麼慘，對於惡人，我從此便心腸很硬。後來見小昭待你挺好，我便不恨她了。無忌哥哥，你也挺喜歡她吧？」張無忌微笑道：「小昭這小丫頭是有點兒古怪，不過我看她該當不是壞人。」

其時紅日西斜，春風拂體，熏熏如感薄醉。張無忌瞧向半里外一座青山，見半山裏幾株柳樹，枝葉在風裏飄舞，輕盈嫋娜，回過頭來，見楊不悔臉上柔情無限，眼波盈盈，她低聲道：「無忌哥哥，你說我爹爹和媽媽是不是對不起殷……殷……六叔？」張無忌道：「這些過去的事，那也不用說了。」楊不悔道：「不，在旁人看來，那是很久以前的事啦，連我都快十八歲了。不過殷六叔始終沒忘記媽媽。這次他身受重傷，日夜昏迷，時時不斷的叫我：『曉芙！曉芙妹子！』他說：『曉芙妹子！你別離開我。我手足都斷了，成了廢人，求求你，別離開我，可別拋下我不理。』」她說到這裏，淚水盈眶，甚是激動。

張無忌道：「那是六叔神智迷糊中的言語，作不得準。」

楊不悔道：「不是的！你不明白，我可知道。他後來清醒了，瞧著我的時候，眼光和神氣一模一樣，仍在求我別離開他，只沒說出口來而已。」

張無忌嘆了口氣，深知這位六叔武功雖強，性情卻極軟弱，自己幼時便曾見他往往爲了小小不開心而哭泣一場，紀曉芙之死對他打擊尤大，眼下更四肢斷折，也難怪他惶懼不安，說道：「我當竭盡全力，設法去奪得黑玉斷續膏來，醫治三師伯和六叔之傷。」

楊不悔道：「殷六叔這麼瞧著我，我越想越覺爹爹和媽媽對他不起，越想越覺得他可憐。無忌哥哥，我已親口答允了殷……殷六叔，他手足痊愈也好，終身殘廢也好，我總是陪他一輩子，永遠不離開他了。」說到這裏，眼淚流了下來，但臉上神采飛揚，又害羞，又歡喜。

張無忌吃了一驚，那料到她竟會對殷梨亭託付終身，一時說不出話來，只道：「你……你……」楊不悔道：「我已斬釘截鐵的跟他說了，這輩子跟定了他。他如一生一世動彈不得，我就一生一世陪在他床邊，侍奉他飲食，跟他說笑話兒解悶。」

張無忌道：「可是你……」楊不悔搶著道：「我不是驀地動念便答允了他，我一路上已想了很久很久。不但他離不開我，我也離不開他，要是他傷重不治，我也活不成了。跟他在一起的時候，他這麼怔怔的瞧著我，我比甚麼都歡喜。無忌哥哥，我小時候甚麼事都跟你說，我要吃個燒餅，便跟你說；在路上見到個糖人兒好玩，也跟你說。那時候咱們沒錢買不起，你半夜裏去偷了來給我，你還記得麼？」張無忌想起當日和她攜手西行的情景，兩小相依爲命，不禁頗有些心酸，低聲道：「我記得。」

楊不悔按著他手背，說道：「你給了我那個糖人兒，我捨不得吃，可是拿在手裏走路，太陽晒著晒著，糖人兒融啦，我傷心得甚麼似的，哭個不停。你說再給我找一個，可是從此再也找不到那樣的糖人兒了。你後來買了個更大更好的糖人兒給我，我也不要了，反惹得我又大哭了一場。那時你很著惱，罵我不聽話，是不是？」

張無忌微笑道：「我罵了你麼，我可不記得了。不過我心裏還是對你好的。」

楊不悔道：「我知道。我脾氣很執拗，殷六叔是我第一個喜歡的糖人兒，我再也不喜歡第二個了。無忌哥哥，有時我自己一個兒想想，你待我這麼好，幾次救了我性命，我……我該當侍奉你一輩子才是。然而我總當你是我親哥哥一樣，我心底裏親你敬你，可是對他啊，我是說不出的憐惜，說不出的喜歡。他年紀大了我一倍還多，又是我的長輩，多半人家會笑話我，爹爹又是他死對頭，我……我知道不成的……可是不管怎樣，我總是跟你說了。」她說到這裏，再也不敢向張無忌多望一眼，站起身來，飛奔而去。

張無忌望著她的背影在山坳邊消失，心中悵悵的，若有所失，也不知是甚麼滋味，悄立良久，才追上韋一笑等三人。說不得和韋一笑見他眼角邊隱隱猶有淚痕，不禁向著楊逍一笑，意思是說：「恭喜你啦，不久楊左使便是教主的岳丈大人了。」

四人下得武當山來。楊逍道：「這趙姑娘前後擁衞，不會單身而行，要查她的蹤跡並不爲難。咱們分從東南西北四方搜尋，明日正午在穀城會齊。教主尊意若何？」張無忌道：「甚好，就是如此，我查西方一路罷。」穀城在武當山之東，他向西搜查，那是比旁人多走些路，又囑咐道：「玄冥二老武功挺厲害，三位倘若遇上了，能避則避，不必孤身與之動手。」三人答應了，當即行禮作別，分赴東南北三方查察。

向西都是山路，張無忌展開輕功，行走迅速，只一個多時辰，已到了十偃鎮。在鎮上麵店裏要了一碗麵，向店伴問起是否有一乘黃緞軟轎經過。那店伴道：「有啊！還有三個重病之人，睡在軟兜裏抬著，往西朝黃龍鎮去了，走了還不到一個時辰。」張無忌大喜，心想這些人行走不快，等到天黑再追趕不遲，以免洩露了自己行藏。行到僻靜之處，睡了一覺，待到初更時分，才向黃龍鎮來。

到得鎮上，未交二鼓天時，他閃身牆角之後，見街上靜悄悄的並無人聲，一間大客店中卻燈燭輝煌。他縱身上了屋頂，幾個起伏，已到了客店旁一座小屋的屋頂，凝目前望，見鎮甸外河邊空地上豎著一座氈帳，帳前帳後人影綽綽，守衛嚴密，心想：「趙姑娘莫非是住在這氈帳之中？她相貌說話跟漢人無異，行事驕橫豪奢，卻帶著幾分蒙古之風。」其時元人佔治中土已久，漢人的豪紳大賈常居篷帳，以競學蒙古風尚爲榮，也不爲異。

他正自籌思如何走近帳篷，忽聽得客店的一扇窗中傳出幾下呻吟聲。他心念一動，輕輕縱下地來，走到窗下，向屋裏張去。

只見房中三張床上躺著三人，其餘兩人瞧不見面貌，對窗那人正是那個阿三，他低聲哼唧，顯得傷處十分痛楚，雙臂雙腿上都纏著白布。張無忌猛地想起：「他四肢給我震碎，定用他本門靈藥黑玉斷續膏敷治。此刻不搶，更待何時？」打開窗子，縱身而進，房中站著的一人驚呼一聲，揮拳打來。張無忌左手抓住他拳頭，右手伸指點了他軟麻穴，回頭看時，見躺著的其餘二人正是禿頂阿二和八臂神劍方東白，給他點倒的那人身穿青布長袍，手中兀自拿著兩枝金針，想是在給三人針灸止痛。桌上放著一個黑色瓶子，瓶旁則是幾塊艾絨。

張無忌拿起黑瓶，拔開瓶塞一聞，只覺一股辛辣之氣，甚是刺鼻。阿三叫道：「來人哪，搶藥……」張無忌運指如風，連點躺著三人的啞穴，撕開阿三手臂的繃帶，果見他一條手臂全成黑色，薄薄的敷著一層膏藥。他生怕趙敏詭計多端，故意在黑瓶中放了假藥，引自己上當，便在阿三及禿頂阿二的傷處刮下藥膏，包入繃帶，心想瓶中縱是假藥，從他們傷處刮下的決計不假。外面守護之人聽得聲音，踢開房門搶了進來。張無忌眼角也不瞧他們一眼，抬腿一一踢出，霎時間客店中人聲鼎沸，亂成一片。張無忌接連踢出六人，已將阿三和禿頂阿二傷處的藥膏刮了大半，心想若再躭擱，惹得玄冥二老趕到可就大大不妙，於是將黑瓶和刮下的藥膏在懷中一揣，將那醫生擲出窗外。

只聽得砰的一聲響，那醫生重重中了一掌，摔在地下，不出所料，窗外正是有高手埋伏襲擊。張無忌乘著這一空隙，飛身而出，黑暗中白光閃動，兩柄利刃疾刺而至。他左手牽，右手引，乾坤大挪移法牛刀小試，左邊一劍刺中了右邊那人，右邊一槍戳中了左邊那人，混亂聲中，他早去得遠了。

一路上好不歡喜，心想此行雖查不到趙敏的眞相，但奪得了黑玉斷續膏，可比甚麼都強。此時等不及到穀城去和楊逍等人會面，逕回武當，命洪水旗遣人前赴穀城，通知楊逍等回山。張三丰等聽說奪得黑玉斷續膏，無不大喜。

張無忌細看從阿三傷處刮下來的藥膏，再從黑瓶中挑了些藥膏來詳加比較，確是一般無異。那黑瓶乃一塊大玉彫成，深黑如漆，觸手生溫，盎有古意，單是這瓶子，便是一件極珍貴的寶物。當下更無懷疑，命人將殷梨亭抬到俞岱巖房中，兩床並列放好。

楊不悔跟了進來。她不敢和張無忌的眼光相對，臉上容光煥發，心中感激無量，顯然張無忌送她到西域、在何太沖家代她喝毒酒這許多恩情，都還比不上治好殷梨亭這麼要緊。

張無忌道：「三師伯，你的舊傷都已愈合，此刻醫治，姪兒須將你手腳骨骼重行折斷，再加接續，請你忍得一時之痛。」

俞岱巖實不信自己二十年的殘廢能重行痊愈，但想最壞也不過是治療無效，二十年來，早甚麼都不在乎了，只想：「無忌是盡心竭力，要補父母之過，否則他必定終生不安。我一時之痛，又算得甚麼？」也不多說，只微微一笑，道：「你放膽去幹便是。」

張無忌命楊不悔出房，解去俞岱巖全身衣服，將他斷骨處盡數摸得清楚，然後點了他的昏睡穴，十指運勁，喀喀喀響聲不絕，將他斷骨已合之處重行一一折斷。俞岱巖雖穴道受點，仍痛得醒了過來。張無忌手法如風，大骨小骨一加折斷，立即拼到準確部位，敷上黑玉斷續膏，纏了綳帶，夾上木板，然後再施金針減痛。

醫治殷梨亭那便容易得多，斷骨部位早就在西域時已予扶正，這時只須敷上黑玉斷續膏便成。治完殷梨亭後，張無忌派五行旗正副旗使輪流守衛，以防敵人前來擾亂。

當日下午，張無忌用過午膳，正在雲房中小睡，以蘇一晚奔波的疲勞，睡夢中忽聽得腳步輕響走近門口，便即醒轉。小昭守在門外，低聲問：「甚麼事？教主睡著啦。」厚土旗掌旗使顏垣輕聲道：「殷六俠痛得已暈去三次，不知教主……」

張無忌不等他話說完，翻身奔出，快步來到俞岱巖房中，只見殷梨亭雙眼翻白，已暈了過去。楊不悔急得滿臉都是眼淚，不知如何是好。那邊俞岱巖咬得牙齒格格直響，顯在強忍痛楚，他性子堅強，不肯發出一下呻吟之聲。

張無忌見了這等情景，大爲驚異，在殷梨亭「承泣」、「太陽」、「膻中」等穴上推拿數下，將他救醒，問俞岱巖道：「三師伯，是斷骨處痛得厲害麼？」俞岱巖道：「斷骨處疼痛，那也罷了，只覺得五臟六腑中到處痲癢難當……好像，好像有千萬條小蟲在亂鑽亂爬。」張無忌這一驚非同小可，聽俞岱巖所說，明明是身中劇毒之象，忙問殷梨亭：「六叔，你覺得怎樣？」殷梨亭迷迷糊糊的道：「紅的、紫的、青的、綠的、黃的、白的、藍的……鮮艷得緊，許許多多小球兒在飛舞，轉來轉去……眞好看……你瞧，你瞧……」

張無忌「啊喲」一聲大叫，險些當場便暈了過去，一時所想到的只是王難姑所遺《毒經》中的一段話：「七蟲七花膏，以毒蟲七種、毒花七種，搗爛煎熬而成，中毒者先感內臟麻癢，如七蟲咬嚙，然後眼前現斑斕彩色，奇麗變幻，如七花飛散。七蟲七花膏所用七蟲七花，依人而異，南北不同，大凡最具靈驗神效者，共四十九種配法，變化異方復六十三種。須施毒者自解。」

張無忌額頭汗水涔涔而下，知道終於是上了趙敏的惡當，她在黑玉瓶中所盛的固是七蟲七花膏，而在阿三和禿頂阿二身上所敷的，竟也是這劇毒的藥物，不惜捨卻兩名高手的性命，要引得自己入彀，這等毒辣心腸，當眞匪夷所思。

他大悔大恨之下，立即行動如風，拆除兩人身上的夾板綳帶，用燒酒洗淨兩人四肢所敷的劇毒藥膏。楊不悔見他臉色鄭重，心知大事不妙，再也顧不得嫌忌，幫著用酒洗滌殷梨亭四肢。但見黑色透入肌理，洗之不去，猶如染匠漆匠手上所染顏色，非旦夕間可除。

張無忌不敢亂用藥物，只取了些鎮痛安神的丹藥給二人服下，走到外室，又驚懼，又慚愧，心力交瘁，不由得雙膝一軟，驀然倒下，伏在地下便即大哭。小昭俯身安慰，拿手帕給他拭淚。

楊不悔大驚，只叫：「無忌哥哥，無忌哥哥！」張無忌嗚咽道：「是我害了三伯六叔。」他心中只想：「這七蟲七花膏至少也有一百多種配製之法，誰又知道她用的是那七種毒蟲、那七種毒花？化解此種劇毒，全仗以毒攻毒，只要看不準一種毒蟲毒花，用藥稍誤，立時便送了三伯、六叔的性命。」突然之間，他清清楚楚明白了父親自刎時的心情，大錯已然鑄成，除了自刎以謝之外，確然再無別路。

他緩緩站起身來，楊不悔問道：「當眞沒藥可救了麼？連勉強一試也不成麼？」張無忌搖了搖頭。楊不悔應道：「嗷！」神色泰然，並不如何驚慌。

張無忌心中一動，想起她所說的那一句話來：「他如死了，我也不能活著。」心想：「那麼我害死的不止是兩個人，而是三個。」

心中正自一片茫然，只見吳勁草走到門外，稟道：「教主，那個趙姑娘在觀外求見。」張無忌一聽，悲憤不能自已，叫道：「我正要找她！」向楊不悔借了一柄長劍，執在手中，大踏步走出。

小昭取下鬢邊的珠花，交給張無忌，道：「教主，你去還了給趙姑娘。」張無忌向她望了一眼，心想：「你倒懂得我的意思。我和這姓趙的姑娘仇深如海，我們身上不能留下她任何物事。」讚道：「好妹子！」一手杖劍，一手持花，走出觀門。

只見趙敏一人站在當地，臉帶微笑，其時夕陽如血，斜映雙頰，艷麗不可方物。她身後十多丈處站著玄冥二老。兩人牽著三匹駿馬，眼光卻瞧著別處。

張無忌身形閃動，欺到趙敏身前，左手探出，抓住了她手腕，右手長劍的劍尖抵住她胸口，喝道：「快取解藥來！」趙敏微笑道：「你脅迫過我一次，這次又想來脅迫我麼？我上門來看你，這般兇霸霸的，豈是待客之道？」

張無忌道：「我要解藥！你不給，我……我是不想活了，你也不用想活了。」趙敏臉上微微一紅，輕聲啐道：「呸！臭美麼？你死你的，關我甚麼事，要我陪你一塊兒死？」張無忌正色道：「誰跟你說笑話？你不給解藥，今日便是你我同時畢命之日。」

趙敏右手給他緊緊握住，只覺他全身顫抖，激動已極，又覺到他掌心中有件堅硬之物，問道：「你手裏拿著甚麼？」張無忌道：「你的珠花，還你！」左手一抬，已將珠花插在她鬢上，隨即又垂手抓住她手腕，這兩下一放一握，手法快如閃電。趙敏道：「那是我送你的，你爲甚麼不要？」張無忌恨恨的道：「你作弄得我好苦！我不要你的東西。」趙敏道：「你不要我的東西？這話是眞是假？爲甚麼你一開口就向我討解藥？」

張無忌每次跟她鬥口，總落於下風，一時語塞，想起俞岱巖、殷梨亭不久人世，心中一痛，眼圈兒不禁紅了，幾乎便要流下淚來，忍不住想出口哀告，但想起趙敏的種種惡毒之處，卻又不肯在她面前示弱。

這時楊逍等都已得知訊息，擁出觀門，見趙敏已給張無忌擒住，玄冥二老卻站在遠處，似乎漠不關心，又似有恃無恐。各人便均站在一旁，靜以觀變。

趙敏微笑道：「你是明教教主，武功震動天下，怎地遇上了一點兒難題，便像小孩子一樣哇哇哭泣，剛才你已哭過了，是不是？眞好不害羞。我跟你說，你中了我玄冥二老的兩掌玄冥神掌，我是來瞧瞧你傷得怎樣。不料你一見人家的面，就死啊活啊的纏個不清。你到底放不放手？」張無忌心想，她若想乘機逃走，那是萬萬不能，只要她腳步一動，立時便又可抓住她，便放開了她手腕。

趙敏伸手摸了摸鬢邊珠花，嫣然一笑，說道：「怎麼你自己倒像沒受甚麼傷。」張無忌冷冷的道：「區區玄冥神掌，未必便傷得了人。」

趙敏道：「那麼大力金剛指呢？七蟲七花膏呢？」這兩句話便似兩個大鐵錘，重重錘在張無忌胸口。他恨恨的道：「果眞就是七蟲七花膏。」

趙敏正色道：「張教主，你要黑玉斷續膏，我可給你。你要七蟲七花膏的解藥，我也可給你。只是你須得答應我做三件事，那我便心甘情願的奉上。倘若你用強威逼，那麼你殺我容易，要得解藥，卻難上加難。你再對我濫施惡刑，我給你的也只是假藥、毒藥。」

張無忌大喜，正自淚眼盈盈，忍不住笑逐顏開，忙道：「那三件事？快說，快說！」

趙敏微笑道：「又哭又笑，也不怕醜！我早跟你說過，我一時想不起來，甚麼時候想到了，隨時會跟你說，只須你金口一諾，決不違約，那便成了。我不會要你去捉天上的月亮，不會叫你去做違背俠義之道的惡事，更不會叫你去死，自然也不會叫你去做豬做狗。」

張無忌尋思：「只要不背俠義之道，那麼不論多大的難題，我也當竭力以赴。」慨然道：「趙姑娘，若你肯賜靈藥，治好了我俞三伯和殷六叔，但教你有所命，張無忌決不敢辭。赴湯蹈火，唯君所使。」

趙敏伸出手掌，道：「好，咱們擊掌為誓。我給解藥於你，治好了你三師伯和六師叔之傷，日後我求你做三件事，只須不違俠義之道，你務當竭力以赴，決不推辭。」張無忌道：「謹如尊言。」和她手掌輕輕相擊三下。

趙敏取下鬢邊珠花，道：「現下你肯要我的物事罷？」張無忌生怕她不給解藥，不敢拂逆其意，將珠花接過。趙敏忸怩道：「我可不許你再去送給那個俏丫鬟。」張無忌道：「是！」

趙敏笑著退開三步，說道：「解藥立時送到，張教主請了！」長袖輕拂，轉身便去。玄冥二老牽過馬來，侍候她上馬先行。三乘馬蹄聲得得，下山去了。

趙敏等三人剛轉過山坡，左首大樹後閃出一條漢子，正是神箭八雄中的錢二敗，挽鐵弓，搭長箭，朗聲說道：「我家主人拜上張教主，書信一封，敬請收閱。」說著颼的一聲，放弦發箭射來，箭勢並不勁急。

張無忌接箭在手，見來箭並無箭鏃，箭桿上綁著一信。張無忌解下看時，信封上寫的是「張教主親啓」，拆開信來，一張素箋上寫著幾行簪花小楷：

「金盒夾層，靈膏久藏。珠花中空，內有藥方。二物早呈君子左右，何勞憂之深也？唯以微物不足一顧，委之婢僕，棄諸塵土，豈賤妾之所望耶？」

張無忌將這張素箋連讀了三遍，又驚又喜，又是慚愧，忙看那朶珠花，逐顆珍珠試行旋轉，果有一顆能夠轉動，於是將珠子旋下，金鑄花幹中空，藏著一捲白色之物。他從懷中取出針刺穴道所用的金針，將那捲物事挑了出來，乃是一張薄紙，上面寫著七蟲爲那七種毒蟲，七花是那七種毒花，中毒後如何解救，一一書明。

其實他只須得知七蟲七花之名，如何解毒，卻不須旁人指點。他看解法無誤，心知趙敏並未弄鬼，大喜之下，奔進內院，忙配藥救治。果然只一個多時辰，俞殷二人毒勢便大爲減輕，體內痲癢漸止，眼前彩暈消失。

他再去取出趙敏盛珠花送他的那隻金盒，仔細察看，發見了夾層所在，其中滿滿的裝了黑色藥膏，氣息卻是芬芳清涼。這一次他不敢再魯莽了，找了一隻狗來，折斷了牠一條後腿，挑些藥膏敷在傷處，等到第二日早晨，那狗精神奕奕，絕無中毒徵象，傷處更大見好轉。

過了三日，俞殷二人體內毒性盡去，於是張無忌將眞正的黑玉斷續膏再在兩人四肢上敷塗。這一次全無意外。那黑玉斷續膏果然功效如神，兩個多月後，殷梨亭雙手已能活動，看來日後不但手足可行動自如，武功也不致大損。只俞岱巖殘廢已久，要盡復舊觀，勢所難能，但瞧他傷勢復元的情況，半載之後，當可在腋下撐兩根拐杖，以杖代足，緩緩行走，雖仍殘廢，卻不復是絲毫動彈不得的廢人了。

張無忌在武當山上這麼一耽擱，派出去的五行旗人衆先後回山，帶回來的訊息令人大爲驚訝。峨嵋、華山、崆峒、崑崙各派遠征光明頂的人衆，竟沒一個回轉本派，江湖上沸沸揚揚，都說魔教勢大，將六大派前赴西域的衆高手一鼓聚殲，然後再分頭攻滅各派。少林寺僧衆突然失蹤之事，在武林中已引起軒然大波。五行旗各掌旗副使此去，幸好均持有張三丰所付的武當派信符，又沒洩漏自己身分，否則早已和各派打得落花流水。各掌旗副使言道，此刻江湖上衆門派、衆幫會，以及鏢行、山寨、船幫、碼頭等等，無不嚴密戒備，生怕明教大舉來襲。

過了數日，殷天正和殷野王父子也回到武當，報稱天鷹旗已改編完竣，盡數隸屬明教。又說東南羣雄並起，反元義師此起彼伏，以韓山童、張士誠、方國珍三路最盛。其時元軍軍力仍強，且起事者各自爲戰，互相並無呼應聯絡，都是不旋踵即遭撲滅。

當日晚間，張三丰在後殿擺設素筵，爲殷天正父子接風。席間殷天正說起各地舉義失敗的情由，而每處起義，明教和天鷹教下的弟子均有參與，俱遭元兵或擒或殺，殉難者甚眾。羣豪聽了，盡皆扼腕慨歎。

楊逍道：「天下百姓苦難方深，人心思變，正是驅除韃子、還我河山的良機。昔年陽教主在世，日夜以興復為念，只是本教向來行事偏激，百年來和中原武林諸派怨仇相纏，難以攜手抗敵。天幸張教主主理教務，和各派怨仇漸解，咱們正好同心協力，共抗胡虜。」周顛道：「楊左使，你的話聽來倒也不錯。可惜都是廢話，近乎放屁一類！」

楊逍聽了也不生氣，說道：「還須請周兄指教。」周顛道：「江湖上都說咱們明教殺光了六大派高手，一聽到『明教』兩字，人人恨之入骨，甚麼『同心協力、共抗胡虜』云云，說來好聽，卻又如何做起？」楊逍道：「咱們雖蒙此惡名，但眞相總有大白之日，何況張眞人可為明證。」周顛笑道：「倘若確是咱們殺了宋遠橋、滅絕老尼、何太沖他們，張眞人還不是給蒙在鼓裏，如何作得準？」鐵冠道人喝道：「周顛，在張眞人和教主之前不可胡說八道！」周顛伸了伸舌頭，便不言語了。

彭瑩玉道：「周兄之言，倒也不是全無道理。依貧僧之見，咱們當大會明教各路首領，頒示張教主和武林各派修好之意。同時人多眼寬，到底宋大俠、滅絕師太他們到了何處，在大會中也可有個查究。」周顛道：「要查宋大俠他們的下落，那容易得很，可說不費吹灰之力。」眾人齊道：「怎麼樣？你何不早說？」

周顛洋洋得意，喝了一杯酒，說道：「只須教主去問一聲趙姑娘，少說也就明白了九成。我說哪，這些人不是給趙姑娘殺了，便是給她擒了。」

這兩個多月來，韋一笑、楊逍、彭瑩玉、說不得等人，曾分頭下山探聽趙敏的來歷和蹤跡，但自那日觀前現身、和張無忌擊掌爲誓之後，此人便不知去向，連她手下所有人衆，也個個無影無蹤，找不著半點痕跡。羣豪諸多猜測，均料想她必和朝廷有關，但此外再也尋不著甚麼線索了。此時聽周顛如此說，衆人都道：「你這才是廢話！要是尋得著那姓趙的女子，咱們不會著落在她身上打聽嗎？」

周顛笑道：「你們當然尋不著。教主卻不用尋找，自會見著。教主還欠著她三件事沒辦，難道這位如此厲害的小姐，就此罷了不成？嘿，嘿！這位姑娘嬌嬌滴滴，花容月貌，可是我一想到她便渾身寒毛直豎，害怕得發抖。」衆人聽著都笑了起來，但想想也確是實情。

張無忌嘆道：「我只盼她快些出三個難題，我盡力辦了，就此了結此事，否則終日掛在心上，不知她會出甚麼古怪花樣。」周顛笑道：「最好她說要嫁咱們教主，教主就允了，此後閨房之中，她要教主幹甚麼，教主就幹甚麼，別說三件事，三百件也不怕！」衆人又都哈哈大笑。

張無忌臉上一紅，忙岔開話頭，說道：「彭大師適才創議，本教召集各路首領一會，此事倒是可行，各位意下如何？」羣豪均道：「甚是。在武當山上空等，終究不是辦法。」楊逍道：「教主，你說在何處聚會最好？」

張無忌略一沉吟，說道：「本人今日忝代教主，常自想起本教兩位人物的恩情。一位是常遇春常大哥，另一位是蝶谷醫仙胡青牛先生，他老人家已死於金花婆婆之手。我想，本教這次大會，便在淮北蝴蝶谷中舉行。」

周顛拍手道：「甚好，甚好！這個『見死不救』，昔年我每日裏跟他鬥口，人倒也不算壞，只是有些陰陽怪氣，與楊左使有異曲同工之妙。他見死不救，自己死時也沒人救他，正是報應。我周顛倒要去他墓前磕上幾個響頭。」

當下羣豪各無異議，言明三個月後的八月中秋，明教各路首領齊集淮北蝴蝶谷聚會。

次日清晨，五行旗和天鷹旗下各掌職信使，分頭自武當山出發，傳下教主號令：諸路教衆，凡香主以上，概於八月中秋前趕赴淮北蝴蝶谷，參見新教主，共商大事，其副手則留於當地，主理教務。

其時距中秋日子尚遠，張無忌見俞岱巖和殷梨亭尚未痊可，深恐傷勢反覆，以致功虧一簣，便暫留武當山照料俞殷二人，暇時則向張三丰請教太極拳劍的武學。韋一笑、彭瑩玉、說不得諸人，則各處遊行，探聽趙敏一干人的下落。

楊逍奉教主之命留在武當，但爲紀曉芙之事，對殷梨亭深感慚愧，平日閉門讀書，輕易不離室門一步。如此過了兩月有餘，這日午後，張無忌來到楊逍房中，商量來日蝴蝶谷大會，有那幾件大事要向教衆交代。他以年輕識淺，忽當重任，常自有戰戰兢兢之意，唯懼不克負荷，誤了大事，楊逍深通教務，因此張無忌要他留在身邊，隨時諮詢。

兩人談了一會，張無忌順手取過楊逍案頭的書來，見封面寫著「明教流傳中土記」七個字的題簽，下面註著「弟子光明左使楊逍恭撰」一行小字。張無忌道：「楊左使，你文武全才，眞乃本教的棟樑。」楊逍謝道：「多謝教主嘉獎。」

張無忌翻開書來，但見小楷恭錄，事事旁徵博引。書中載得明白，明教源出波斯，本名摩尼教，於唐武后延載元年傳入中土，其時波斯人拂多誕持明教《三宗經》來朝，中國人始習此教經典。唐大曆三年六月二十九日，長安洛陽建明教寺院「大雲光明寺」。此後太原、荆州、揚州、洪州、越州等重鎭，均建有大雲光明寺。至會昌三年，朝廷下令誅殺明教教徒。自此之後，明教便成爲犯禁的秘密教會，歷朝均受官府摧殘。明教爲圖生存，行事不免詭秘，終於摩尼教這個「摩」字，爲人改作「魔」字，世人遂稱之爲魔教。

張無忌讀到此處，不禁長嘆，問道：「楊左使，本教教旨乃去惡行善，原和釋道並無大異，何以自唐代以來，歷朝均受慘酷屠戮？」楊逍道：「釋家雖說普渡衆生，但僧衆出家，各持清修，不理世務。道家亦然。本教則聚集鄉民，不論是誰有甚危難困苦，諸教眾一齊出力相助。官府欺壓良民，甚麼時候能少了？甚麼地方能少了？遇到有人遭官府冤屈欺壓，本教勢必和官府相抗，到後來動刀動槍，也沒法了。」張無忌點了點頭，說道：「只有朝廷官府不去欺壓良民，土豪惡霸不敢橫行不法，到那時候，本教方能眞正興旺。」楊逍拍案而起，大聲道：「教主之言，正說出了本教教旨的關鍵所在。」張無忌道：「楊左使，你說當眞能有這麼一日麼？」

楊逍沉吟道：「但盼眞能有這麼一天。宋朝本教方臘方教主起事，也不過是爲了想叫官府不敢欺壓良民。」他翻開那本書來，指到明教教主方臘在浙東起事、震動天下的記載。張無忌看得悠然神往，掩卷道：「大丈夫固當如是。雖然方教主殉難身死，卻終是轟轟烈烈的幹了一番事業。」兩人心意相通，都不禁血熱如沸。

楊逍又道：「本教歷代均遭嚴禁，但始終屹立不倒。南宋紹興四年，有個官員叫做王居正，對皇帝上了一道奏章，說到本教之事，教主可以一觀。」說著翻到書中一處，抄錄著王居正那道奏章。

張無忌看那奏章中寫道：「伏見兩浙州縣有吃菜事魔之俗。方臘以前，法禁尙寬，而事魔之俗猶未至於甚熾。方臘之後，法禁愈嚴，而事魔愈不可勝禁。……臣聞事魔者，每鄉每村有一二桀黠，謂之魔頭，盡錄其鄉村姓氏名字，相與詛盟爲魔之黨。凡事魔者不肉食，而一家有事，同黨之人皆出力以相賑卹。蓋不肉食則費省，費省故易足。

同黨則相親，相親則相卹而事易濟……」張無忌讀到這裏，說道：「那王居正雖仇視本教，卻也知本教教衆節儉樸實，相親相愛。」接下去又看奏章：「……臣以爲此先王導其民使相親相友相助之意。而甘淡薄，教節儉，有古淳樸之風。今民之師帥，既不能以是爲政，乃爲魔頭者竊取以瞽惑其黨，使皆歸德於其魔，於是從而附益之以邪僻害教之說。民愚無知，謂吾從魔之言，事魔之道，而食易足、事易濟也，故以魔頭之說爲皆可信，而爭趨歸之。此所以法禁愈嚴，而愈不可勝禁。」

他讀到這裏，轉頭向楊逍道：「楊左使，『法禁愈嚴，而愈不可勝禁』這句話，正是本教深得民心的明證。這部書可否借我一閱？也好讓我多知本教往聖先賢的業績遺訓。」楊逍道：「正要請教主指教。」（按：以上所述明教事蹟均爲史實，詳見吳晗〈明教與大明帝國〉一文。）

張無忌將書收起，說道：「俞三伯和殷六叔傷勢大好了，我們明日便首途蝴蝶谷去。我另有一事要和楊左使相商，是關於不悔妹子的。」

楊逍只道他要開口求婚，心下甚喜，說道：「不悔的性命全出教主所賜，屬下父女感恩圖報，非只一日。教主但有所命，無不樂從。」

張無忌於是將楊不悔那日如何向自己吐露心事的情由，一一說了。楊逍一聽之下，錯愕萬分，怔怔的說不出話來，隔了半晌，才道：「小女蒙殷六俠垂青，原是楊門之幸。只是他二人年紀懸殊，輩份又異，這個……這個……」說了兩次「這個」，卻接不下去了。

張無忌道：「殷六叔也不過四十歲，方當壯盛。不悔妹子叫他一聲叔叔，也不是眞有甚麼血緣之親，師門之誼。他二人情投意合，倘若成了這頭姻緣，上代的仇嫌盡數化解，正是大大的美事。」

楊逍原本生性豁達，又爲紀曉芙之事，每次見到殷梨亭總抱愧於心，暗想不悔既傾心於他，結成了姻親，便贖了自己前愆，從此明教和武當派再也不存芥蒂，於是長揖說道：「教主玉成此事，足見關懷。屬下先此謝過。」

當晚張無忌傳出喜訊，羣豪紛紛向殷梨亭道喜。楊不悔害羞，躲在房中不肯出來。張三丰和俞岱巖得知此事，起初也頗驚奇，但隨即便爲殷梨亭歡喜。說到婚期，殷梨亭道：「待大師哥他們回山，衆兄弟完聚，那時再辦喜事不遲。」

次日張無忌偕同楊逍、殷天正、殷野王、鐵冠道人、周顚、小昭等人，辭別張三丰師徒，首途前往淮北。楊不悔留在武當山服侍殷梨亭。當時男女之防雖嚴，但武林中人，也不理會這些小節。

明教一行人曉行夜宿，向東方行去，一路上但見田地荒蕪，民有饑色。江淮沿海本爲殷實富庶之區，眼前卻餓殍遍野，生民之困，已到極處。羣豪慨歎百姓慘遭劫難，卻又知蒙古人如此暴虐，霸居中土之期必不久長，正是天下英雄揭竿起事的良機。

這一日來到界牌集，離蝴蝶谷已然不遠，正行之間，忽聽得前面喊殺之聲大震，兩支人馬正在交兵。羣豪縱馬上前，穿過一座森林，只見千餘名蒙古兵分列左右，正在進攻一座山寨。寨上飄出一面繪著紅色火燄的大旗，正是明教的旗幟。寨中人數不多，似有不支之勢，但兀自健鬥不屈。蒙古兵矢發如雨，大叫：「魔教的叛賊，快快投降！」

周顛道：「教主，咱們上嗎？」張無忌道：「好！先去殺了帶兵的軍官。」楊逍、殷天正、殷野王、鐵冠道人、周顛五人應命而出，衝入敵陣，長劍揮動，兩名元兵的百夫長首先落馬，跟著統兵的千夫長也給殷野王砍死。元兵羣龍無首，登時大亂。

山寨中人見來了外援，大聲歡呼。寨門開處，一條黑衣大漢手挺長矛，當先衝出，元兵當者辟易，無人敢攖其鋒。只見那大漢長矛閃處，便有一名元軍遭刺，倒撞下馬。衆元兵驚呼連連，四下奔逃。

楊逍等見這大漢威風凜凜，有若天神，無不讚歎：「好一位英雄將軍。」此時張無忌早已看清楚那大漢的面貌，正是常自想念的常遇春大哥，只是劇鬥方酣，不即上前相見。明教人衆前後夾攻，元軍死傷了五六百人，餘下的不敢戀戰，分頭落荒而走。

常遇春橫矛大笑，叫道：「是那一路的兄弟前來相助？常某感激不盡。」

張無忌叫道：「常大哥，想煞小弟也。」縱身而前，緊緊握住了他手。常遇春躬身下拜，說道：「教主兄弟，我既是你大哥，又是你屬下，眞高興得不知如何才好。」兩人久別重逢，洒淚相見。

原來常遇春一支隊伍，屬五行旗中巨木旗該管，張無忌接任教主等情由，已得掌旗使聞蒼松示知。這些日子來他率領本教兄弟，日夜等候張無忌到來，不料元軍卻來攻打。常遇春見己寡敵衆，本擬故意示弱，將元軍誘入寨中，一鼓而殲，張無忌等突然趕到應援，他便乘勢開寨殺出。他在明教中職位不高，當下向楊逍、殷天正等一一參見。羣豪以他是教主的結義兄弟，都不敢以長上自居，執手問好，相待盡禮。

常遇春邀請羣豪入寨，殺牛宰羊，大擺酒筵，說起別來情由。這幾年來淮南淮北水旱相繼，百姓苦不堪言。常遇春無以爲生，便嘯聚本教兄弟，做那打家劫舍的綠林好漢勾當，山寨中糧食金銀多了，便去賑濟貧民。元軍幾次攻打，都奈何他不得。

衆人在山寨中歇了一晚，次日和常遇春一齊北行，料得元軍新敗，兩三月內決不敢再行來攻。

數日後到了蝴蝶谷外。先到的教衆得知教主駕到，列成長隊，迎出谷來。其時巨木旗下執事人等，早已在蝴蝶谷中搭造了許多茅舍木屋，以供與會的各路教衆居住。韋一笑、彭瑩玉、說不得等均已先此到達，報稱並未探查到那趙姑娘的訊息。

張無忌接見諸路教眾後，備了祭品，分別到胡青牛夫婦及紀曉芙墓前致祭，想起當日離谷時何等悽惶狼狽，今日歸來卻雲荼燦爛，風光無限，當眞恍若隔世。

再過三日便是八月十五，蝴蝶谷中築了高壇，壇前燒起熊熊大火。張無忌登壇宣示和中原諸門派盡釋前愆、反元抗胡之意，又頒下教規，重申行善去惡、除暴安良的教旨。教眾一齊凜遵，各人身前點起香束，立誓對教主令旨，決不敢違。

是日壇前火光燭天，香播四野，明教之盛，遠邁前代。年老的教眾眼見這片興旺氣象，想起數十年來本教四分五裂、幾致覆滅的情景，忍不住喜極而泣。

午後屬下教眾報道：「洪水旗旗下弟子朱元璋、徐達諸人求見。」張無忌大喜，親自迎出門去。朱元璋、徐達率同湯和、鄧愈、花雲、吳良、吳禎諸人恭恭敬敬的站在門外，見到張無忌出來，一齊躬身行禮，說道：「參見教主！」張無忌時常念著那日徐達奮身相救之情，見到眾人，喜之不盡，當即還禮，左手攜著朱元璋，右手攜著徐達，同進室內，命眾人坐下。眾人告了罪，才行就座。

這時朱元璋已然還俗，不再作僧人打扮，說道：「屬下等奉教主傳令，趕來蝴蝶谷，本應早到候駕，但途中遇上了一件十分蹊蹺之事，屬下等跟蹤追查，以致誤了會期，還請教主恕罪。」張無忌問道：「卻不知遇上了何事？」

朱元璋道：「六月上旬，我們便奉到教主令旨，大夥兒好生歡喜，兄弟們商議，該當備甚麼禮物慶賀教主掌教才是。淮北是苦地方，沒甚麼好東西的，幸得會期尚遠，大夥兒便一起上山東去闖闖。我們生怕給官府認了出來，因此扮作了趕腳的騾車夫，屬下算是個車夫頭兒。這天來到河南歸德府，接了幾個老西客人，要往山東荷澤。正行之間，忽然有夥人趕了上來，掄刀使槍，十分兇狠，將我們車中的客人都趕了下去，叫我們去接載別的客人。那時花兄弟便要跟他們放對，徐兄弟向他使個眼色，叫他瞧清楚情由，再動手不遲。那夥人將我們九輛大車趕到一處山坳之中，那裏另外還有十多輛大車候著，只見地下坐著的都是和尚。」張無忌問道：「都是和尚？」

朱元璋道：「不錯。那些和尚個個垂頭喪氣，委靡不振，但其中好些人模樣不凡，有的太陽穴高高凸起，有的身裁魁梧。徐兄弟悄悄跟我說，這些和尚都是身負高強武功之人。那夥兇人叫衆和尚坐在車裏，由我們趕車，押著我們一路向北。屬下料想其中必有古怪，暗地裏叫衆兄弟著意提防，千萬不可露出形跡。一路上我們留神那夥兇人的說話，可是這羣人詭秘得緊，在我們面前一句話也不說，後來吳良兄弟大著膽子，半夜裏到他們窗下去偷聽，連聽了四五夜，這才探得了些端倪，原來這些和尚竟都是河南嵩山少林寺的。」張無忌本已料到了幾分，但還是「啊」的一聲。

朱元璋接著道：「吳良兄弟又聽得其中一人說：『主人當眞神機妙算，令人拜服。少林、武當等六派高手，盡入掌中，自古以來，還有誰能做得到這一步？』另一人說：

『這還不算希奇。一箭雙鵰，卻把魔教的衆魔頭也牽連在內。』我們七人假裝出恭，在茅廁裏悄悄商量，都說此事既牽連本教在內，碰巧落在我們手上，總須查個水落石出，也好稟報教主知曉。」張無忌道：「各位計較甚是。」

朱元璋道：「大夥兒一路北行，越發裝得獃頭獃腦，湯和兄弟和鄧愈兄弟又假裝爭五錢銀子，笨手笨腳的打了一場架，顯得半點不會武功。那夥兇人拍手呵呵大笑，對我們再不在意，我們又老爺長、老爺短的對他們恭敬奉承，馬屁拍到十足。吳禎兄弟曾想去弄些痲藥來，半途上痲翻了這夥兇人，救出少林羣僧。可是我們細想，這件事來龍去脈半點不知，眼看這夥兇人又甚精明幹練，武功了得，沒的一個失手，打草驚蛇，反誤了大事，是以始終沒敢下手。到得河間府，遇上了六輛大車，也都有人押解，車中坐的卻是些俗家人。吃飯之時，我聽得一個少林和尚跟一個新來的客人招呼，說道：『宋大俠，你也來啦！』」

張無忌站起身來，忙問：「他說是宋大俠？那人怎生模樣？」朱元璋道：「那人微胖身裁，五六十歲年紀，三綹長鬚，相貌清雅。」

張無忌聽得正是宋遠橋的形相，又驚又喜，再問其餘諸人的容貌身形，果然俞蓮舟、張松溪、莫聲谷三人也均在內，又問：「他們都受了傷嗎？還是戴了銬鐐？」

朱元璋道：「沒銬鐐，也瞧不出甚麼傷，說話飲食都跟常人無異，只精神不振，走起路來有點虛虛晃晃。那宋大俠聽少林和尚這麼說，只苦笑了一下，沒答話。那少林和尚再想說甚麼，押解的兇人便過來拉開了他。此後兩批人前後相隔十餘里，再不同食同宿，屬下從此也沒再見到宋大俠他們。七月初三，我們載著少林和尚到了大都。」

張無忌道：「啊，到了大都，果然是朝廷下的毒手。後來怎樣？」朱元璋道：「那夥兇人領著我們，將一衆少林和尚送去西城一座大廟，叫我們也睡在廟裏。」張無忌問道：「那是甚麼廟？」朱元璋道：「屬下進寺之時，曾抬頭瞧了瞧廟前的匾額，見是叫做『萬安寺』，便因這麼一瞧，吃了個兇人的一下馬鞭。當晚我們兄弟們悄悄商量，這些兇人定然放不過我們，勢必要殺人滅口，天一黑，我們便偷著走了。」

張無忌道：「事情確是凶險，幸好這批兇人倒也沒追趕。」

湯和微笑道：「朱大哥也料到了這著，事先便安排下手腳。我們到鄰近的騾馬行中去抓了七個騾馬販子來，跟他們對換了衣服，然後將這七人砍死在廟中，臉上斬得血肉模糊，好讓那些兇人認不出來。又將跟我們同來的大車車夫也都殺了，銀子散得滿地，裝成是兩夥人爭銀錢兇殺一般。待那夥兇人回廟，再也不會起疑。」

張無忌心中一驚，見徐達臉上有不忍之色，鄧愈顯得頗爲尷尬，湯和說來得意洋洋，只朱元璋絲毫不動聲色，恍若沒事人一般。張無忌暗想：「這人下手好狠，實是個厲害腳色。」說道：「朱大哥此計雖妙，但從今而後，咱們決不可再濫殺無辜。」

這是教主的訓諭，朱元璋等一齊起立，躬身說道：「謹遵教主令旨。」後來朱元璋、徐達、鄧愈、湯和等行軍打仗，果然恪遵張無忌的令旨，不敢隨便殺戮無辜，終於民心歸順，得成一代大業。

張無忌道：「朱大哥七位探聽到少林、武當兩派高手的下落，此功不小。待安排了抗元起義的大事之後，咱們便去大都相救兩派高手。」他說過公事，再和徐達等相叙私誼，說起那日偷宰張員外耕牛之事，一齊拊掌大笑。

當晚張無忌大會教衆，焚火燒香，宣告各地並起，共抗元朝，諸路教衆務當相互呼應，要累得元軍疲於奔命，那便大事可成。

是時定下方策，教主張無忌率同光明左使楊逍、青翼蝠王韋一笑執掌總壇，爲全教總帥。白眉鷹王殷天正，率同天鷹旗下教衆，在江南起事。布袋和尚說不得率領劉福通、杜遵道、羅文素、盛文郁、王顯忠、韓皎兒等人，在河南穎川一帶起事。彭瑩玉和尚率領徐壽輝、鄒普旺、明五等，在江西贛、饒、袁、信諸州起事。說不得以前曾在汝寧、信陽州扶助棒胡，以明教爲號召起義反元，彭瑩玉曾在袁州扶助周子旺起義反元，均遭撲滅，兩人奉命聯絡棒胡及周子旺所屬舊人，再次起事。鐵冠道人率領布三王、孟海馬等，在湘楚荊襄一帶起事。周顚率領芝痲李、趙君用等在徐宿豐沛一帶起事。朱元璋、徐達、湯和、鄧愈、花雲、吳良、吳禎，會同常遇春寨中人馬，和孫德崖等在淮北濠州起兵，奉韓山童爲首領。冷謙會同西域教衆，截斷自西域開赴中原的蒙古救兵。五行旗歸總壇調遣，何方吃緊，便向何方應援。（按：文中張無忌、楊逍、殷天正、殷野王、韋一笑爲虛構人物，其餘諸人及起兵地點均大致根據史書所載。）

這等安排方策，十九出於楊逍和彭瑩玉的計謀。張無忌宣示出來，教衆歡聲雷動。

張無忌取出從光明頂秘道中得來的前陽教主手書「聖火令三大令、五小令」，這大小八令當年如人人遵行，明教便無近日的大危難。張無忌站上高台，朗聲說道：「我教以普救世人爲宗旨，凡不得虐民害民，不得自相紛爭等等，那是容易做到的。『聖火令第一大令』最關要緊，衆兄弟請聽了。」

他鼓足中氣，令蝴蝶谷中數千教衆人人聽聞：

「第一令：不得爲官作君。吾教自教主以至初入教弟子，皆以普救世人爲念，決不圖謀私利。是以不得投考科舉，不得應朝廷徵聘任用，不得爲將帥丞相，不得作任何大小官吏，更不得自立爲君主，據地稱帝。於反抗外族君皇之時，可暫以『王侯』、『將軍』等爲名，以資號召。一旦克成大業，凡我教主以至任何教衆，均須退爲平民，僻處草野，兢兢業業，專注於救民、渡世、行善去惡，不得受朝廷榮銜、爵位、封贈，不得受朝廷土地、金銀賜與。唯草野之人，方可爲民抗官、殺官護民；一旦爲官爲君，即置草民於度外矣。」

他把這「聖火令第一大令」誠誠懇懇的讀了出來，各教眾聽了，無不凜然。

張無忌又道：「咱們現下都是草野小民，這聖火第一大令做來不難。一旦咱們創下了基業，佔下了大都大城，大家記得，千萬不可稱皇稱帝。與老百姓作對，也就是和我張無忌作對。」楊逍跟著說道：「眾位兄弟，大家這時候須當立定腳跟，等到將來有了功業，手中有了大權，有了城池兵馬，再要放開，那就難得很了。」眾人都慷慨宣誓，決意為民，決不謀權圖利。

此後明教教眾果然在各地攻城掠地，創下好大基業。朱元璋、徐達、常遇春等一干人攻下應天府，建為都城，朱元璋才稱「吳王」，不敢稱帝。歷史明文記載，有書生向朱元璋建議：「高建牆、廣積糧、緩稱王。」其實是因明教有聖火令第一大令之約束，朱元璋後來要脫離明教、不受聖火令規範，這才開國稱帝，封官贈爵。那都是後話了。

張無忌又道：「單憑本教一教之力，難以撼動元朝近百年的基業，須當聯絡天下英雄豪傑，羣策羣力，大功方成。眼下中原武林的首腦人物半數為朝廷所擒，總壇即當設法營救。明日眾兄弟散處四方，遇上機會便即殺韃子動手，總壇也即前赴大都救人。今日在此盡歡，此後相見，未知何日。眾兄弟須當義氣為重，大事為先，決不可爭權奪利，互逞殘殺。若有此等不義情由，總壇決不寬饒。」

眾人齊聲答應：「教主令旨，決不敢違！」呼喊聲山谷鳴響。

當下衆人歃血爲盟，焚香爲誓，決死不負大義。是晚月明如晝，諸路教衆席地而坐，總壇的執事人員取出素餡圓餅，分饗諸人。衆人見圓餅似月，說道這是「月餅」。後世傳說，漢人相約於八月中秋食月餅殺韃子，便因是夕明教聚義定策之事而來。

張無忌又宣示道：「本教歷代相傳，不茹葷酒。但眼下處處災荒，只能有甚麼便吃甚麼，何況咱們今日第一件大事，乃是驅除韃子，衆兄弟不食葷腥，精神不旺，難以力戰。自今而後，廢了不茹葷酒這條教規。咱們立身處世，以大節爲重，飲食禁忌，只是餘事。」自此而後，明教教衆所食月餅，便有以豬肉爲餡的。

次日清晨，諸路人衆向張無忌告別。衆人雖均是意氣慷慨的豪傑，但想到此後血戰四野，不知誰存誰亡，大事縱成，今日蝴蝶谷大會中的羣豪只怕活不到一半，不免俱有惜別之意。是時蝴蝶谷前聖火高燒，也不知是誰忽然朗聲唱了起來：「焚我殘軀，熊熊聖火。生亦何歡，死亦何苦？」衆人齊聲相和：

「焚我殘軀，熊熊聖火。生亦何歡，死亦何苦？爲善除惡，惟光明故。喜樂悲愁，皆歸塵土。萬事爲民，不圖私我。憐我世人，憂患實多！憐我世人，憂患實多！」

那「憐我世人，憂患實多！憐我世人，憂患實多！」的歌聲，飄揚在蝴蝶谷中。羣豪白衣如雪，一個個走到張無忌面前，躬身行禮，昂首而出，再不回顧。張無忌想到如許大好男兒，此後一二十年之中，行將鮮血洒遍中原大地，忍不住熱淚盈眶。

但聽歌聲漸遠，壯士離散，熱鬧了數日的蝴蝶谷重歸沉寂，只剩下楊逍、韋一笑，以及朱元璋等寥寥數人。

張無忌詳細詢明萬安寺坐落的所在，以及那干兇人形貌，說道：「朱大哥，此間濠泗一帶，方當大亂，不可錯過了起事之機。你們不必陪我上大都去，咱們就此別過。」朱元璋、徐達、常遇春等齊道：「但盼教主馬到成功，屬下等靜候好音。」拜別了張無忌，出谷自去舉事。

張無忌道：「咱們也要動身了。小昭，你身有銬鐐，行動不便，就在這裏等我罷。」小昭委委屈屈的答應了，但一直送出谷來，送了三里，又送三里，終是不肯分別。

張無忌道：「小昭，你越送越遠，回去時路也要不認識啦。」小昭輕聲道：「教主，你到了大都，會見到那個趙姑娘嗎？」張無忌道：「說不定能見得到。」小昭道：「你要是見到她，代我求她一件事成不成？」張無忌奇道：「你有甚麼事求她？」小昭雙臂一伸，道：「向趙姑娘借倚天劍一用，把這鐵鍊兒割斷了，否則我終身便這麼給綁著不得自由。」張無忌見她神情楚楚，心下憐惜，便道：「只怕她不肯將寶劍借給我，何況要一直借到這裏。」小昭道：「那麼……那麼，你將我帶到她跟前，請她寶劍一揮，不就成了？」張無忌笑道：「說來說去，你還是要跟我上大都去。楊左使，你說咱們能帶她嗎？」

楊逍心知張無忌既這麼說，已有攜她同去之意，說道：「那也不妨，教主衣著茶水，也得有個人服侍，只是鐵鍊聲叮叮噹噹，引人注目。這樣罷，叫她裝作生病，坐在大車之中，平時不可出來。」小昭大喜，忙道：「多謝教主，多謝楊左使。」向韋一笑看了一眼，又加上一句：「多謝韋法王。」韋一笑笑道：「多謝我幹甚麼？你小心我發起病來，吸你的血。」說著露出滿口森森白牙，裝個怪樣。小昭明知他是開玩笑，卻也不禁有些害怕，退了三步，道：「你……你別嚇我。」

倚天屠龍記(大字版)/金庸作. -- 二版.
-- 臺北市：遠流, 2017.10
冊； 公分. --(大字版金庸作品集; 31–38)

ISBN 978-957-32-8103-0 (全套：平裝).

857.9 106016642

鏞